Collection folio junior

Né en Écosse en 1859 et mort en 1930, **sir Arthur Conan Doyle** n'était pas à l'origine écrivain mais médecin. C'est comme médecin de bord qu'à vingt-deux ans il s'embarque sur un navire et parcourt les mers, de l'Arctique aux côtes de l'Afrique. Il prend part aux campagnes du Soudan et à la guerre des Boers. C'est d'ailleurs à une œuvre patriotique sur la guerre en Afrique qu'il doit d'être anobli par la reine Victoria.

En effet, le roman historique est son genre de prédilection : Conan Doyle se veut l'émule de Walter Scott. C'est pourtant la première aventure de Sherlock Holmes qui lui vaudra un succès immédiat, un succès tel que le personnage finira par rendre jaloux son auteur... Celui-ci tentera de faire disparaître Sherlock Holmes, mais le public le forcera à ressusciter le détective, toujours accompagné du non moins célèbre docteur Watson.

Pourtant l'auteur n'avait rien à envier à son héros car il parvint lui-même à élucider plusieurs énigmes policières.

Sir Arthur Conan Doyle est l'auteur du *Chien des Baskerville, Une Etude en rouge, Le Ruban moucheté et autres aventures de Sherlock Holmes,* tous publiés dans Folio Junior.

Jean-Philippe Chabot est né le 9 juin 1966 au pied de la cathédrale de Chartres. Après des années passées à vagabonder dans la lune et à regarder les feuilles tomber, il entre à l'atelier de dessin Leconte, puis à l'Union des arts décoratifs de Paris. Il navigue quelques années plus tard entre les agences de publicité et l'architecture d'intérieur. Un jour, il pousse la porte de Gallimard Jeunesse et collabore bientôt à l'encyclopédie Découvertes Junior, dessine pour Découvertes Cadet, le mensuel *Blaireau* et Premières Découvertes. Pour Folio Junior, il illustre la saga des *Kamo*, de Daniel Pennac. Enfin, il travaille sur un projet de bande dessinée.

Christian Broutin, auteur de la couverture du livre, est né le dimanche 5 mars 1933... dans la cathédrale de Chartres ! À cinq ans, il découvre le dessin en copiant Grandville et Gustave Doré. Après des études classiques, il entre à l'École nationale supérieure des métiers d'art dont il sort en 1951.

Professeur de dessin, peintre, illustrateur, il a réalisé de nombreuses campagnes de publicité, ainsi qu'une centaine d'affiches de films. Il a également illustré des romans, collabore à plusieurs magazines et expose en France et à l'étranger. Son œuvre a reçu le grand prix de l'Affiche française en 1983.

ISBN : 2-07-051371-8
Loi n° 49-956 du 16 juillet 1949
sur les publications destinées à la jeunesse
© Éditions Robert Laffont, 1955, pour la traduction française
© Éditions Gallimard, 1992, pour les illustrations et le supplément
© Éditions Gallimard Jeunesse, 1997, pour la présente édition
Dépôt légal : février 2005
1er dépôt légal dans la même collection : mars 1992
N° d'édition : 135417 - N° d'impression : 71846
Imprimé en France sur les presses de la Société Nouvelle Firmin-Didot

Sir Arthur Conan Doyle

Le monde perdu

*Traduit de l'anglais
par Gilles Vauthier*

Illustrations de Jean-Philippe Chabot

ROBERT LAFFONT

1
Tout autour de nous, des héroïsmes...

M. Hungerton, son père, n'avait pas de rival sur la terre pour le manque de tact. Imaginez un cacatoès duveteux, plumeux, malpropre, aimable certes, mais qui aurait centré le monde sur sa sotte personne. Si quelque chose avait pu m'éloigner de Gladys, ç'aurait été la perspective d'un pareil beau-père. Trois jours par semaine je venais aux Chesnuts, et il croyait dans le fond de son cœur que j'y étais attiré uniquement par le plaisir de sa société : surtout pour l'entendre discourir sur le bimétallisme ; il traitait ce sujet avec une autorité croissante.

Un soir j'écoutais depuis plus d'une heure son ramage monotone : la mauvaise monnaie qui chasse la bonne, la valeur symbolique de l'argent, la dépréciation de la roupie, ce qu'il appelait le vrai taux des changes, tout y passait.

– Supposez, s'écria-t-il soudain avec une véhémence contenue, que l'on batte partout le rappel simultané de toutes les dettes et que soit exigé leur remboursement immédiat. Étant donné notre situation présente, que se produirait-il ?

J'eus le malheur de lui répondre par une vérité d'évidence : à savoir que je serais ruiné. Sur quoi il bondit de son fauteuil et me reprocha ma perpétuelle légèreté qui, dit-il, « rendait impossible toute discussion sérieuse ».

Claquant la porte il quitta la pièce ; d'ailleurs il avait à s'habiller pour une réunion maçonnique.

Enfin, je me trouvais seul avec Gladys. Le moment fatal était arrivé ! Toute cette soirée j'avais éprouvé les sentiments alternés d'espoir et d'horreur du soldat qui attend le signal de l'attaque.

Elle était assise. son profil fier, délicat, se détachait avec noblesse sur le rideau rouge. Qu'elle était belle ! Belle, mais inaccessible aussi, hélas ! Nous étions amis, très bons amis ; toutefois je n'avais pu me hasarder avec elle au-delà d'une camaraderie comparable à celle qui m'aurait lié tout aussi bien avec l'un de mes confrères reporters à la *Gazette :* une camaraderie parfaitement sincère, parfaitement amicale, parfaitement asexuée... Il est exact que tous mes instincts se hérissent devant les femmes qui se montrent trop sincères, trop aimables : de tels excès ne plaident jamais en faveur de l'homme qui en est l'objet. Lorsque s'ébauche d'un sexe à l'autre un vrai sentiment, la timidité et la réserve lui font cortège, par réaction contre la perverse antiquité où l'amour allait trop souvent de pair avec la violence. Une tête baissée, le regard qui se détourne, la voix qui se meurt, des tressaillements, voilà les signes évidents d'une passion ! Et non des yeux hardis, ou un bavardage impudent. Je n'avais pas encore beaucoup vécu, mais cela je l'avais appris... à moins que je ne l'eusse hérité de cette mémoire de la race que nous appelons instinct.

Toutes les qualités de la femme s'épanouissaient en Gladys. Certains la jugeaient froide et dure, mais c'était trahison pure. Cette peau délicatement bronzée au teint presque oriental, ces cheveux noirs et brillants, ces grands yeux humides, ces lèvres charnues mais raffinées réunissaient tous les signes extérieurs d'un tempérament passionné. Pourtant jusqu'ici j'avais été incapable de l'émouvoir. N'importe : quoi qu'il pût advenir, ce soir même j'irais jusqu'au bout ! Finies les hésitations ! Après tout, elle ne pourrait faire pis que se refuser ; et mieux valait être un amoureux éconduit qu'un frère agréé.

Mes pensées m'avaient conduit jusque-là, et j'allais rompre un silence long et pénible quand deux yeux noirs sévères me fixèrent : je vis alors le fier visage que j'aimais se contracter sous l'effet d'une réprobation souriante.

— Je crois deviner ce que vous êtes sur le point de me proposer, Ned, me dit-elle. Je souhaite que vous n'en fassiez rien car l'actuel état de choses me plaît davantage

J'approchai ma chaise.

— Voyons, comment savez-vous ce que j'étais sur le point de vous proposer ? demandai-je avec une admiration naïve.

— Comme si les femmes ne sentaient pas ces choses-là ! Une femme se laisse-t-elle jamais prendre au dépourvu ? Mais, ô Ned, notre amitié a été si bonne et agréable ! Ce serait tellement dommage de la gâcher ! Ne trouvez-vous pas merveilleux qu'un jeune homme et qu'une jeune fille puissent se parler aussi librement que nous l'avons fait ?

— Peut-être, Gladys. Mais, vous comprenez, je peux parler très librement aussi avec... avec un chef de gare !...

Je me demande encore pourquoi cet honorable fonctionnaire s'introduisit dans notre débat, mais son immixtion provoqua un double éclat de rire.

— ... Et cela ne me satisfait pas le moins du monde, repris-je. Je veux mes bras autour de vous, votre tête sur ma poitrine, et, ô Gladys, je veux...

Comme elle vit que j'allais passer à la démonstration de quelques-uns de mes vœux, elle se leva de sa chaise.

— Vous avez tout gâché, Ned ! me dit-elle. Tant que cette sorte de chose n'intervient pas, tout est si beau, si normal !... Quel malheur ! Pourquoi ne pouvez-vous pas garder votre sang-froid ?

— Cette sorte de chose, ce n'est pas moi qui l'ai inventée ! argumentai-je. C'est la nature. C'est l'amour.

— Eh bien, si nous nous aimions tous deux, ce serait différent. Mais je n'ai jamais aimé !

— Mais vous devez aimer ! Vous, avec votre beauté avec votre âme !... Gladys, vous êtes faite pour l'amour ! Vous devez aimer !

11

— Encore faut-il attendre que l'amour vienne...

— Mais pourquoi ne pouvez-vous pas m'aimer, Gladys ? Est-ce ma figure qui vous déplaît, ou quoi ?

Elle se décontracta un peu. Elle étendit la main (dans quel gracieux mouvement !...) et l'appuya sur ma nuque pour contempler avec un sourire pensif le visage que je levais anxieusement vers elle.

— Non, ce n'est pas cela, dit-elle enfin. Vous n'êtes pas naturellement vaniteux · aussi puis-je vous certifier en toute sécurité que ce n'est pas cela. C'est... plus profond !

— Alors, mon caractère ?

Elle secoua la tête sévèrement, affirmativement.

— Que puis-je faire, repris-je, pour le corriger ? Asseyez-vous, et parlons. Non, réellement, je me tiendrai tranquille si seulement vous vous asseyez.

Elle me regarda avec une surprenante défiance qui me transperça le cœur : ah, plût au Ciel qu'elle fût restée sur le ton de la confidence ! (Que tout cela paraît grossier, bestial même, quand on l'écrit noir sur blanc ! Mais peut-être est-ce là un sentiment qui m'est propre ?...) Finalement elle s'assit.

— Maintenant dites-moi ce qui ne vous plaît pas en moi.

— Je suis amoureuse de quelqu'un d'autre, me répondit-elle.

A mon tour je sautai de ma chaise.

— De personne en particulier, m'expliqua-t-elle, en riant du désarroi qu'elle lut sur ma physionomie. Seulement d'un idéal. Je n'ai jamais rencontré l'homme qui pourrait personnifier cet idéal.

— Dites-moi à qui il ressemble. Parlez-moi de lui.

— Oh, il pourrait très bien vous ressembler !

— Je vous chéris pour cette parole ! Bon, que fait-il que je ne fasse pas ? Prononcez hardiment le mot : serait-il antialcoolique, végétarien, aéronaute, théosophe, surhomme ? Si vous consentiez à me donner une idée de ce qui pourrait vous plaire, Gladys, je vous jure que je m'efforcerais de la réaliser !

L'élasticité de mon tempérament la fit sourire :

— D'abord je ne pense pas que mon idéal s'exprimerait comme vous. Il serait un homme plus dur, plus ferme, qui ne se déclarerait pas prêt si vite à se conformer au caprice d'une jeune fille. Mais par-dessus tout il serait un homme d'action capable de regarder la mort en face et de ne pas en avoir peur : un homme qui accomplirait de grandes choses à travers des expériences peu banales. Jamais je n'aimerais un homme en tant qu'homme, mais toujours j'aimerais les gloires qu'il ceindrait comme des lauriers autour de sa tête, car ces gloires se réfléchiraient sur moi. Pensez à Richard Burton ! Quand je lis la vie de sa femme, comme je comprends qu'elle l'ait aimé ! Et Lady Stanley ! Avez-vous lu le dernier et magnifique chapitre de ce livre sur son mari ? Voilà le genre d'hommes qu'une femme peut adorer de toute son âme, puisqu'elle est honorée par l'humanité entière comme une inspiratrice d'actes nobles.

Son enthousiasme l'embellissait ! Pour un rien j'aurais mis un terme à notre discussion... Mais je me contins et me bornai à répliquer :

— Nous ne pouvons pas être tous des Stanley ni des Burton ! En outre, nous n'avons pas la chance de pouvoir le devenir... Du moins, à moi, l'occasion ne s'est jamais présentée : si elle se présentait un jour, j'essaierais de la saisir au vol.

— Mais tout autour de vous il y a des occasions ! Et je reconnaîtrais justement l'homme dont je vous parle au fait que c'est lui qui saisit sa propre chance ! Personne ne pourrait l'en empêcher... Jamais je ne l'ai rencontré, et cependant il me semble que je le connais si bien ! Tout autour de nous, des héroïsmes nous invitent. Aux hommes il appartient d'accomplir des actes héroïques, aux femmes de leur réserver l'amour pour les en récompenser. Rappelez-vous ce jeune Français qui est monté en ballon la semaine dernière. Le vent soufflait en tempête, mais comme son envol était annoncé, il a voulu

13

partir quand même. En 24 heures le vent l'a poussé sur 2 500 kilomètres ; savez-vous où il est tombé ? en Russie, en plein milieu de la Russie ! Voilà le type d'homme dont je rêve. Songez à la femme qu'il aime, songez comme cette femme a dû être enviée par combien d'autres femmes ! Voilà ce qui me plairait : qu'on m'envie mon mari.

– J'en aurais fait autant, pour vous plaire !

– Mais vous n'auriez pas dû le faire tout bonnement pour me plaire ! Vous auriez dû le faire... parce que vous n'auriez pas pu vous en empêcher, parce que ç'aurait été de votre part un acte naturel, parce que la virilité qui est en vous aurait exigé de s'exprimer par l'héroïsme... Tenez, quand vous avez fait le reportage sur l'explosion dans les mines de Wigan, vous auriez dû descendre et aider les sauveteurs malgré la mofette.

– Je suis descendu.

– Vous ne l'avez pas raconté !

– Ça ne valait pas la peine d'en parler.

– Je ne le savais pas...

Elle me gratifia d'un regard intéressé, et murmura :

– De votre part c'était courageux.

– J'y étais obligé. Quand un journaliste veut faire de la bonne copie, il faut bien qu'il se trouve à l'endroit où se passent les événements.

– Quel prosaïsme ! Nous voilà loin évidemment du romanesque, de l'esprit d'aventure... Cependant, quel qu'ait été le mobile qui vous a inspiré, je suis heureuse que vous soyez descendu dans cette mine.

Elle me donna sa main, mais avec une telle douceur et une telle dignité que je ne sus que m'incliner vers elle et la baiser délicatement.

– J'avoue, reprit-elle, que je suis une femme un peu folle avec des caprices de jeune fille. Et pourtant ces caprices sont si réels, font tellement partie de mon moi, que ma vie s'y conformera : si je me marie, j'épouserai un homme célèbre !

— Et pourquoi pas ? m'écriai-je. Ce sont des femmes comme vous qui exaltent les hommes. Donnez-moi une chance, et vous verrez si je ne la saisis pas ! D'ailleurs, comme vous l'avez souligné, les hommes doivent susciter leurs propres chances, sans attendre qu'elles leur soient offertes. Considérez Clive : un petit secrétaire, et il a conquis les Indes. Par Jupiter, je ferai quelque chose dans ce monde, moi aussi !

Le bouillonnement de mon sang irlandais la fit rire.

— Et pourquoi pas ? dit-elle. Vous possédez tout ce qu'un homme peut souhaiter : la jeunesse, la santé, la force, l'instruction, l'énergie. J'étais désolée que vous parliez.. Mais à présent je me réjouis que vous ayez parlé... Oui, j'en suis très heureuse... Si notre entretien a éveillé en vous une volonté ..

— Et si je ?...

Comme un velours tiède sa main se posa sur mes lèvres.

— Plus un mot, monsieur ! Vous devriez être à votre bureau depuis une demi-heure déjà pour votre travail du soir ; mais je n'avais pas le cœur à vous le rappeler. Un jour peut-être, si vous vous êtes taillé une place dans le monde, nous reprendrons cette conversation.

Voilà les paroles sur lesquelles, par une brumeuse soirée de novembre je courus à la poursuite du tram de Camberwell : j'avais la tête en feu, le cœur en fête ; je pris la décision que vingt-quatre heures ne s'écouleraient pas sans que j'eusse inventé l'occasion de réaliser un exploit digne de ma dame. Mais qui aurait imaginé la forme incroyable que cet exploit allait revêtir, ainsi que les invraisemblables péripéties auxquelles j'allais être mêlé ?

Oui. Il se peut que ce premier chapitre donne l'impression qu'il n'a rien à voir avec mon récit. Pourtant sans lui il n'y aurait pas de récit. Quand un homme s'en va de par le monde avec la conviction que tout autour de lui des actes héroïques l'invitent, quand il est possédé du désir forcené de réaliser le premier qui se présentera, c'est alors qu'il rompt (comme je l'ai fait) avec la vie quotidienne, et qu'il s'aventure au merveilleux pays des crépuscules mystiques où le guettent les grands exploits et les plus hautes récompenses.

Me voyez-vous dans mon bureau de la *Daily Gazette* (dont je n'étais qu'un rédacteur insignifiant) tout animé de ma fraîche résolution ? Cette nuit, cette nuit même je trouverais l'idée d'une enquête digne de ma Gladys ! Bien sûr : vous vous demandez si ce n'était pas par dureté de cœur, par égoïsme qu'elle me poussait à risquer ma vie pour sa seule gloire ? De telles suppositions peuvent ébranler un homme mûr, mais pas un instant elles n'effleurèrent un garçon de vingt-trois ans enfiévré par son premier amour.

2
Essayez votre chance avec le professeur Challenger !

J'ai toujours aimé McArdle, notre vieux rédacteur en chef grognon, voûté, rouquin. J'avais l'espoir qu'il m'aimait aussi. Bien sûr, Beaumont était le vrai patron, mais il vivait dans l'atmosphère raréfiée d'un Olympe particulier d'où il ne distinguait rien en dehors d'une crise internationale ou d'une dislocation ministérielle. Parfois **nous le voyions passer dans sa majesté solitaire pour se rendre à son sanctuaire privé : il avait le regard vague car son esprit errait dans les Balkans** ou au-dessus du golfe Persique. Il nous dominait de très haut ; de si haut qu'il était à part. Mais McArdle était son premier lieutenant, et c'était lui que nous connaissions. Lorsque je pénétrai dans son bureau, le vieil homme me fit un signe de tête et remonta ses lunettes sur son front dégarni.

– Monsieur Malone, me dit-il avec son fort accent écossais, il me semble que, d'après tout ce qui m'est rapporté à votre sujet, vous travaillez très bien.

Je le remerciai.

– L'explosion dans les mines, c'était excellent. Excellent aussi l'incendie à Southwark. Vous êtes doué pour la description. Pourquoi désirez-vous me voir ?

– Pour vous demander une faveur.

Il parut inquiet ; ses yeux se détournèrent des miens.

– Tut, tut, tut ! De quoi s'agit-il ?

— Pensez-vous, monsieur, que vous pourriez m'envoyer sur une grande enquête, me confier une mission pour le journal ? Je ferais de mon mieux pour la réussir et vous rapporter de la bonne copie.

— Quel genre de mission avez-vous en tête, monsieur Malone ?

— Mon Dieu, monsieur, n'importe quoi qui cumule l'aventure et le danger. Réellement, je ferais de mon mieux. Plus ce serait difficile, mieux cela me conviendrait.

— On dirait que vous avez très envie de risquer votre vie.

— De la justifier, monsieur !

— Oh, oh ! Voici qui est, monsieur Malone, très.. excessif. J'ai peur que l'époque pour ce genre de travail ne soit révolue Les frais que nous engageons pour un envoyé spécial sont généralement supérieurs au bénéfice qu'en tire le journal... Et puis, naturellement, de telles missions sont uniquement octroyées à des hommes expérimentés, dont le nom représente une garantie pour le public qui nous fait confiance. Regardez la carte : les grands espaces blancs qui y figurent sont en train de se remplir, et nulle part il ne reste de place pour le romanesque... Attendez, pourtant !...

Un sourire imprévu éclaira son visage. Il réfléchit, puis :

— En vous parlant de ces grands espaces blancs sur la carte, une idée m'est venue. Pourquoi ne démasquerions-nous pas un fraudeur... un Münchhausen moderne... et n'exposerions-nous pas ses travers ? Vous pourriez le présenter au public pour ce qu'il est : c'est-à-dire un menteur ! Eh, eh ! ça ne serait pas mal ! Qu'est-ce que vous en pensez ?

— N'importe quoi. N'importe où. Ça m'est égal.

McArdle se plongea dans une longue méditation d'où il sortit pour murmurer

— Je me demande si vous pourriez avoir des rapports

amicaux... ou même des rapports tout court avec ce phénomène. Il est vrai que vous paraissez posséder un vague génie pour vous mettre bien avec les gens : appelons cela de la sympathie, ou un magnétisme animal, ou la vitalité de la jeunesse, ou je ne sais quoi... Moi-même je m'en rends compte.

– Vous êtes très aimable, monsieur !

– Dans ces conditions, pourquoi ne tenteriez-vous pas votre chance auprès du professeur Challenger, de Enmore Park ?

Je conviens que je fus momentanément désarçonné.

– Challenger ! m'écriai-je. Le professeur Challenger, le zoologiste célèbre ? Celui qui fracassa le crâne de Blundell, du *Telegraph* ?

Mon rédacteur en chef me dédia son plus large sourire.

– Et après ? Ne m'avez-vous pas dit que vous cherchiez des aventures ?

Je m'empressai de rectifier :

– En rapport avec mon travail, monsieur ?

– Que vous ai-je dit d'autre ? Je ne suppose pas qu'il soit toujours aussi violent... Il est probable que Blundell l'a pris au mauvais moment, ou maladroitemen Peut-être aurez-vous plus de chance, ou plus de tact en le maniant. Je discerne là quelque chose qui vous irait comme un gant, et dont la *Gazette* pourrait profiter.

– Je ne sais rien du tout sur lui. Je me rappelle son nom parce qu'il a comparu devant le tribunal pour avoir frappé Blundell...

– J'ai quelques renseignements pour votre information, monsieur Malone. J'ai tenu le Professeur à l'œil pendant quelque temps, ajouta-t-il en tirant un papier d'un tiroir. Voici un résumé biographique ; je vais vous en donner rapidement connaissance : « Challenger, George, Edward, né à Largs en 1863, a fait ses études à l'Académie de Largs et à l'université d'Édimbourg. Assistant au British Museum en 1892. Conservateur adjoint de la section d'anthropologie comparée en 1893. Démissionné la même année à la suite d'une correspondance acerbe. Lauréat de la médaille Crayston pour recherches zoologiques. Membre étranger de... » bah, de toutes sortes de sociétés : il y en a plusieurs lignes imprimées en petit !... « Société belge, Académie américaine des Sciences, La Plata, etc. Ex-Président de la Société de paléontologie, section H, British Association... » et j'en passe !... « Publications : *Quelques observations sur une collection de crânes kalmouks ; Grandes lignes de l'évolution des vertébrés ;* et de nombreux articles de revues, parmi lesquels : *L'erreur de base de la théorie de Weissmann,* qui a suscité de chaudes discussions au congrès zoologique de Vienne. Distractions favorites : la marche à pied, l'alpinisme. Adresse : Enmore Park, Kensington, West. » Prenez ce papier avec vous. Ce soir je n'ai rien d'autre à vous offrir.

Je mis le papier dans ma poche.

– Une minute, monsieur ! dis-je en réalisant soudain que j'avais encore en face de moi une tête rose et non un dangereux sanguin. Je ne vois pas très bien pourquoi j'interviewerais ce Professeur. Qu'a-t-il fait ?

– Il est allé en Amérique du Sud. Une expédition solitaire. Il y a deux ans. Rentré l'année dernière... Indiscutablement s'est bien rendu en Amérique du Sud, mais a refusé de dire où exactement. A commencé à raconter ses aventures d'une manière imprécise... Mais quelqu'un s'est mis à lui chercher des poux dans la tête, et il s'est refermé comme une huître. Il a trouvé je ne sais quoi de merveilleux... à moins qu'il ne soit le champion du monde des menteurs, ce qui est l'hypothèse la plus probable. A produit quelques photographies en mauvais état, qu'on suppose truquées. Est devenu si susceptible qu'il boxe le premier venu qui l'interroge, et balance les journalistes dans l'escalier. Selon moi, c'est un mégalomane qui a d'égales dispositions pour le meurtre et pour la science. Tel est votre homme, monsieur Malone ! Maintenant filez, et voyez ce que vous pouvez en tirer.

Vous êtes assez grand pour vous défendre. De toute façon vous n'avez rien à craindre : il y a une loi sur les accidents du travail, n'est-ce pas ?

Il ne me restait plus qu'à me retirer.

Je sortis donc, et je me dirigeai vers le Club des Sauvages ; mais au lieu d'y pénétrer je m'accoudai sur la balustrade d'Adelphi Terrace où je demeurai un long moment à regarder couler l'eau brune, huileuse. A ciel ouvert je pense toujours plus sainement et mes idées sont plus claires. Je sortis de ma poche la notice sur le professeur Challenger, et je la relus à la lumière du lampadaire. C'est alors que j'eus une inspiration (je ne peux pas trouver un autre mot). D'après ce que je venais d'entendre j'étais certain que je ne pourrais jamais approcher le hargneux Professeur en me présentant comme journaliste. Mais les manifestations de sa mauvaise humeur, deux fois mentionnées dans sa biographie, pouvaient simplement signifier qu'il était un fanatique de la science. Par ce biais ne me serait-il pas possible d'entrer en contact avec lui ? J'essaierais.

J'entrai dans le club. Il était onze heures passées : la grande salle était presque pleine, mais on ne s'y bousculait pas encore. Je remarquai au coin du feu un homme grand, mince, anguleux, assis dans un fauteuil. Lorsque j'approchai une chaise, il se retourna. C'était exactement l'homme qu'il me fallait. Il s'appelait Tarp Henry, il appartenait à l'équipe de *Nature ;* sous son aspect desséché, parcheminé, il témoignait aux gens qu'il connaissait une gentille compréhension. Immédiatement j'entamai le sujet qui me tenait à cœur.

– Qu'est-ce que vous savez du professeur Challenger ?

– Challenger ?... répéta-t-il en rassemblant ses sourcils en signe de désaccord scientifique. Challenger est l'homme qui est rentré d'Amérique du Sud avec une histoire jaillie de sa seule imagination.

– Quelle histoire ?

– Oh, une grossière absurdité à propos de quelques

animaux bizarres qu'il aurait découverts. Je crois que depuis il s'est rétracté. En tout cas il n'en parle plus. Il a donné une interview à l'agence Reuter, et ses déclarations ont soulevé un tel tollé qu'il a compris que les gens ne marchaient pas. Ce fut une affaire plutôt déshonorante. Il y eut deux ou trois personnes qui paraissaient disposées à le prendre au sérieux, mais il n'a pas tardé à les en dissuader.

– Comment cela ?

– Eh bien, il les a rebutées par son insupportable grossièreté, par des manières impossibles. Tenez : le pauvre vieux Wadley, de l'Institut de Zoologie ! Wadley lui envoie ce message : « Le président de l'Institut de Zoologie présente ses compliments au professeur Challenger et considérerait comme une faveur particulière s'il consentait à lui faire l'honneur de participer à sa prochaine réunion. » La réponse a été... impubliable !

– Dites-la-moi !

– Voici une version expurgée : « Le professeur Challenger présente ses compliments au président de l'Institut de Zoologie et considérerait comme une faveur particulière s'il allait se faire... »

– Mon Dieu !

– Oui, je crois que c'est ainsi que le vieux Wadley traduisit sa réponse. Je me rappelle ses lamentations à la réunion : « En cinquante années d'expérience de relations scientifiques... » Ça l'a pratiquement achevé !

– Rien de plus sur Challenger ?

– Vous savez, moi, je suis un bactériologiste : je vis penché sur un microscope qui grossit neuf cents fois, et il me serait difficile de dire que je tiens compte sérieusement de ce que je vois à l'œil nu. Je suis un frontalier qui vagabonde sur l'extrême bord du Connaissable ; alors je me sens tout à fait mal à l'aise quand je quitte mon microscope et que j'entre en rapport avec vous autres, créatures de grande taille, rudes et pataudes. Je suis trop détaché du monde pour parler de choses à scandale ;

cependant au cours de réunions scientifiques j'ai entendu discuter de Challenger, car il fait partie des célébrités que nul n'a le droit d'ignorer. Il est aussi intelligent qu'on le dit : imaginez une batterie chargée de force et de vitalité ; mais c'est un querelleur, un maniaque mal équilibré, un homme peu scrupuleux. Il est allé jusqu'à truquer quelques photographies relatives à son histoire d'Amérique du Sud.

– Un maniaque, dites-vous ? Quelle manie particulière ?

– Il en a des milliers, mais la dernière en date a trait à Weissmann et à l'évolution. Elle a déclenché un beau vacarme à Vienne, je crois.

– Vous ne pouvez pas me donner des détails précis ?

– Pas maintenant, mais une traduction des débats existe. Nous l'avons au bureau. Si vous voulez y passer..

– Oui, c'est justement ce que je désirerais. Il faut que j'interviewe ce type, et j'ai besoin d'un fil conducteur. Ce serait vraiment chic de votre part si vous me le procuriez. En admettant qu'il ne soit pas trop tard, j'irais bien tout de suite à votre bureau avec vous.

Une demi-heure plus tard j'étais assis dans le bureau de Tarp Henry, avec devant moi un gros volume ouvert à l'article : « Weissmann contre Darwin ». En sous-titre : « Fougueuse protestation à Vienne. Débats animés. » Mon éducation scientifique ayant été quelque peu négligée, j'étais évidemment incapable de suivre de près toute la discussion ; mais il m'apparut bientôt que le Professeur anglais avait traité son sujet d'une façon très agressive et avait profondément choqué ses collègues du Continent. « Protestations », « Rumeurs », « Adresses générales au président », telles furent les trois premières parenthèses qui me sautèrent aux yeux. Mais le reste me sembla aussi intelligible que du chinois.

– Pourriez-vous me le traduire ? demandai-je sur un ton pathétique à mon collaborateur occasionnel.

– C'est déjà une traduction, voyons !

— Alors j'aurai peut-être plus de chance avec l'original...

— Dame, pour un profane, c'est assez calé !

— Si seulement je pouvais découvrir une bonne phrase, pleine de suc, qui me communiquerait quelque chose ressemblant à une idée précise, cela me serait utile... Ah, tenez ! Celle-là fera l'affaire. Je crois vaguement la comprendre. Je la recopie. Elle me servira à accrocher ce terrible Professeur.

— Je ne peux rien de plus pour vous ?

— Si, ma foi ! Je me propose de lui écrire. Si vous m'autorisiez à écrire ma lettre d'ici et à donner votre adresse, l'atmosphère serait créée.

— Pour que ce phénomène vienne ici, fasse un scandale, et casse le mobilier !...

— Non, pas du tout. Vous allez voir la lettre : elle ne suscitera aucune bagarre, je vous le promets !

— Bien. Prenez mon bureau et mon fauteuil. Vous trouverez là du papier, je préfère vous censurer avant que vous n'alliez à la poste.

Elle me donna du mal, cette lettre, mais je peux certifier sans me flatter qu'elle était joliment bien tournée ! Je la lus fièrement à mon censeur :

« Cher professeur Challenger,

« L'humble étudiant en histoire naturelle que je suis a toujours éprouvé le plus profond intérêt pour vos spéculations touchant les différences qui séparent Darwin de Weissmann. J'ai eu récemment l'occasion de me rafraîchir la mémoire en relisant... »

— Infernal menteur ! murmura Tarp Henry.

— ... « en relisant votre magistrale communication à Vienne. Cette déclaration lucide et en tous points admirable me paraît clore le débat. Elle contient cependant une phrase, que je cite : *Je proteste vigoureusement contre l'assertion intolérable et purement dogmatique que chaque élément séparé est un microcosme en possession d'une architecture historique élaborée lentement à travers des séries de générations.* Ne désireriez-vous pas, en vue de recherches ultérieures, modifier cette déclaration ? Ne croyez-vous pas qu'elle est trop catégorique ? Avec votre permission, je vous demanderais la faveur d'un entretien, car il s'agit d'un sujet que je sens très vivement, et j'aurais certaines suggestions à vous faire, que je pourrais seulement présenter dans une conversation privée. Avec votre consentement, j'espère avoir l'honneur d'être reçu chez vous à onze heures du matin, après-demain mercredi.

« Avec l'assurance de mon profond respect, je reste, Monsieur, votre très sincère

Edward D. Malone. »

– Comment trouvez-vous cela ? demandai-je triomphalement.
– Si votre conscience ne vous fait pas de reproches...
– Dans ces cas-là, jamais !
– Mais qu'est-ce que vous avez l'intention de faire ?
– Me rendre là-bas. Une fois que je serai chez lui, je trouverai bien une ouverture. Je peux aller jusqu'à une confession complète. Si c'est un sportif, ça ne lui déplaira pas.
– Ah, vous croyez ça ? Revêtez alors une cote de mailles, ou un équipement pour le rugby ! Ça vaudra mieux... Eh bien, mon cher, bonsoir ! J'aurai mercredi matin la réponse que vous espérez... s'il daigne vous répondre. C'est un tempérament violent, dangereux, hargneux, détesté par tous ceux qui ont eu affaire à lui ; la tête de turc des étudiants, pour autant qu'ils osent prendre une liberté avec lui. Peut-être aurait-il été préférable pour vous que vous n'ayez jamais entendu prononcer son nom !

3
Un personnage parfaitement impossible

L'espoir ou la crainte de mon ami ne devait pas se réaliser. Quand je passai le voir mercredi il y avait une lettre timbrée de West Kensington ; sur l'enveloppe mon nom était griffonné par une écriture qui ressemblait à un réseau de fils de fer barbelés. Je l'ouvris pour la lire à haute voix à Tarp Henry.

« Monsieur,

« J'ai bien reçu votre billet, par lequel vous affirmez souscrire à mes vues. Apprenez d'abord qu'elles ne dépendent pas d'une approbation quelconque, de vous ou de n'importe qui. Vous avez aventuré le mot " spéculation " pour qualifier ma déclaration sur le darwinisme, et je voudrais attirer votre attention sur le fait qu'un tel mot dans une telle affaire est offensant jusqu'à un certain point. Toutefois le contexte me convainc que vous avez péché plutôt par ignorance et manque de tact que par malice, aussi je ne me formaliserai pas. Vous citez une phrase isolée de ma conférence, et il apparaît que vous éprouvez de la difficulté à la comprendre. J'aurais cru que seule une intelligence au-dessous de la moyenne pouvait avoir du mal à en saisir le sens ; mais si réellement elle nécessite un développement je consentirai à vous recevoir à l'heure indiquée, bien que je déteste cordialement les visites et les visiteurs de toute espèce. Quant à votre hypothèse selon laquelle je pourrais modifier mon opinion, sachez que je n'ai pas l'habitude de le faire une fois que j'ai exprimé délibérément des idées mûries. Vous voudrez bien montrer cette enveloppe à mon domestique Austin quand vous viendrez, car il a pour mission de me protéger contre ces canailles indiscrètes qui s'appellent " journalistes ".

« Votre dévoué
George Edward Challenger. »

Le commentaire qui tomba des lèvres de Tarp Henry fut bref :

– Il y a un nouveau produit, la cuticura ou quelque chose comme ça, qui est plus efficace que l'arnica.

Les journalistes ont vraiment un sens extraordinaire de l'humour !

Il était près de dix heures et demie quand le message me fut remis, mais un taxi me fit arriver en temps voulu pour mon rendez-vous. Il me déposa devant une imposante maison à portique ; aux fenêtres de lourds rideaux défendaient le Professeur contre la curiosité publique ; tout l'extérieur indiquait une opulence certaine.

La porte me fut ouverte par un étrange personnage au teint basané, sans âge ; il portait une veste noire de pilote et des guêtres de cuir fauve. Je découvris plus tard qu'il servait de chauffeur, mais qu'il comblait également les trous dans la succession de maîtres d'hôtel très éphémères. Son œil bleu clair, inquisiteur en diable, me dévisagea.

– Convoqué ? me demanda-t-il.
– Un rendez-vous.
– Avez votre lettre ?

Je lui montrai l'enveloppe.

– Ça va !

Il semblait avare de paroles. Je le suivis dans le corridor, mais je fus assailli au passage par une petite bonne

femme qui jaillit de la porte de la salle à manger. Elle était vive et pétillante, elle avait les yeux noirs, elle inclinait davantage vers le type français que vers le type anglais.

– Un instant ! dit-elle. Attendez, Austin. Rentrez par ici, monsieur. Puis-je vous demander si vous avez déjà rencontré mon mari ?

– Non, madame, je n'ai pas eu cet honneur.

– Alors d'avance je vous présente des excuses. Je dois vous prévenir que c'est un personnage parfaitement impossible... absolument impossible ! Vous voilà averti tenez-en compte !

– C'est très aimable à vous, madame.

– Quittez rapidement la pièce s'il paraît disposé à la violence. Ne perdez pas votre temps à vouloir discuter avec lui. Plusieurs visiteurs ont couru ce risque : ils ont été abîmés plus ou moins gravement ; il s'ensuit toujours un scandale public qui nous éclabousse tous, et moi en particulier. Je suppose que ce n'est pas à propos de l'Amérique du Sud que vous désirez le voir ?

Comment mentir à une dame ?

– Mon Dieu ! C'est le sujet le plus dangereux ! Vous ne croirez pas un mot de ce qu'il vous dira... J'en suis sûre ! Je n'en serais pas surprise !... Mais ne le lui faites pas voir, car sa violence atteindrait son paroxysme. Faites semblant de le croire : peut-être alors tout se passera bien. Rappelez-vous qu'il y croit lui-même. Je m'en porte garante. Il n'y a pas plus honnête que lui ! Mais je vous quitte, autrement ses soupçons pourraient s'éveiller... Si vous sentez qu'il devient dangereux... réellement dangereux, alors sonnez la cloche et échappez-lui jusqu'à ce que j'arrive. Généralement, même dans ses pires moments, je parviens à l'apaiser.

Ce fut sur ces propos très encourageants que la dame me remit aux mains du taciturne Austin qui, comme la discrétion statufiée en bronze, avait attendu la fin de notre entretien. Il me conduisit au bout du corridor. Là il y eut d'abord un petit coup à la porte ; ensuite, émis de l'intérieur, un beuglement de taureau ; enfin seul à seul le professeur Challenger et votre visiteur.

Il était assis sur un fauteuil tournant derrière une large table couverte de livres, de cartes, de schémas. Il fit virer de 180° son siège lorsque j'entrai : le choc de son apparition me cloua sur place. Je m'étais préparé à un spectacle étrange, certes ; mais cette personnalité formidable, accablante, irrésistible ! Son volume vous coupait le souffle ; son volume et sa stature imposante. Il avait une tête énorme ; je n'en avais jamais vu d'aussi grosse qui couronnât un être humain ; je suis sûr que son haut-de-forme, si je m'étais hasardé à m'en coiffer, me serait tombé sur les épaules. Tout de suite j'associai son visage et sa barbe à l'image d'un taureau d'Assyrie ; sur le visage rubicond, la barbe était si noire qu'elle avait des reflets bleus ; mais elle était taillée en forme de bêche et elle descendait jusqu'au milieu du buste. Sur son front massif les cheveux retombaient bien cosmétiqués en un long accroche-cœur. Les yeux gris-bleu s'abritaient sous de grandes touffes noires : ils étaient très clairs, très dédaigneux, très dominateurs. Au-dessus de sa table émergeaient encore des épaules immensément larges et un torse comme une barrique... Ah, j'oublie les mains : énormes, velues ! Cette image, associée à une voix beuglante, rugissante, grondante, constitua la première impression que je reçus du réputé professeur Challenger.

– Alors ? dit-il en me couvrant d'un regard insolent. Qu'est-ce que vous me voulez, vous ?

Il fallait bien que je persévère un moment dans ma supercherie ; sinon j'étais proprement éjecté.

– Vous avez été assez bon, monsieur, pour m'accorder un rendez-vous, dis-je de mon air le plus humble en présentant mon enveloppe.

Il s'en empara, déplia la lettre et l'étala sur sa table.

– Oh, vous êtes ce jeune homme incapable de comprendre votre langue maternelle, n'est-ce pas ? et cependant assez bon pour approuver mes conclusions générales, d'après ce que j'ai compris ?

– C'est cela, monsieur ! Tout à fait cela !

J'étais très positif.

– Eh bien ! Voilà qui consolide grandement ma position, hein ? Votre âge et votre mine confirment doublement la validité de votre appui... Tout de même, vous valez mieux que ce troupeau de porcs viennois dont le grognement grégaire n'est pas plus désobligeant en fin de compte que la hargne solitaire du pourceau britannique.

Il me lança un regard qui me fit comprendre qu'il me tenait pour le représentant actuel de cette espèce.

– Leur conduite me semble avoir été abominable ! hasardai-je.

– Je vous assure que je suis capable de me battre tout seul et que votre sympathie m'indiffère totalement. Laissez-moi seul, monsieur, seul le dos au mur. C'est alors que G.E.C. est l'homme le plus heureux du monde... Bien, monsieur ! Faisons ce que nous pouvons l'un et l'autre pour écourter cette visite : elle ne vous offrira pas grand-chose d'agréable, et pour moi elle m'ennuie au-delà de toute expression. Vous aviez, à vous en croire, des commentaires à ajouter à la proposition que j'ai formulée dans ma thèse ?

Ses méthodes étaient empreintes d'une brutalité directe qui rendait difficile toute échappatoire. Pourtant je devais continuer à jouer le jeu, jusqu'à ce que j'entrevisse une ouverture. De loin cela m'avait semblé facile... Esprits de l'Irlande, qu'attendiez-vous pour m'aider ? J'avais si grand besoin d'être secouru !

Il me transperça de ses deux yeux aigus, durs comme de l'acier.

– Allons, allons ! gronda-t-il.

– Bien sûr je ne suis qu'un simple étudiant, dis-je avec un sourire imbécile. A peine mieux qu'un curieux. Pourtant il m'est apparu que vous avez été un peu sévère à propos de Weissmann dans cette affaire. Est-ce que depuis cette date la position de Weissmann n'a pas été... renforcée par de nombreux témoignages ?

— Quels témoignages ?

Il parlait avec un calme menaçant.

— Eh bien, naturellement, je sais qu'il n'y en a aucun à qui vous pourriez attribuer la qualité de preuve définitive. Je faisais simplement allusion à la tendance générale de la pensée moderne et au point de vue de la science prise collectivement, si j'ose ainsi m'exprimer.

Il se pencha en avant avec une grande gravité.

— Je suppose que vous savez, dit-il en comptant sur ses doigts, que l'indice crânien est un facteur constant ?

— Naturellement !

— Et que cette télégonie est encore *sub judice ?*

— Sans aucun doute.

— Et que le protoplasme du germe est différent de l'œuf parthénogénétique ?

— Mais voyons, sûrement ! m'écriai-je.

J'étais tout émoustillé par ma propre audace.

— Mais qu'est-ce que cela prouve ? interrogea-t-il d'une voix aimablement persuasive.

— Ah, en vérité ! murmurai-je. Qu'est-ce que cela prouve ?

— Vous le dirai-je ? roucoula-t-il.

— Je vous en prie !

— Cela prouve, rugit-il dans un subit éclat de fureur, que vous êtes le plus répugnant imposteur de Londres ! Un journaliste de l'espèce la plus vile, la plus rampante, et qui n'a pas plus de science que de décence !

Il s'était dressé sur ses pieds ; une rage folle étincelait dans son regard. Même à ce moment de tension entre tous, je trouvai le temps de m'étonner parce que je découvrais qu'il était de petite taille : sa tête me venait à l'épaule. Le Professeur était une sorte d'Hercule rabougri dont la vitalité sensationnelle s'était réfugiée dans la profondeur, dans la largeur, et dans le cerveau.

— Du baragouin ! s'écria-t-il en se penchant toujours plus avant, avec sa figure et ses doigts projetés vers moi. Voilà ce que je vous ai raconté, monsieur ! Du baragouin scientifique ! Aviez-vous donc cru que vous pourriez rivaliser avec moi en astuce ? Vous qui n'avez qu'une noix à la place du cerveau ? Ah, vous vous croyez omnipotents, vous gribouilleurs de l'enfer ! Vous vous imaginez que vos louanges peuvent faire un homme et vos critiques le démolir ? Ah, nous devrions tous nous incliner devant vous dans l'espoir d'obtenir un mot favorable, n'est-ce pas ? De celui-ci on se paie la tête, et à celui-là on adresse une verte semonce ! Je vous connais, vermine rampante ! Vous outrepassez constamment vos limites ! Il fut un temps où on vous coupait les oreilles. Vous avez perdu le sens des proportions. Sacs bourrés de vent ! Je vous maintiendrai dans vos limites, moi ! Non, monsieur, vous n'avez pas eu G.E.C. ! Il y a encore un homme qui ne se soumet pas. Il vous a avertis, mais par le Seigneur si vous venez, tant pis ! C'est à vos risques et périls. Un gage, mon bon monsieur Malone ! Je réclame un gage ! Vous avez joué un jeu assez dangereux ; et vous avez tout l'air d'avoir perdu.

— Un instant, monsieur ! dis-je faisant retraite vers la porte et l'entrouvrant. Vous pouvez être aussi grossier que cela vous plaît. Mais il y a tout de même des bornes : vous ne me toucherez pas !

— Ah, je ne vous toucherai pas ?

Il avançait vers moi d'une façon tout à fait menaçante ; mais il s'arrêta brusquement et enfouit ses grosses mains dans les poches latérales d'une courte veste d'enfant. Il poursuivit :

— J'ai déjà jeté à la porte de cette maison plusieurs d'entre vous. Vous seriez le quatrième ou le cinquième. Trois livres quinze shillings chacun, voilà ce qu'ils m'ont coûté en moyenne. Cher, mais indispensable ! Dans ces conditions, monsieur, pourquoi ne subiriez-vous pas le même traitement que vos confrères ? Il me semble au contraire que vous le méritez...

Il repartit sur moi ; il avait une façon de marcher en relevant les orteils qui s'apparentait à celle d'un maître à danser.

J'aurais pu déguerpir, et foncer vers la porte du vestibule, mais j'aurais eu honte ! Par ailleurs une juste colère commençait à s'allumer en moi. Jusqu'ici je m'étais senti dans mon tort ; les menaces de ce Challenger me ramenèrent dans mon droit.

– Je vous recommande de ne pas me toucher, monsieur ! Je ne le supporterais pas...

– Mon Dieu ! s'exclama-t-il en relevant sa moustache qui découvrit un croc blanc prêt à mordre. Vous ne le supporteriez pas, eh ?

– Ne faites pas l'idiot, Professeur ! criai-je. Qu'est-ce que vous espérez ? Je pèse cent kilos, et chaque kilo est aussi dur qu'une pierre ; je joue trois-quart centre tous les samedis chez les Irlandais de Londres, je ne suis pas homme...

Ce fut à cet instant qu'il se rua sur moi. Par chance j'avais ouvert la porte : sinon nous serions passés à travers. Nous exécutâmes ensemble un magnifique soleil dans le corridor. Je ne me rappelle pas comment nous attrapâmes une chaise au passage, dans notre mêlée, ni comment nous nous engageâmes avec elle vers la rue. J'avais de sa barbe plein la bouche ; nos bras étaient étroitement liés dans un corps-à-corps que compliquait encore cette maudite chaise dont les pieds s'acharnaient à nous faire des crocs-en-jambe. L'attentif Austin avait ouvert toute grande la porte du vestibule. Une sorte de saut périlleux nous fit dégringoler les marches ensemble. J'ai vu au cirque deux acrobates s'essayer à une gymnastique semblable, mais il faut sans doute beaucoup d'entraînement pour la pratiquer sans se faire mal ! La chaise se réduisit en allumettes, et nous roulâmes jusque dans le caniveau. Il se remit debout, agita ses poings ; il respirait péniblement, comme un asthmatique.

– Ça vous suffit ? haleta-t-il.

– Taureau de l'enfer ! criai-je en me relevant.

Séance tenante, nous aurions repris le combat tant son humeur batailleuse était effervescente, mais par bonheur je fus sauvé d'une situation odieuse. Un policeman se tenait à côté de nous, son calepin à la main.

– Qu'est-ce que c'est ? Vous devriez avoir honte ! dit l'agent.

C'était la remarque la plus sensée que j'eusse entendue dans Enmore Park.

– Alors, insista-t-il en se tournant vers moi, de quoi s'agit-il ?

– Cet homme m'a attaqué ! répondis-je.

– L'avez-vous attaqué ? interrogea le policeman.

Le Professeur soufflait comme un forgeron et se tut.

– Ce n'est pas la première fois, dit sévèrement le policeman en secouant la tête. Vous avez eu des ennuis le mois dernier pour les mêmes faits. Et vous avez mis l'œil de ce jeune homme au beurre noir Portez-vous plainte contre lui, monsieur ?

Je me laissai attendrir.

– Non, dis-je. Je ne porte pas plainte.

– Qu'est-ce que ça veut dire ? demanda le policeman.

– Je suis moi-même à blâmer. Je me suis introduit chez lui. Il m'avait loyalement averti.

Le policeman referma son calepin.

– Ne recommencez plus ! dit-il... Et maintenant filez ! allons, filez !

Ceci s'adressait à un garçon boucher, à une cuisinière, ainsi qu'à deux badauds qui s'étaient rassemblés. Il descendit la rue de son pas lourd, en poussant devant lui ce petit troupeau. Le Professeur me lança un coup d'œil ; dans ce regard je crus discerner un reflet d'humour.

– Rentrez ! me dit-il. Je n'en ai pas encore terminé avec vous.

L'intonation était sinistre, mais je ne l'en suivis pas moins. Le domestique Austin, un vrai visage de bois, referma la porte derrière nous.

4
La chose la plus formidable du monde

A peine était-elle refermée que Mme Challenger s'élança de la salle à manger. Cette petite bonne femme était d'humeur furieuse. Elle barra la route à son mari comme l'aurait fait devant un taureau une poulette enragée. De toute évidence elle avait assisté à ma sortie, mais elle ne m'avait pas vu rentrer.

– Tu n'es qu'une brute, George ! hurla-t-elle. Tu as blessé ce gentil garçon.

Il pointa son pouce derrière lui.

– Regarde-le : il est sain et sauf.

Elle était confuse, mais pas tellement.

– Excusez-moi : je ne vous avais pas vu.

– Je vous assure, madame, que tout va très bien.

– Il a marqué votre pauvre visage ! Oh, George, quelle brute tu fais ! D'une semaine à l'autre, rien que des scandales ! Tout le monde te déteste et se moque de toi. Ma patience est à bout. Et ceci est la goutte d'eau...

– Le linge sale se lave en famille ! gronda le Professeur

– Mais il n'y a plus de secret ! s'écria-t-elle. Qu'imagines-tu ? Toute la rue, tout Londres... Sortez, Austin, nous n'avons pas besoin de vous ici. Est-ce que tu supposerais par hasard que tous ne brocardent pas sur toi ? Où est ta dignité ? A toi, un homme qui aurait dû être le recteur d'une grande université où mille étudiants t'auraient révéré ? Qu'as-tu fait de ta dignité, George ?

— Et que fais-tu de la tienne, ma chère ?

— Tu me mets à trop rude épreuve. Une brute, une brute braillarde et vulgaire, voilà ce que tu es devenu !

— Sois gentille, Jessie !

— Un taureau furieux, un taureau qui beugle perpétuellement !

— As-tu fini de me dire des choses désagréables ?

A ma grande surprise, il se pencha, la leva à bout de bras, et la fit s'asseoir sur un haut socle en marbre noir dans un angle du vestibule. Ce socle avait au moins deux mètres, et il était si mince qu'elle pouvait à peine se tenir en équilibre. Rien de plus ridicule que le spectacle de sa figure convulsée de rage, de ses pieds qui battaient dans le vide et de son buste pétrifié dans la crainte d'une chute.

— Fais-moi descendre ! gémit-elle.

— Dis « s'il te plaît ! »

— Sale brute ! Fais-moi descendre à l'instant même !

— Venez dans mon bureau, monsieur Malone...

— En vérité, monsieur... hasardai-je en lui désignant la dame.

— M. Malone plaide en ta faveur, Jessie. Dis « s'il te plaît », et immédiatement tu te retrouveras en bas.

— Brute ! Brute ! S'il te plaît ! S'il te plaît !

Il la redescendit comme s'il s'était agi d'un canari.

— Il faut bien te tenir, chérie. M. Malone est un journaliste. Il racontera demain tout cela dans sa feuille de chou, et il en vendra une demi-douzaine de plus chez nos voisins : « L'étrange histoire d'une vie en altitude »... Car tu te sentais plutôt en altitude sur ce socle, n'est-ce pas ? Puis un sous-titre : « Quelques aperçus sur un ménage singulier. » Il se nourrit d'immondices, M. Malone ! Il se repaît de charognes, comme tous ceux de son espèce.. *porcus ex grege diaboli...* un cochon du troupeau du diable. N'est-ce pas, Malone ? Hein ?

— Vous êtes réellement invivable !

Il éclata de rire.

– Nous nous coaliserons bientôt, hein ? rugit-il en fixant alternativement sa femme et moi.

Il bomba son énorme torse, puis tout à coup son intonation se transforma :

– Pardonnez-moi ce frivole badinage familial, monsieur Malone. Je vous ai rappelé pour des motifs plus sérieux. Vous n'avez pas à vous mêler de ces petites plaisanteries domestiques... File, petite bonne femme, et ne te tracasse pas...

Il posa sur ses épaules une grosse patte, en ajoutant :

– Tout ce que tu dis est la vérité même. Je serais un homme meilleur si je suivais tes conseils ; mais si je les suivais, je ne serais plus tout à fait George Edward Challenger. Il existe quantité d'hommes meilleurs, ma chère, mais il n'existe qu'un G.E.C. Alors arrange-toi pour le mieux...

Il lui décocha un baiser bruyant, qui me gêna encore plus que toute sa violence.

– ...Maintenant, monsieur Malone, reprit-il avec toute sa dignité retrouvée, par ici s'il vous plaît !

Nous rentrâmes dans la pièce que nous avions si tumultueusement quittée dix minutes plus tôt. Le Professeur ferma la porte, me poussa vers un fauteuil, et plaça une boîte de cigares sous mon nez.

– Des vrais San Juan Colorado ! dit-il. Les gens émotifs de votre espèce sont les meilleurs experts en narcotiques. Ciel ! Ne mordez pas dedans ! Coupez-le... coupez-le avec respect ! Maintenant adossez-vous paisiblement et écoutez ce que je vais vous dire. Si vous avez une observation à me faire, réservez-la pour un autre jour.

« En premier lieu, pour ce qui est de votre retour chez moi après votre expulsion si justifiée...

Il lança sa barbe en avant et me regarda comme quelqu'un qui défie et invite à la contradiction ; mais je ne bronchai pas.

« ... après, comme je l'ai dit, votre expulsion bien méritée, la raison en est la réponse que vous avez faite à ce policeman ; j'ai cru y discerner un éclair de bon sentiment... meilleur, en tout cas, que ceux que jusqu'ici votre profession m'a témoignés. En admettant que la responsabilité de l'incident vous incombait, vous avez administré la preuve d'un certain détachement de l'esprit et d'une largeur de vues qui m'ont impressionné favorablement. La sous-espèce de la race humaine à laquelle vous appartenez malheureusement s'est toujours maintenue au-dessous de mon horizon mental. Vos paroles vous ont élevé soudain au-dessus de lui : alors je vous ai remarqué. C'est pour cette raison que je vous ai prié de rentrer, afin que je puisse faire plus ample connaissance avec vous. Veuillez déposer votre cendre dans le petit cendrier japonais, sur la table de bambou qui est à votre coude gauche.

Tout ceci, il l'avait proféré sur le ton d'un professeur s'adressant à sa classe. Il avait fait virer sa chaise pivotante de façon à me faire face, et il était assis tout gonflé comme une gigantesque grenouille mugissante. Brusquement il se tourna de côté, et tout ce que je vis de lui fut une oreille rouge, saillante, sous des cheveux hirsutes. Il fouillait parmi la liasse de papiers qu'il avait sur son bureau. Et bientôt, tenant à la main ce qui me parut être un album de croquis déchiré, il se replaça en face de moi.

– Je vais vous parler de l'Amérique du Sud, commença-t-il. Pas de commentaires s'il vous plaît ! D'abord je tiens à ce que vous compreniez que rien de ce que je vous dirai n'est destiné à être communiqué d'une façon ou d'une autre au public sans mon autorisation expresse. Cette autorisation, selon toutes les probabilités humaines, je ne vous la donnerai jamais. Est-ce clair ?

– Difficile ! fis-je. Sûrement, un compte rendu judicieux...

Il reposa son album sur le bureau.

– Terminé ! fit-il. Je vous souhaite une bonne journée.

– Non, non ! m'écriai-je. Je me soumets à toutes vos conditions. Au reste, je n'ai pas le choix !

— Non, c'est à prendre ou à laisser !
— Eh bien, alors, je promets...
— Parole d'honneur ?
— Parole d'honneur !

Il me dévisagea : un scepticisme brillait dans ses yeux insolents.

— Après tout, qu'est-ce que je sais de votre honneur ?
— Décidément, monsieur, protestai-je avec une furieuse véhémence, vous prenez avec moi de grandes libertés ! Je n'ai jamais été pareillement offensé dans toute ma vie !

Cette sortie parut l'intéresser davantage que le gêner.

— Tête ronde, marmonna-t-il. Brachycéphale. L'œil gris. Le cheveu noir. Une tendance au négroïde. Celte, je présume ?
— Je suis un Irlandais, monsieur.
— Irlandais Irlandais ?
— Oui, monsieur.
— Voilà l'explication. Voyons : vous m'avez promis que vous tiendriez votre langue ? Les confidences que je vais vous faire seront forcément restreintes. Mais je me sens disposé à vous donner quelques indications intéressantes. Premièrement, vous savez sans doute qu'il y a deux ans j'ai fait un voyage en Amérique du Sud : voyage qui sera classique dans l'histoire scientifique du monde. Son objet était de vérifier quelques conclusions de Wallace et de Bates, ce qui ne pouvait être fait qu'en observant les faits qu'ils avaient notés, dans les mêmes conditions que celles où ils s'étaient trouvés. Je pensais que si mon expédition n'aboutissait qu'à ce résultat, elle valait néanmoins la peine d'être tentée : mais un incident curieux se produisit pendant que je me trouvais là-bas, et m'orienta vers une enquête tout à fait nouvelle.

« Vous n'ignorez pas – ou probablement, à votre âge de demi-culture, vous ignorez – que le pays qui environne certaines parties de l'Amazone n'est encore que très partiellement exploré : un grand nombre d'affluents,

dont quelques-uns n'ont jamais figuré sur une carte, se jettent dans le fleuve. Mon affaire consistait à visiter l'arrière-pays peu connu et à examiner sa faune, afin de rassembler les matériaux de plusieurs chapitres en vue d'un travail monumental sur la zoologie qui sera la justification de ma vie. J'allais revenir, après avoir effectué mes recherches, quand j'eus l'occasion de passer une nuit dans un petit village indien, à l'endroit où un certain affluent – dont je tais le nom et la position géographique – se jette dans le fleuve. Les indigènes étaient des Indiens Cucuma ; c'est une race aimable mais dégénérée, dont l'efficacité mentale ne dépasse pas celle du Londonien moyen. J'avais soigné quelques malades de leur tribu en remontant le fleuve, et ma personnalité les avait considérablement impressionnés ; je ne fus donc pas surpris le moins du monde quand je les revis qui attendaient impatiemment mon retour. A leurs signes je devinai que l'un d'entre eux avait un besoin urgent de mes soins médicaux ; je suivis le chef dans une hutte ; quand j'entrai je découvris que le malade auprès duquel j'avais été appelé venait d'expirer. Et je découvris, avec une immense stupéfaction, que cet homme n'était pas un Indien, mais un Blanc... En vérité je devrais dire un homme très blanc, car il avait des cheveux blond filasse, et il portait quelques-unes des caractéristiques de l'albinos. Il était vêtu de haillons, son visage était très émacié, il en avait certainement vu de dures ! Pour autant que j'eusse compris le récit des indigènes, ils ne le connaissaient pas du tout ; il était arrivé seul dans leur village, à travers les grands bois, dans un état d'extrême fatigue.

« Son sac était posé à côté de sa paillasse ; j'en inspectai le contenu. Son nom était écrit sur une étiquette à l'intérieur : Maple White, Lake Avenue, Detroit, Michigan. C'est un nom devant lequel je tirerai toujours mon chapeau. Il n'est pas excessif de dire qu'il se situera au même plan que le mien quand les mérites de toute l'affaire seront équitablement répartis.

« D'après ce que contenait le sac, il était clair que cet homme avait été un artiste et un poète en quête d'inspiration. Il y avait des vers ; je ne prétends pas être un bon juge en poésie, mais ils m'apparurent singulièrement dépourvus de valeur. Il y avait aussi quelques tableaux médiocres qui représentaient le fleuve, une boîte de peinture, une boîte de craies de couleur, quelques pinceaux, cet os incurvé que vous voyez sur mon buvard, un volume de Baxter *Phalènes et papillons,* un revolver de modèle courant et quelques balles. Quant à son équipement personnel il n'en possédait aucun ; peut-être l'avait-il perdu au cours de ses pérégrinations. L'inventaire des trésors de cet étrange bohémien d'Amérique fut donc vite fait.

« J'allais me détourner quand j'aperçus un objet qui dépassait de sa veste déchirée : c'était un album de dessins, que je trouvai déjà dans le triste état où vous le voyez aujourd'hui. Cependant je vous jure qu'un manuscrit de Shakespeare n'aurait pas été plus respectueusement traité que cette relique, depuis qu'elle entra en ma possession. Prenez-le, feuilletez-le page par page afin d'en examiner le contenu. »

Il s'offrit un cigare, et se recula dans son fauteuil pour mieux me fixer de ses yeux férocement critiques ; il attendait l'effet que son document produirait sur moi.

J'avais ouvert l'album en escomptant une révélation sensationnelle, sans pouvoir d'ailleurs en imaginer par avance la nature. Toutefois la première page me déçut, car elle ne contenait rien d'autre que le dessin d'un très gros homme en vareuse, avec pour légende : « Jimmy Colver sur le paquebot. » Les quelques pages suivantes étaient consacrées à de petites illustrations des Indiens et de leurs mœurs. Puis vint le portrait d'un ecclésiastique joyeux et corpulent, assis en face d'un mince Européen, et au-dessous était écrit au crayon : « Déjeuner avec Fra Cristofero à Rosario. » Des études de femmes et d'enfants occupaient d'autres pages, puis j'arrivai à une longue suite de dessins d'animaux avec des explications dans le genre de celles-ci : « Lamantin sur banc de sable », « Tortues et leurs œufs », « Ajouti noir sous un palmier de Miriti ». Ledit ajouti ressemblait à un porc. Enfin j'ouvris une double page remplie de dessins de sauriens fort déplaisants à la gueule allongée. Comme je ne parvenais pas à les identifier, je demandai au Professeur :

– Ce sont de vulgaires crocodiles, n'est-ce pas ?

– Des alligators ! des alligators ! Il n'y a pratiquement pas de véritables crocodiles en Amérique du Sud. La distinction entre...

– Je voulais dire par là que je ne voyais rien d'extraordinaire, rien dans ce cahier qui justifiât ce que vous avez dit sur son contenu précieux.

Il sourit avec une grande sérénité avant de m'inviter à regarder la page suivante.

Encore une fois il me fut impossible de m'enthousiasmer. Il s'agissait sur toute la page d'un paysage grossièrement colorié : le genre d'ébauche qui sert à un artiste de guide et de repère pour un travail ultérieur plus définitif. Un premier plan vert pâle de végétation touffue, en pente ascendante, et qui se terminait par une ligne de falaises rouge foncé, avec de curieuses stries qui leur donnaient l'apparence de formations basaltiques comme j'en avais vues ailleurs. Elles s'étendaient pour constituer une muraille continue à l'arrière-plan. Sur un point il y avait un piton rocheux pyramidal isolé, couronné par un grand arbre, et qu'un gouffre semblait séparer de l'escarpement principal. Sur tout cela la lumière d'un ciel bleu tropical. Une mince couche de végétation bordait le sommet de l'escarpement rouge.

Sur la page suivante s'étalait une autre reproduction peinte à l'eau du même paysage, mais prise de beaucoup plus près : les détails se détachaient nettement.

– Alors ? me demanda le Professeur.

– C'est indubitablement une curieuse formation, répondis-je. Mais je ne suis pas suffisamment géologue pour m'émerveiller.

— Vous émerveiller ! répéta-t-il. Mais c'est unique. C'est incroyable. Personne sur la terre n'avait jamais imaginé une telle possibilité. Passez à la page suivante...

Je tournai la page, et poussai une exclamation de surprise. Sur toute la hauteur se dressait l'image de l'animal le plus extraordinaire que j'eusse jamais vu : on aurait dit le rêve sauvage d'un fumeur d'opium, une vision de délirant... La tête ressemblait à celle d'un oiseau, le corps à celui d'un lézard bouffi, la queue traînante était garnie de piquants dressés en l'air, et le dos voûté était bordé d'une haute frange en dents de scie analogues à une douzaine de fanons de dindons placés l'un derrière l'autre. Face à cette créature invraisemblable se tenait un ridicule petit bout d'homme, sorte de nain à forme humaine, qui la regardait.

— Alors, qu'est-ce que vous pensez de ça ? cria le Professeur qui se frotta vigoureusement les mains avec un air triomphant.

— C'est monstrueux... grotesque !

— Mais qu'est-ce qui lui a fait dessiner un animal pareil ?

— L'abus de gin, je pense...

— Oh ! C'est la meilleure explication que vous puissiez fournir, n'est-ce pas ?

— Ma foi, monsieur, quelle est la vôtre ?

— De toute évidence cet animal existe. Il a été dessiné vivant.

J'aurais éclaté de rire si la perspective d'un autre soleil dans le corridor ne m'avait pas enjoint de conserver mon sérieux.

— Sans doute, sans doute ! dis-je sur le même ton que j'aurais pris pour railler un idiot. Puis-je cependant vous confesser que cette minuscule silhouette humaine m'embarrasse ? S'il s'agissait d'un Indien, nous pourrions en déduire qu'une race de pygmées existe en Amérique ; mais il a plutôt l'air d'un Européen avec son chapeau de paille...

Le Professeur renifla comme un buffle irrité :

— Vous êtes vraiment à la limite ! dit-il. Mais vous élargissez le champ de mes observations. Paresse cérébrale ! Inertie mentale ! Magnifique !

Il aurait été trop absurde que je me misse en colère. Ç'aurait été un terrible gaspillage d'énergie, car avec cet homme il aurait fallu se mettre tout le temps en colère. Je me bornai à esquisser un sourire las :

— J'avais été frappé par le fait qu'il était petit, lui dis-je.

— Regardez ici ! s'écria-t-il en se penchant et en posant sur le dessin un doigt qui ressemblait à une grande saucisse poilue. Voyez-vous cette prolifération arborescente derrière l'animal ? Je suppose que vous vous imaginez que c'est du pissenlit ou des choux de Bruxelles, n'est-ce pas ? Oui, eh bien c'est un palmier d'ivoire végétal, monsieur, qui a près de vingt mètres de haut ! Ne comprenez-vous pas pourquoi un homme a été placé là ? Il l'a ajouté, car il n'aurait raisonnablement pas pu se tenir face à cette brute et la dessiner tranquillement. L'artiste s'est représenté lui-même pour fournir une échelle des proportions. Disons qu'il mesurait un mètre quatre-vingts. L'arbre est dix fois plus haut que lui : faites le calcul.

— Seigneur ! criai-je. Vous pensez donc que la bête serait... Mais il faudrait un zoo spécial pour un pareil phénomène !

— Toute exagération mise à part, convint le Professeur, c'est assurément un spécimen bien développé !

— Mais, protestai-je, ce n'est tout de même pas sur la foi d'un seul dessin que toute l'expérience de la race humaine va vaciller...

J'avais feuilleté les dernières pages de l'album pour vérifier que ce dessin était unique.

— ... Un dessin exécuté par un Américain vagabond qui pouvait être sous l'influence de haschisch ou de la fièvre, ou qui tout simplement satisfaisait les caprices d'une imagination morbide. Vous, homme de science, vous ne pouvez pas défendre une position semblable !

Pour me répondre, le Professeur saisit un livre sur un rayon.

– Voici, me dit-il, une excellente monographie dont l'auteur est mon talentueux ami Ray Lankester. Elle contient une illustration qui vous intéressera... Ah, la voici ! Elle porte pour légende ces mots : « Aspect probable, lorsqu'il vivait, du stégosaure dinosaure jurassique ; à elle seule la patte arrière est deux fois plus haute qu'un homme de taille normale. » Hein, qu'est-ce que vous dites de ça ?

Il me tendit le livre ouvert. Je sursautai quand je vis l'illustration. Dans cet animal reconstitué d'un monde mort, il entrait assurément une grande ressemblance avec le dessin de l'Américain.

– C'est remarquable ! dis-je.

– Mais pas définitif, selon vous ?

– Il peut s'agir d'une coïncidence, à moins que cet Américain n'ait vu autrefois une image semblable et qu'il ne l'ait conservée dans sa mémoire d'où elle aurait été projetée au cours d'une crise de délire.

– Très bien ! fit avec indulgence le professeur Challenger. Laissons pour l'instant les choses en état. Voudriez-vous considérer à présent cet os ?

Il me fit passer l'os dont il m'avait indiqué qu'il l'avait trouvé dans le sac du mort. Il avait bien quinze centimètres de long, il était plus gros que mon pouce, et il portait à une extrémité quelques traces de cartilage séché.

– A quelle créature connue appartient cet os ? interrogea le Professeur.

Je le retournai dans tous les sens, en essayant de me remémorer des connaissances à demi oubliées.

– Une clavicule humaine très épaisse ?

Mon compagnon agita sa main avec une réprobation méprisante.

– La clavicule humaine est courbée. Cet os est droit, et sur sa surface il y a une gouttière qui montre qu'un grand tendon jouait en travers, ce qui ne se produit pas dans le cas de la clavicule.

– Alors je vous avoue que j'ignore de quoi il s'agit.

– Vous n'avez pas à être honteux de votre ignorance, car il n'y a pas beaucoup de savants qui pourraient mettre un nom dessus.

Il sortit d'une boîte à pilules un petit os de la taille d'un haricot.

– ... Pour autant que j'en puisse juger, cet os humain est l'homologue de celui que vous tenez dans votre main. Voilà qui vous en dit long sur la taille de l'animal en question ! Le cartilage vous enseigne également qu'il ne s'agit pas d'un fossile, mais d'un spécimen récemment vivant. Qu'est-ce que vous dites de cela ?

– Certainement dans un éléphant...

Il poussa un véritable cri de douleur.

– Ah, non ! Ne parlez pas d'éléphants en Amérique du Sud. Même à la communale...

– Eh bien, interrompis-je, n'importe quelle grosse bête de l'Amérique du Sud : un tapir, par exemple...

– Apprenez, jeune homme, que les bases élémentaires de la zoologie ne me sont pas étrangères... Ceci n'est pas un os de tapir, et n'appartient d'ailleurs à aucune autre créature connue. Ceci appartient à un animal très grand, très fort, donc très féroce, qui existe sur la surface de la terre et qui n'est pas encore venu se présenter aux savants. Êtes-vous convaincu ?

– Prodigieusement intéressé, tout au moins.

– Alors votre cas n'est pas désespéré. Je sens que quelque part en vous la raison se dissimule ; nous avancerons donc à tâtons et patiemment pour la déterrer... Quittons maintenant cet Américain mort d'épuisement, et reprenons notre récit. Vous devinez bien que je ne tenais pas à quitter l'Amazone sans avoir approfondi cette histoire. Je cherchai à glaner quelques renseignements sur la direction d'où était venu notre voyageur : des légendes indiennes me servirent de guides ; je découvris en effet que les tribus riveraines évoquaient couramment un étrange pays. Naturellement vous avez entendu parler de Curupuri ?

— Jamais.

— Curupuri est l'esprit des forêts : quelque chose de terrible, quelque chose de malveillant, quelque chose à éviter... Personne ne peut décrire sa forme ni sa nature, mais c'est un nom qui répand l'effroi sur les bords de l'Amazone. De plus toutes les tribus s'accordent quant à situer approximativement l'endroit où vit Curupuri. Or de cette direction était justement venu l'Américain. Je soupçonnais donc quelque chose de terrible par là : c'était mon devoir de découvrir ce que c'était.

— Et qu'avez-vous fait ?

Mon irrévérence avait disparu. Cet homme massif forçait mon attention et mon respect.

— Je surmontai l'extrême réserve des indigènes : ils répugnent même à parler de Curupuri ! Mais par des cadeaux, par ma puissance de persuasion, par certaines menaces aussi, je dois le dire, de coercition, je réussis à me faire donner deux guides. Après diverses aventures que je n'ai pas besoin de rappeler, après avoir franchi une distance que je ne préciserai pas, après avoir marché dans une direction que je garde pour moi, nous sommes enfin parvenus dans une vaste étendue qui n'a jamais été décrite ni visitée, sauf par mon infortuné prédécesseur. Voudriez-vous avoir l'obligeance de jeter un coup d'œil ?...

Il me tendit une photographie 12 × 16,5.

— ... L'aspect non satisfaisant de cette photo provient du fait qu'en descendant une rivière mon bateau se retourna, la malle qui contenait les pellicules non développées se fracassa ; les conséquences de ce naufrage furent désastreuses. Presque tous les négatifs furent détruits : perte irréparable ! Vous voudrez bien accepter cette explication pour les déficiences et les anomalies que vous remarquerez. On a avancé le mot de fraude : je ne suis pas d'humeur à discuter ce point.

La photographie était évidemment très décolorée, et un critique mal disposé aurait pu interpréter de travers sa surface incertaine. C'était un paysage gris terne ; en me penchant sur les détails pour les déchiffrer, je réalisai qu'elle représentait une longue ligne extrêmement haute de falaises : on aurait dit une immense cataracte vue de loin ; et au premier plan une plaine en pente ascendante était parsemée d'arbres.

– Je crois que c'est le même endroit que celui qui a été peint par l'Américain, dis-je.

– Effectivement c'est bien le même endroit ! répondit le Professeur. J'ai trouvé les traces du campement du type. Maintenant regardez ceci.

C'était une vue, prise de plus près, du même endroit mais la photographie était très défectueuse. Pourtant je pus distinguer le piton rocheux couronné d'un arbre et isolé qui se détachait devant l'escarpement.

– Pas de doute, c'est la même chose ! déclarai-je.

– Eh bien, voilà un fait acquis ! dit le professeur. Nous progressons, n'est-il pas vrai ? A présent, voulez-vous regarder au haut de ce piton rocheux ? Y observez-vous quelque chose ?

– Un arbre immense.

– Mais sur l'arbre ?

– Un gros oiseau.

Il me tendit une loupe.

– Oui, dis-je en me penchant avec la loupe. Un gros oiseau est perché sur l'arbre. Il a un bec considérable. Je dirai presque que c'est un pélican.

– Je ne peux guère vous complimenter pour votre bonne vue ! marmonna le Professeur. Ce n'est pas un pélican ni même un oiseau. Vous n'apprendrez pas sans intérêt que j'ai réussi à tuer d'un coup de fusil cet échantillon très particulier. J'ai eu là une preuve formelle : la seule que je pouvais ramener en Angleterre.

– Bon. Alors, vous l'avez ?

Enfin, il y avait corroboration tangible.

– Je l'avais. Elle a été malheureusement perdue avec quantité d'autres choses dans le même accident de bateau qui a abîmé ou détruit mes photographies. Je me suis cramponné à une aile quand la bête a disparu dans le tourbillon du rapide, et il m'est resté une partie de ladite aile. Quand je fus rejeté sur le rivage, j'étais évanoui, mais le pauvre vestige de mon splendide spécimen était intact. Le voici.

D'un tiroir il sortit ce qui me parut être la partie supérieure de l'aile d'une grande chauve-souris : elle avait bien soixante centimètres de long ; c'était un os courbé, avec un tissu membraneux au-dessous.

– Une chauve-souris monstrueuse, suggérai-je.

– Absolument pas ! répliqua sévèrement le Professeur. Vivant comme j'en ai l'habitude dans une atmosphère scientifique fort cultivée, je n'aurais pas pu supposer que les principes de base de la zoologie étaient si ignorés ! Est-il possible que vous ne connaissiez pas ce fait élémentaire en zoologie comparée, à savoir que l'aile d'un oiseau est en réalité un avant-bras, tandis que l'aile d'une chauve-souris consiste en trois doigts étirés reliés entre eux par des membranes ?... Or dans cet exemple l'os n'est certainement pas un avant-bras, et vous pouvez voir par vous-même qu'il n'y a qu'une seule membrane pendant sur un os unique : par conséquent il ne peut appartenir à une chauve-souris, de quoi s'agit-il ?

Ma modeste réserve de connaissances techniques était épuisée.

– En vérité, je n'en sais rien ! murmurai-je.

Il ouvrit le livre qu'il m'avait déjà montré.

– Ici, dit-il en me désignant l'image d'un extraordinaire monstre volant, il y a une excellente reproduction du dimorphodon, ou ptérodactyle, reptile volant de la période jurassique. A la page suivante vous trouverez un schéma sur le mécanisme de son aile. Comparez-le donc, s'il vous plaît, avec l'échantillon que vous tenez dans votre main.

Je fus submergé par une vague d'ahurissement. J'étais convaincu. Il n'y avait pas moyen de ne pas être convaincu. La preuve cumulative était accablante. Le croquis peint, les photographies, le récit, et maintenant cet échantillon récent... l'évidence sautait aux yeux. Je le dis. Et je le dis avec une grande chaleur de sincérité car je comprenais à présent que le Professeur avait été fort injustement traité. Il m'écouta en se calant le dos dans son fauteuil ; il avait à demi baissé ses paupières et un sourire tolérant flottait sur ses lèvres : un rayon de soleil imprévu se posa sur lui.

– C'est la chose la plus sensationnelle dont j'aie jamais entendu parler ! dis-je.

Pour être tout à fait franc, je conviens que mon enthousiasme professionnel de journaliste était plus fort que mon enthousiasme de savant amateur. Je poursuivis :

– C'est colossal ! Vous êtes le Christophe Colomb de la science ! Vous avez découvert un monde perdu ! Réellement je suis désolé de vous avoir donné l'impression que j'étais sceptique. Mais c'était tellement incroyable ! Tout de même je suis capable de comprendre une preuve quand je la vois, et je ne dois pas être le seul au monde !...

Le Professeur ronronna de satisfaction.

– ... Mais ensuite, monsieur, qu'avez-vous fait ?

– C'était la saison des pluies, monsieur Malone, et mes provisions étaient épuisées. J'ai exploré une partie de cette falaise énorme, mais je n'ai trouvé aucun moyen de l'escalader. Le piton pyramidal sur lequel j'avais vu et abattu le ptérodactyle était absolument inaccessible. Comme j'ai fait beaucoup d'alpinisme je suis cependant parvenu à mi-hauteur ; de là j'ai eu une vue plus précise du plateau qui s'étend au sommet de l'escarpement ; il m'a paru immense : ni vers l'est ni vers l'ouest je n'ai pu apercevoir la fin de cette ligne coiffée de verdure. Au-dessous c'est une région marécageuse, une jungle pleine de serpents, d'insectes, de fièvres : une ceinture de protection naturelle pour ce singulier pays.

– Avez-vous discerné d'autres vestiges de vie ?

– Non, monsieur, je n'en ai vu aucun autre. Mais tout au long de la semaine où nous avons campé à la base de ce plateau, nous avons entendu au-dessus de nos têtes des bruits très étranges.

– Mais cette créature dessinée par l'Américain ?... Comment l'expliquez-vous ?

– Nous pouvons seulement supposer qu'il a dû arriver au sommet et qu'il l'a vue là-haut. Il doit donc y avoir une route, un moyen d'accès : certainement un accès très difficile, car autrement ces animaux descendraient et envahiraient le pays environnant. Est-ce assez clair ?

– Mais comment seraient-ils parvenus là-haut ?

– Je ne crois pas que ce soit là un problème insoluble, répondit le Professeur. Selon moi l'explication est celle-ci : l'Amérique du Sud est, on vous l'a peut-être appris, un continent de formation granitique. A cet endroit précis, à l'intérieur, il y a eu, autrefois, une grande et soudaine éruption volcanique. Ces escarpements, comme je l'ai observé, sont basaltiques, donc plutoniens. Une surface, peut-être aussi étendue que le Sussex, a été surélevée en bloc avec tout ce qu'elle contenait de vivant, et isolée de tout le reste du continent par des précipices perpendiculaires dont la solidité défie l'érosion. Quel en a été le résultat ? Eh bien, les lois ordinaires de la nature se sont trouvées suspendues. Les divers freins qui influent sur la lutte pour la vie dans le monde sont là-haut neutralisés ou modifiés. Des créatures survivent, alors qu'ailleurs elles auraient disparu. Vous remarquerez que le ptérodactyle autant que le stégosaure remontent à l'époque jurassique, et sont par conséquent fort anciens dans l'ordre de la vie. Ils ont été artificiellement conservés par d'étranges circonstances.

– Mais naturellement ! m'écriai-je. Votre thèse est concluante. Il ne vous reste plus qu'à la soumettre aux autorités compétentes !

– C'est ce que dans ma simplicité je m'étais imaginé,

soupira non sans amertume le Professeur. Mais les choses ne tardèrent pas à se gâter : à chaque tournant j'étais guetté par un scepticisme, dicté par la stupidité, et aussi par la jalousie. Il n'est pas dans ma nature, monsieur, de m'aplatir devant un homme quel qu'il soit, ni de chercher à prouver un fait si ma parole est mise en doute. Aussi ai-je dédaigné de faire état des preuves corroboratives que je possède. Le sujet m'est même devenu odieux : je ne voulais plus en parler. Quand des gens de votre espèce, qui représentent la folle curiosité du public, viennent troubler ma discrétion, il m'est impossible de les accueillir avec une réserve digne. Par tempérament je suis, je l'admets, un peu passionné, et toute provocation déchaîne ma violence. Je crains que vous ne vous en soyez aperçu.

Je baissai les yeux et ne dis rien.

— Ma femme m'a souvent querellé à ce sujet, et pourtant je crois que tout homme d'honneur réagirait comme moi. Ce soir, par exemple, je me propose de fournir un exemple du contrôle des émotions par la volonté. Je vous invite à assister à cette démonstration...

Il me tendit une carte.

— ... Vous verrez que M. Percival Waldron, naturaliste réputé, doit faire une conférence à huit heures et demie dans le hall de l'Institut de Zoologie sur « Le dossier du temps ». J'ai été spécialement invité à m'asseoir sur l'estrade et à proposer une motion de remerciements à l'adresse du conférencier. A ce propos, je me fais fort de lancer, avec autant de tact que de délicatesse, quelques remarques de nature à intéresser l'assistance et à donner envie à certains d'approfondir le sujet. Rien qui ait l'air d'une querelle ! J'indiquerai seulement qu'au-delà de ce qui est su, il existe des secrets formidables. Je me tiendrai soigneusement en laisse, et je verrai si une attitude réservée me permettra d'obtenir une audience plus favorable auprès du public.

— Et... je pourrai venir ? demandai-je avec une ardeur non feinte.

– Mais oui, bien entendu !

Cette énorme masse était douée d'une douceur qui subjuguait autant que sa violence. Son sourire, quand il était empreint de bienveillance, était un spectacle merveilleux : ses joues se groupaient pour former deux pommes bien rouges entre ses yeux mi-clos et sa grande barbe noire. Il reprit :

– Venez ! Ce sera un réconfort pour moi de savoir que j'ai un allié dans la place, quelles que puissent être son insuffisance et son ignorance du sujet... Je pense qu'il y aura du monde car Waldron, qui n'est qu'un charlatan, attire toujours la foule. Maintenant, monsieur Malone, il se trouve que je vous ai accordé beaucoup plus de temps que je ne l'avais prévu. Or l'individu doit s'effacer devant la société, ne pas monopoliser ce qui est destiné au monde entier. Je serai heureux de vous voir ce soir à la conférence. Entre-temps, comprenez qu'il ne saurait être fait usage des sujets que nous avons abordés ensemble.

– Mais M. McArdle, mon rédacteur en chef, voudra savoir ce que j'ai fait !

– Dites-lui ce que vous voudrez. Entre autres choses, vous pouvez lui dire que s'il m'envoie quelqu'un d'autre, j'irai le trouver avec un fouet de cavalerie. Mais je me fie à vous pour que rien de ceci ne soit imprimé. Parfait ! A ce soir donc, huit heures trente, dans le hall de l'Institut de Zoologie.

En quittant la pièce je jetai un dernier regard sur ses joues rouges, sa barbe presque bleue, et ses yeux d'où toute tolérance avait disparu.

5
Au fait !

Étant donné les chocs physiques consécutifs à mon premier entretien avec le professeur Challenger, et les chocs mentaux que je subis au cours du second, j'étais plutôt démoralisé – en tant que journaliste, naturellement ! – quand je me retrouvai dans Enmore Park. J'avais mal à la tête, mais cette tête-là abritait une idée : dans l'histoire de cet homme il y avait du vrai, du vrai à conséquences formidables, du vrai qui fournirait de la copie sensationnelle pour la *Gazette* quand je serai autorisé à m'en servir. Au bout de la rue un taxi attendait ; je sautai dedans et me fis conduire au journal. Comme d'habitude McArdle était à son poste.

– Alors ? s'écria-t-il très impatient. Comment est-ce que ça se présente ?... M'est avis, jeune homme, que vous avez été à la guerre ! Vous aurait-il boxé ?

– Au début nous avons eu un petit différend.

– Quel homme ! Qu'avez-vous fait ?

– Eh bien, il est devenu plus raisonnable et nous avons causé. Mais je n'ai rien tiré de lui... enfin, rien qui soit publiable.

– Je n'en suis pas aussi sûr que vous ! Il vous a mis un œil au beurre noir, et ce fait divers mérite déjà d'être publié... Nous ne pouvons pas accepter ce règne de la terreur, monsieur Malone ! Il faut ramener notre homme à ses justes proportions. Demain je vais m'occuper de lui dans un petit éditorial... Donnez-moi simplement quelques indications et je le marquerai au fer rouge pour le restant de ses jours. Le professeur Münchhausen... pas mal pour un gros titre, non ?... Sir John Mandeville ressuscité... Cagliostro... Tous les imposteurs et les tyrans de l'histoire. Je révélerai le fraudeur qu'il est !

— A votre place je ne le ferais pas, monsieur.

— Et pourquoi donc ?

— Parce qu'il n'est pas du tout le fraudeur que vous supposez.

— Quoi ! rugit McArdle. Vous n'allez pas me dire que vous croyez à ses histoires de mammouths, de mastodontes, et de grands serpents volants ?

— Je ne vous le dirai pas parce que je n'en sais rien. Je ne crois pas d'ailleurs qu'il émette des théories sur ces points précis. Mais ce que je crois, c'est qu'il a découvert quelque chose de neuf.

— Alors, mon vieux, écrivez-le, pour l'amour de Dieu !

— Je ne demanderais pas mieux, mais tout ce que j'ai appris, il me l'a dit sous le sceau du secret ; à condition que je n'en publie rien...

En quelques phrases je résumai le récit du Professeur. McArdle semblait terriblement incrédule.

— Bon ! dit-il enfin. A propos de cette réunion scientifique de ce soir, vous n'êtes pas tenu au secret, n'est-ce pas ? Je ne pense pas que d'autres journaux s'y intéressent, car Waldron ne fera que répéter ce qu'il a déclaré maintes et maintes fois, et nul ne sait que Challenger viendra et parlera. Avec un peu de chance nous pouvons avoir une belle exclusivité. De toute façon vous y serez et vous nous rapporterez un compte rendu. Je vous réserverai de la place pour minuit.

J'eus une journée fort occupée. Je dînai de bonne heure au Club des Sauvages avec Tarp Henry à qui je racontai une partie de mes aventures. Il m'écouta avec un sourire indulgent et sceptique, jusqu'au moment où il éclata de rire quand je lui avouai que le Professeur m'avait convaincu.

– Mon cher ami, dans la vie réelle les choses ne se passent pas ainsi. Les gens ne tombent pas sur des découvertes sensationnelles pour égarer après coup leurs preuves. Laissez cela aux romanciers. Le type en question est aussi plein de malice qu'une cage de singes au zoo. Tout ça, c'est de la blague !

– Mais le poète américain ?
– Il n'a jamais existé !
– J'ai vu son album de croquis.
– C'est l'album de croquis de Challenger.
– Vous croyez qu'il a dessiné cet animal ?
– Naturellement ! Qui d'autre l'aurait fait ?
– Tout de même, les photographies...
– Il n'y avait rien sur les photographies. De votre propre aveu, vous n'y avez vu qu'un oiseau.
– Un ptérodactyle !
– A ce qu'il dit ! Il vous a mis un ptérodactyle dans l'idée.
– Alors, les os ?
– Le premier, il l'a tiré d'un ragoût de mouton. Le second il l'a rafistolé pour l'occasion. Pour peu que vous soyez intelligent et que vous connaissiez votre affaire, vous pouvez truquer un os aussi aisément qu'une photographie.

Je commençais à me sentir mal à l'aise. Après tout peut-être avais-je donné prématurément mon accord ?

– Venez-vous à la conférence ? demandai-je à brûle-pourpoint à Tarp Henry.

Mon compagnon réfléchit :

– Ce génial Challenger n'est pas trop populaire ! répondit-il. Des tas de gens ont des comptes à régler avec lui. Il est sans doute l'homme le plus détesté de Londres. Si les étudiants en médecine s'en mêlent, ce sera un chahut infernal. Je n'ai nulle envie de me trouver dans une fosse aux ours !

Au moins pourriez-vous avoir l'impartialité de l'entendre exposer lui-même son affaire !

– Oui... Ce ne serait que justice, en somme. Très bien ! Je suis votre homme.

Quand nous arrivâmes dans le hall nous fûmes surpris par la foule qui s'y pressait. Une file de coupés déchargeait sa cargaison de professeurs à barbe blanche. Le flot foncé des humbles piétons qui se précipitaient par la porte ogivale laissait prévoir que la réunion aurait un double succès : populaire autant que scientifique. Dès que nous fûmes installés, il nous apparut que toute une jeunesse s'était emparée du poulailler, et qu'elle débordait jusque dans les derniers rangs du hall. Je regardai derrière nous : je reconnus beaucoup de visages familiers d'étudiants en médecine. Selon toute vraisemblance les grands hôpitaux avaient délégué chacun une équipe de représentants. La bonne humeur régnait, mais l'espièglerie perçait déjà. Des couplets étaient repris en chœur avec un enthousiasme qui préludait bizarrement à une conférence scientifique. Pour une belle soirée, ce serait sûrement une belle soirée !

Par exemple, lorsque le vieux docteur Meldrum, avec son célèbre chapeau d'opéra aux bords roulés, apparut sur l'estrade, il fut accueilli par une clameur aussi générale qu'irrespectueuse : « Chapeau ! Chapeau ! » Le vieux docteur Meldrum se hâta de se découvrir et dissimula son haut-de-forme sous sa chaise. Quand le professeur Wadley, chancelant sous la goutte, s'avança vers son siège, de toutes parts jaillirent d'affectueuses questions sur l'état de ses pauvres orteils : ce qui ne laissa pas de l'embarrasser. Mais la plus grande démonstration fut réservée cependant à ma nouvelle connaissance, le professeur Challenger, quand il traversa l'assemblée pour prendre place au bout du premier rang sur l'estrade : dès que sa barbe noire apparut, il fut salué par de tels hurlements de bienvenue que je me demandai si Tarp Henry n'avait pas vu juste, et si cette nombreuse assistance ne

s'était pas dérangée parce qu'elle avait appris que le fameux Professeur interviendrait dans les débats.

A son entrée il y eut quelques rires de sympathie sur les premiers bancs où s'entassaient des spectateurs bien habillés : comme si la manifestation des étudiants ne leur déplaisait pas. Cette manifestation fut l'occasion, en vérité, d'un vacarme épouvantable : imaginez la bacchanale qui s'ébauche dans la cage des grands fauves lorsque se fait entendre dans le lointain le pas du gardien chargé de les nourrir. Peut-être y avait-il dans ce bruit de confuses velléités d'offense ? Pourtant je l'assimilai plutôt à une simple turbulence, à la bruyante réception de quelqu'un qui amusait et intéressait, et non d'un personnage détesté ou méprisé. Challenger sourit avec une lassitude dédaigneuse, mais indulgente, comme tout homme poli aurait souri devant les criailleries d'une portée de chiots. Avec une sage lenteur il s'assit, bomba le torse, caressa sa barbe et inspecta entre ses paupières mi-closes la foule qui lui faisait face. Le tumulte qui l'avait accueilli ne s'était pas encore apaisé quand le professeur Ronald Murray, qui présidait, et M. Waldron, le conférencier, s'avancèrent sur l'estrade. La séance commençait.

Le professeur Murray m'excusera, j'en suis sûr, si j'ose écrire qu'il partage avec beaucoup d'Anglais le don de l'inaudibilité. Pourquoi diable des gens qui ont quelque chose de valable à dire ne se soucient-ils pas d'être entendus ? Voilà bien l'un des mystères de la vie moderne ! Leur méthode oratoire est aussi peu raisonnable que celle qui, pour alimenter un réservoir, s'obstinerait à faire passer de l'eau de source à travers un tuyau bouché, alors qu'un effort minuscule le déboucherait. Le professeur Murray adressa quelques remarques profondes à sa cravate blanche et à sa carafe d'eau, puis se livra à un aparté humoristique et même pétillant avec le chandelier d'argent qui était dressé à sa droite. Après quoi il se rassit, et M. Waldron, notre célèbre conférencier, suscita en se levant un murmure d'approbation générale. C'était un homme au visage maigre et austère, à la voix rude, aux manières agressives ; au moins avait-il le mérite de savoir comment assimiler les idées des autres, et les transmettre d'une manière intéressante pour le profane ; il possédait également le don d'être amusant lorsqu'il traitait des sujets aussi rébarbatifs que la précession de l'équinoxe ou la formation d'un vertébré.

Il développa devant nous le panorama de la création, tel du moins que la science l'interprète, dans une langue toujours claire et parfois pittoresque. Il nous parla du globe terrestre, une grosse masse de gaz enflammés tournoyant dans les cieux. Puis il nous représenta la solidification, le refroidissement, l'apparition des rides qui formèrent les montagnes, la vapeur qui tourna en eau, la lente préparation de la scène sur laquelle allait être joué le drame inexplicable de la vie. Sur l'origine de la vie il se montra discrètement imprécis Il se déclara presque certain que les germes de la vie auraient difficilement survécu à la cuisson originelle. Donc elle était survenue ultérieurement. Mais comment ? Avait-elle surgi des éléments inorganiques du globe en cours de refroidissement ? C'était très vraisemblable. Les germes de la vie auraient-ils été apportés du dehors par un météore ? C'était moins vraisemblable. En somme le sage devait se garder de tout dogmatisme sur ce point. Nous ne pouvions pas, ou du moins pas encore, créer de la vie organique en laboratoire à partir d'éléments inorganiques. L'abîme entre le mort et le vivant n'avait pas encore été franchi par la chimie. Mais il y avait une chimie plus haute et plus subtile, la chimie de la Nature, qui travaillait avec de grandes forces sur de longues époques : pourquoi ne produirait-elle pas des résultats qu'il nous était impossible d'obtenir ?

Ceci amena le conférencier à dresser un tableau de la vie animale. Au bas de l'échelle, les mollusques et les faibles créatures de la mer ; puis, en remontant par les reptiles et les poissons, un rat-kangourou femelle, créature qui porte devant elle ses petits, ancêtre en droite ligne de tous les mammifères et, probablement, de tous les auditeurs de cette conférence. (« Non, non », protesta un étudiant sceptique dans les premiers rangs.) Si le jeune gentleman à la cravate rouge qui a crié « Non, non ! » et qui a ainsi vraisemblablement revendiqué d'être éclos d'un œuf, avait la bonté de l'attendre après la conférence, le conférencier serait heureux de contempler un tel phénomène. *(Rires.)* Il était étrange de penser que le plus haut degré de l'antique processus naturel consistait dans la création de ce gentleman à la cravate rouge. Mais est-ce que le processus s'était arrêté ? Est-ce que ce gentleman pouvait être considéré comme le type ultime – l'apogée, la conclusion de l'évolution ? Il espérait qu'il ne froisserait pas les sentiments du gentleman à la cravate rouge s'il soutenait que, quelles que fussent les qualités que pouvait posséder ce gentleman dans sa vie privée, le processus universel ne se trouverait pas entièrement justifié s'il n'aboutissait qu'à cette production. L'évolution n'était pas une force épuisée, mais une force qui travaillait encore, et qui tenait en réserve de bien plus grandes réussites.

Ayant ainsi joué très joliment, sous les petits rires de l'assistance, avec son interrupteur, le conférencier revint à son tableau du passé : l'assèchement des mers, l'émergence des bancs de sable, la vie léthargique et visqueuse qui gisait sur leurs bords, les lagons surpeuplés, la tendance des animaux aquatiques à se réfugier sur les plages de vase, l'abondante nourriture qui les y attendait, et, en conséquence, leur immense prolifération et leur développement.

– D'où, mesdames et messieurs, s'écria-t-il, cette terrifiante engeance de sauriens qui épouvantent encore notre regard quand nous les voyons dans des reproductions approximatives, mais qui ont heureusement disparu de la surface du globe longtemps avant que l'homme y fût apparu.

– C'est à savoir ! gronda une voix sur l'estrade.

M. Waldron était doué pour l'humour acide, comme le gentleman à la cravate rouge en avait fait l'expérience, et il était dangereux de l'interrompre. Mais cette interjection lui sembla tellement absurde qu'il en resta pantois. Semblable à l'astronome assailli par un fanatique de la terre plate, il s'interrompit, puis répéta lentement :

– Disparu avant l'apparition de l'homme.

– C'est à savoir ! gronda une nouvelle fois la voix.

Waldron, ahuri, passa en revue la rangée des professeurs sur l'estrade, jusqu'à ce que ses yeux se posassent sur Challenger bien enfoncé sur sa chaise et les yeux clos : il avait une expression heureuse, à croire qu'il souriait en dormant.

– Je vois ! fit Waldron en haussant les épaules. C'est mon ami le professeur Challenger !

Et parmi les rires il reprit le fil de sa conférence, comme s'il avait fourni une explication concluante et qu'il n'avait nul besoin d'en dire davantage.

Mais l'incident était loin d'être clos. Quel que fût le chemin où s'engageait le conférencier pour nous ramener aux régions inexplorées du passé, il aboutissait invariablement à la conclusion que la vie préhistorique était éteinte ; et non moins invariablement, cette conclusion provoquait aussitôt le même grondement du Professeur. L'assistance se mit à anticiper sur l'événement et à rugir de plaisir quand il se produisait. Les travées d'étudiants se piquèrent au jeu ; chaque fois que la barbe de Challenger s'ouvrait, avant qu'un son en sortît, cent voix hurlaient :

– C'est à savoir !

A quoi s'opposaient des voix aussi nombreuses :

– A l'ordre ! C'est une honte !

Waldron avait beau être conférencier endurci et homme robuste, il se laissa démonter. Il hésitait, bafouillait, se répétait, s'embarquait dans de longues phrases où il se perdait... Finalement il se tourna furieux vers le responsable de ses ennuis.

– Ceci est réellement intolérable ! cria-t-il. Je me vois dans l'obligation de vous demander, professeur Challenger, de mettre un terme à ces interruptions grossières qui suent l'ignorance !

Ce fut un beau chahut ! Les étudiants étaient ravis de voir les grands dieux de leur Olympe se quereller entre eux. Challenger souleva de sa chaise sa silhouette massive.

– Et à mon tour je me vois dans l'obligation de vous demander, monsieur Waldron, de mettre un terme à des assertions qui ne sont pas strictement conformes aux faits scientifiques.

Ces paroles déchaînèrent une tempête.

– C'est honteux ! Honteux ! Écoutez-le ! Sortez-le ! Jetez-le à bas de l'estrade ! Soyez beaux joueurs !

Voilà ce qui traduisait l'amusement ou la fureur. Le président debout battait des mains et bêlait très excité :

– Professeur Challenger. Des idées... personnelles... plus tard...

Ces mots étaient les pics solides qui émergeaient au-dessus d'un murmure inaudible. L'interrupteur s'inclina, sourit, caressa sa barbe et retomba sur sa chaise. Waldron, très rouge, poursuivit ses observations. De temps à autre, quand il se livrait à une affirmation, il lançait un regard venimeux à son contradicteur qui semblait sommeiller lourdement, avec le même large sourire béat sur son visage.

Enfin la conférence prit fin. Je suppose que la conclusion fut légèrement précipitée, car la péroraison manqua de tenue et de logique : le fil de l'argumentation avait été brutalement cassé. L'assistance demeura dans l'expectative. Waldron se rassit. Le président émit un gazouillement ; sur quoi le professeur Challenger se leva et s'avança à l'angle de l'estrade. Animé par mon zèle professionnel, je pris son discours en sténo.

– Mesdames et messieurs, commença-t-il... pardon ! Mesdames, messieurs, mes enfants... Je m'excuse : j'avais oublié par inadvertance une partie considérable de cette assistance. *(Tumulte, pendant lequel le Professeur demeura une main en l'air et la tête penchée avec sympathie : on aurait dit qu'il allait bénir la foule.)* J'ai été désigné pour mettre aux voix une adresse de remerciements à M. Waldron pour le message très imagé et très bien imaginé que vous venez d'entendre. Sur certains points je suis en désaccord avec lui, et mon devoir me commendait de le dire au fur et à mesure qu'ils défilaient. Mais néanmoins, M. Waldron a bien atteint son but, ce but étant de nous faire connaître, d'une manière simple et intéressante, sa conception personnelle de l'histoire de notre planète. Les conférences populaires sont ce qu'il y a de plus facile à écouter, mais M. Waldron *(ici il darda un regard pétillant en direction du conférencier)* m'excusera si j'affirme que de toute nécessité elles sont à la fois superficielles et fallacieuses, puisqu'elles doivent se placer à la portée d'un auditoire ignorant. *(Applaudissements ironiques.)* Les conférenciers populaires sont par nature des parasites. *(Furieuse dénégation de M. Waldron.)* Ils exploitent, pour se faire une renommée ou pour gagner de l'argent, le travail qui a été accompli par leurs frères pauvres et inconnus. Le plus petit fait nouveau obtenu en laboratoire, une brique supplémentaire apportée à l'édification du temple de la science a beaucoup plus d'importance que n'importe quel exposé de seconde main, qui fait certes passer une heure, mais qui ne laisse derrière lui aucun résultat utile. J'exprime cette réflexion qui est l'évidence même, pas du tout mû par le désir de dénigrer M. Waldron personnellement, mais afin que vous ne perdiez pas le sens des proportions et que vous ne preniez pas l'enfant de chœur pour le grand prêtre. *(A cet endroit M. Waldron chuchota quelques mots au président qui se leva à demi et s'adressa avec sévérité à la carafe.)* Mais assez là-dessus. *(Vifs applaudissements prolongés.)* Abordons un sujet d'un intérêt plus vaste. Quel est le point particulier sur lequel moi, chercheur depuis toujours, j'ai défié l'habileté de notre conférencier ? Sur la permanence de certains types de la vie animale sur la terre. Je ne parle pas sur ce sujet en amateur, non plus, ajouterais-je, en conférencier populaire. Je parle comme quelqu'un dont la conscience scientifique lui impose de coller aux faits. En cette qualité je déclare que M. Waldron commet une grosse erreur lorsqu'il suppose, parce qu'il n'a jamais vu de ses propres yeux ce qu'on appelle un animal préhistorique, que ce genre de créatures n'existe plus. Ils sont en fait, ainsi qu'il l'a dit, nos ancêtres, mais ils sont, si j'ose ainsi m'exprimer, nos ancêtres contemporains, que n'importe qui peut encore rencontrer avec toutes leurs caractéristiques hideuses et formidables, à condition d'avoir l'énergie et la hardiesse de les chercher dans leurs repaires. Des créatures que l'on suppose être jurassiques, des monstres qui chasseraient et dévoreraient nos plus gros et nos plus féroces mammifères, existent encore. *(Cris: « Idiot !... Prouvez-le !... Comment le savez-vous ?... A démontrer ! »)* Comment est-ce que je sais ? me demandez-vous. Je le sais parce que j'en ai vu quelques-uns. *(Applaudissements, vacarme, et une voix: « Menteur ! »)* Suis-je un menteur ? *(Chaleureux et bruyant assentiment général.)* Ai-je bien entendu quelqu'un me traiter de menteur ? La personne qui m'a traité de menteur aurait-elle l'obligeance de se lever pour que je puisse faire sa connaissance ? *(Une voix: « La voici, monsieur ! » et un petit bonhomme inoffensif à lunettes, se débattant désespérément, fut hissé par-dessus un groupe d'étudiants.)* C'est vous qui vous êtes aventuré à me traiter de menteur ? *(« Non, monsieur, non ! » cria l'accusé qui disparut comme un diable dans sa boîte.)* Si dans la salle il se trouve quelqu'un qui doute de ma sincérité, je serais très heureux de lui dire deux mots après la conférence. *(« Menteur ! »)* Qui a dit cela ? *(De nouveau le bonhomme inoffensif fut levé à bout de bras alors qu'il tentait de plonger épouvanté dans la foule.)* Si je descends parmi vous... *(Chœur général: « Viens, poupoule !*

Viens. » La séance fut interrompue pendant quelques minutes. Le président debout et agitant ses bras semblait conduire un orchestre. Le Professeur, écarlate, avec des narines dilatées et sa barbe hérissée, allait visiblement donner libre cours à son humeur de dogue.) Toutes les grandes découvertes ont été accueillies par la même incrédulité. Quand de grands faits vous sont exposés, vous n'avez pas l'intuition, ni l'imagination qui vous aideraient à les comprendre. Vous êtes tout juste bons à jeter de la boue aux hommes qui risquent leur vie pour ouvrir de nouvelles avenues à la science. Vous persécutez les prophètes ! Galilée, Darwin, et moi... *(Acclamations prolongées et interruption complète du débat.)*

Tout ceci est tiré des notes prises sur le moment, mais elles rendent compte très imparfaitement du chaos absolu qui régna alors. Le vacarme était si effrayant que plusieurs dames avaient déjà opéré une prudente retraite. Des hommes d'âge, graves et pleins d'onction, criaient plus fort que les étudiants. Je vis des vieillards chenus et à barbe blanche menacer du poing le Professeur impavide. L'assistance était en ébullition. Le Professeur fit un pas en avant et leva les deux mains. Dans cet homme il y avait quelque chose de si fort, de si imposant, de si viril, que les cris s'éteignirent. Son attitude de chef, ses yeux dominateurs imposèrent le silence. Il paraissait avoir une communication précise à faire, ils se turent pour l'écouter.

– Je ne vous retiendrai pas longtemps, dit-il. A quoi bon ? La vérité est la vérité, et rien ne la changera : même pas le chahut de plusieurs jeunes imbéciles, et pas non plus celui de leurs aînés... apparemment aussi stupides ! Je proclame que j'ai ouvert à la science une avenue nouvelle. Vous le contestez. *(Acclamations.)* Dans ces conditions, je vous mets à l'épreuve. Voulez-vous accréditer l'un de vous, ou deux, ou trois, qui vous représenteront et qui vérifieront en votre nom mes déclarations ?

M. Summerlee, le vieux maître de l'anatomie comparée, se leva : c'était un homme grand, mince, glacial ; il ressemblait à un théologien. Il déclara qu'il voulait demander au Professeur si les résultats auxquels il avait fait allusion dans ses observations avaient été obtenus au cours d'un voyage datant de deux ans vers les sources de l'Amazone.

Le professeur Challenger répondit par l'affirmative.

M. Summerlee exprima le désir de savoir comment il se faisait que le professeur Challenger revendiquait des découvertes dans ces régions qui avaient été explorées par Wallace, Bates, et bien d'autres dont la réputation était solidement établie.

Le professeur Challenger répondit que M. Summerlee confondait sans doute l'Amazone avec la Tamise ; que l'Amazone était un fleuve beaucoup plus important ; que M. Summerlee pourrait être intéressé par le fait qu'avec l'Orénoque, qui communique avec l'Amazone, quatre-vingt mille kilomètres carrés s'offraient aux recherches, et que dans un espace aussi vaste il n'était pas surprenant que quelqu'un eût pu découvrir ce qui avait échappé à d'autres.

Avec un sourire acide M. Summerlee déclara qu'il appréciait pleinement la différence entre la Tamise et l'Amazone, différence qu'il analysa ainsi : toute affirmation quant à la Tamise peut être vérifiée facilement, ce qui n'est pas le cas pour l'Amazone. Il serait reconnaissant au professeur Challenger de lui communiquer la latitude et la longitude de la région où des animaux préhistoriques pourraient être découverts.

Le professeur Challenger répliqua qu'il avait de bonnes raisons personnelles pour ne pas les divulguer à la légère, mais qu'il serait disposé à les révéler moyennant quelques précautions à un comité choisi dans l'assistance. M. Summerlee accepterait-il de faire partie du comité et de vérifier ses dires en personne ?

M. Summerlee : « Oui, j'accepte ! » *(Longues acclamarions.)*

Le professeur Challenger dit alors :

– Je vous garantis que je vous fournirai tous les moyens pour que vous trouviez votre chemin. Il n'est que juste, cependant, que puisque M. Summerlee va vérifier mes déclarations, d'autres personnes l'accompagnent, ne serait-ce que pour contrôler sa vérification. Je ne vous dissimulerai pas que vous rencontrerez des difficultés et des dangers. M. Summerlee aurait besoin d'un compagnon plus jeune. Puis-je demander s'il y aurait des volontaires parmi vous ?

C'est ainsi que se déclenche dans la vie d'un homme une crise capitale. Aurais-je pu imaginer en entrant dans cette salle que j'allais me lancer dans une aventure que mes rêves n'avaient même pas envisagée ? Mais Gladys.. N'était-ce pas là l'occasion, la chance dont elle m'avait parlé ? Gladys m'aurait dit de partir. Je me levai. Je me mis à hurler mon nom. Tarp Henry, mon camarade, me tirait par le pan de ma veste et je l'entendais me chuchoter : « Asseyez-vous, Malone ! Ne vous conduisez pas publiquement comme un âne ! » Mais en même temps je remarquai qu'à quelques rangs devant moi quelqu'un s'était levé : grand, mince, avec des cheveux roux foncé. Il se tourna pour me lancer un regard furieux, mais je ne cédai pas.

– Je suis volontaire, monsieur le président ! Je suis volontaire...

Je le répétai jusqu'à ce que je me fisse entendre

– Le nom ! Le nom ! scanda l'assistance.

– Je m'appelle Edward Dunn Malone. Je suis journaliste à la *Daily Gazette*. Je jure que je serai un témoin absolument impartial.

– Comment vous appelez-vous, monsieur ? demanda le président à mon rival.

– Je suis lord John Roxton. J'ai déjà remonté l'Amazone, je connais le pays. Pour cette enquête, j'ai des titres particuliers.

– La réputation de lord John Roxton en tant que sportif et voyageur est, naturellement, célèbre de par le monde ! dit le président Mais d'autre part il serait bon qu'un membre de la presse participe à cette expédition.

– Dans ces conditions je propose, dit le professeur Challenger, que ces deux gentlemen soient désignés comme les délégués de l'assistance pour accompagner le professeur Summerlee dans un voyage dont le but est, je le répète, d'enquêter sur la véracité de mes déclarations et de déposer un rapport concluant.

Voilà comment sous les cris et les ovations se décida notre destin. Puis je me trouvai projeté dans le flot humain qui se dirigeait vers la porte ; j'étais tout étourdi par les perspectives qui s'ouvraient devant moi. Quand je sortis de la salle je pris conscience d'une charge d'étudiants hilares dévalant la chaussée, et d'un très lourd parapluie qu'un bras vigoureux abattait sur leurs têtes. Enfin, salué par des huées et des applaudissements, le landau électrique du professeur Challenger démarra du trottoir. J'arrivai dans Regent Street, le cœur plein de Gladys et le crâne en compote.

Soudain quelqu'un me toucha le bras. Je me retournai : c'était mon futur associé lord John Roxton.

– Monsieur Malone, je crois ?... Nous allons être des camarades de route, hein ? J'habite de l'autre côté de la rue, à l'Albany. Auriez-vous l'amabilité de me consacrer une demi-heure ? Car il y a une ou deux choses que j'ai grand besoin de vous dire.

6
J'étais le fléau du seigneur...

Ensemble lord John Roxton et moi nous descendîmes Vigo Street et nous franchîmes les portiques défraîchis qui abritaient une célèbre colonie d'aristocrates. A l'extrémité d'un long couloir, mon futur compagnon ouvrit une porte et tourna un commutateur. Plusieurs lampes sous des abat-jour colorés baignèrent d'une lumière rougeâtre la grande pièce dans laquelle il me poussa. Dès le seuil, j'eus une impression extraordinaire de confort, d'élégance, de virilité : c'était l'appartement d'un homme doué d'autant de goût que de fortune, et d'une insouciance de célibataire. De riches fourrures et d'étranges nattes achetées dans des bazars de l'Orient tapissaient le plancher. Des tableaux et des gravures étaient accrochés aux murs : ma compétence artistique était médiocre, mais je n'eus pas de mal à deviner qu'il s'agissait là d'objets rares et d'un grand prix. Des croquis de boxeurs, de danseuses, de chevaux de course s'interposaient entre un Fragonard sensuel, un Girardet martial et un Turner à faire rêver. Mais, répartis un peu partout, de nombreux trophées rappelaient que lord John Roxton était l'un des athlètes complets de notre époque. Une rame bleu foncé croisée avec un aviron rouge évoquait les joutes universitaires. Au-dessus et en dessous, des fleurets et des gants de boxe témoignaient que cet homme avait conquis la suprématie en escrime et dans le noble art. En guise de lambris autour de la pièce, saillaient des têtes de bêtes sauvages : les plus beaux spécimens du monde ! Les dominant de sa majesté incontestable, le rarissime rhinocéros blanc de l'enclave de Lado laissait pendre une lippe dédaigneuse.

Au centre du chaud tapis rouge il y avait une table Louis XV noire et or, merveilleusement d'époque, mais – ô sacrilège ! – souillée par des marques de verres et des brûlures de cigarettes. Elle supportait un plateau d'argent garni de délices pour fumeurs ainsi qu'un coffret à liqueurs. Mon hôte commença par remplir deux verres. Puis il m'indiqua un fauteuil, plaça à ma portée le rafraîchissement qu'il m'avait préparé, et me tendit un long havane blond. Il s'assit en face de moi pour me regarder longtemps, fixement, avec des yeux étranges, pétillants, hardis : des yeux dont la froide lumière bleue rappelait l'eau d'un lac de montagne.

A travers la brume fine de ma fumée, j'observai parallèlement les détails d'une physionomie que de nombreuses photographies m'avaient déjà rendue familière : le nez busqué, les joues creuses, les cheveux foncés tirant sur le roux, le sommet de la tête dégarni, les moustaches frisées, et la petite barbiche agressive terminant un menton volontaire. Il y avait en lui du Napoléon III et du Don Quichotte, mais aussi quelque chose de particulier aux gentilshommes campagnards d'Angleterre : cet air ouvert, alerte et vif qu'a l'amoureux des chiens et des chevaux. Sa peau était teintée de tous les hâles du soleil et du vent. Il avait des sourcils très touffus qui lui retombaient sur les yeux : son regard naturellement froid acquérait de ce fait un semblant de férocité, que renforçait encore une arcade sourcilière accusée. De silhouette il était sec, mais fortement charpenté : en réalité il avait fréquemment administré la preuve que peu d'hommes en Angleterre possédaient son endurance. Sa taille dépassait un mètre quatre-vingts, mais ses épaules curieusement

arrondies la rapetissaient. Tel était l'aspect physique du fameux lord John Roxton, qui tirait fort sur son cigare tout en m'observant dans un silence aussi prolongé qu'embarrassant.

— Bon ! dit-il enfin. Les dés sont jetés, n'est-ce pas, jeune bébé ?... Oui, nous avons fait le saut, vous et moi. Je suppose que, avant d'entrer dans cette salle, vous n'en aviez pas la moindre idée, hein ?

— Pas la moindre !

— Moi non plus. Pas la moindre. Et nous voici pourtant engagés jusqu'au cou dans cette affaire... Moi, il n'y a pas plus de trois semaines que je suis rentré de l'Ouganda ; je cherche un coin en Écosse, je signe le bail, et voilà... Ça va vite, hein ! Et vous, qu'est-ce qui vous a pris ?

— Eh bien, c'est dans la droite ligne de mon travail. Je suis journaliste à la *Gazette*.

— Oui. Vous l'avez dit dans la salle. Dites, j'ai un petit truc pour vous, si vous voulez m'aider.

— Avec plaisir.

— Un risque, ça vous est égal, hein ?

— De quel risque s'agit-il ?

— De Ballinger. C'est lui le risque. Vous avez entendu parler de lui ?

— Non.

— Ma parole, bébé, où avez-vous vécu ? Sir John Ballinger est le champion des gentlemen-jockeys du Nord. Dans ma meilleure forme je peux lui tenir tête sur le plat, mais sur les obstacles il est imbattable. Ceci dit, tout le monde sait que, lorsqu'il ne s'entraîne pas, il boit sec : il appelle ça établir une moyenne... Mardi il a fait une crise de delirium ; depuis il est devenu fou furieux. Il habite la chambre au-dessus de la mienne. Le docteur dit que ce pauvre vieux est perdu s'il ne prend pas un peu de nourriture solide ; mais voilà : il est couché avec un revolver sur sa couverture et il jure qu'il mettra six balles dans la peau du premier qui l'approchera. Du coup il y a eu un début de grève dans le personnel. Il est tout ce que vous voudrez, mais il est aussi un gagnant du Grand National : on ne peut pas laisser mourir comme cela un gagnant du Grand National, hein ?

– Qu'est-ce que vous avez l'intention de faire ?

– Eh bien, mon idée était que vous et moi nous y allions. Peut-être sommeille-t-il. Au pis, il en tuera un, mais pas deux. Le survivant le maîtrisera. Si nous pouvions immobiliser ses bras avec le traversin ou je ne sais quoi, puis actionner une pompe stomacale, nous offririons à ce pauvre vieux le souper de sa vie.

Je ne suis pas spécialement brave. Mon imagination irlandaise s'échauffe facilement devant l'inconnu et le neuf, et elle les rend plus terribles qu'ils ne le sont en réalité. Mais d'autre part j'ai été élevé dans l'horreur de la lâcheté, et dans la terreur d'en révéler le moindre signe. J'ose dire que je pourrais me jeter dans un précipice, comme le Hun des livres d'histoire, si mon courage était mis en doute ; et cependant, ce serait plutôt l'orgueil et la peur que le courage lui-même qui m'inspireraient en l'occurrence. C'est pourquoi, et bien que les nerfs de tout mon corps se fussent rétrécis à la pensée du sauvage ivrogne du dessus, je répondis d'une voix insouciante que j'étais prêt à monter. Une remarque de lord Roxton sur le danger à courir me chatouilla désagréablement.

– Parler n'arrangera rien ! dis-je. Allons-y !

Je me levai de mon fauteuil et lui du sien. Alors, en réprimant un petit gloussement de satisfaction, il me tapa deux ou trois fois sur la poitrine, et finalement me repoussa dans mon siège.

– Ça va, bébé ! Vous ferez l'affaire, me dit-il.

Je le regardai avec étonnement.

– Je me suis occupé moi-même de Jack Ballinger ce matin. Il a troué une manche de mon kimono, que Dieu lui pardonne ! Mais nous lui avons passé la camisole de force, et dans une semaine il sera rétabli. Dites, bébé, j'espère que vous ne m'en voulez pas, hein ? Comprenez, de vous à moi, je considère cette affaire de l'Amérique du Sud comme une chose formidablement sérieuse, et si j'ai quelqu'un avec moi, je veux qu'il soit homme sur qui je puisse compter. Alors je vous ai tendu un piège : vous vous en êtes admirablement tiré ; bravo ! Vous voyez, nous serons seuls vous et moi, car ce vieux Summerlee aura besoin d'une nourrice sèche dès le départ. Par ailleurs, ne seriez-vous pas par hasard le Malone qui a de grandes chances d'être sélectionné dans l'équipe de rugby d'Irlande ?

– Comme remplaçant, peut-être...
– Je me disais que je vous avais déjà vu quelque part. J'y suis : j'étais là quand vous avez marqué cet essai contre Richmond : la plus belle course en crochets que j'aie vue de la saison. Je ne manque jamais un match de rugby quand je suis en Angleterre, car c'est le sport le plus viril. Bien ! Enfin, je ne vous ai pas fait venir ici pour que nous parlions sport. Nous avons à régler notre affaire. Sur la première page du *Times* l'horaire des bateaux est publié... En voici un pour Para le mercredi de la semaine prochaine ; si le professeur et vous étiez d'accord, nous embarquerions sur celui-là. Hein ? Bon. Je m'en arrangerai avec lui. Votre équipement, maintenant.

– Mon journal y pourvoira.
– Êtes-vous bon tireur ?
– Comme un territorial moyen.
– Seigneur ! Pas meilleur ? Dire que c'est la dernière chose que vous, jeunes bébés, songez à apprendre ! Vous êtes des abeilles sans aiguillon, tout juste bons à regarder si la ruche ne s'en va pas ; mais vous aurez bonne mine le jour où quelqu'un viendra voler votre miel ! En Amérique du Sud vous aurez besoin de bien manier votre fusil car, à moins que notre ami le Professeur soit un fou ou un menteur, nous pourrions voir des choses étranges avant de rentrer. Quel fusil connaissez-vous ?

Il se dirigea vers une armoire de chêne, l'ouvrit, et j'aperçus à l'intérieur des canons de fusils étincelants, rangés comme des tuyaux d'orgue.

— Je cherche ce que je pourrais vous confier de ma collection personnelle.

Il sortit les uns après les autres de très beaux fusils ; il en fit jouer la culasse ; puis il les replaça sur leur râtelier en les caressant aussi tendrement qu'une mère ses enfants.

— Voici un Bland, me dit-il. C'est avec lui que j'ai descendu le gros type que vous voyez là...

Son doigt me désigna le rhinocéros blanc.

— ... Dix mètres de plus, et c'était lui qui m'avait dans sa collection.

> « De cette balle conique dépend sa chance,
> Le juste avantage du faible... »

J'espère que vous connaissez votre Gordon, car il est le poète du cheval et du fusil, et il tâte des deux. Maintenant voici un instrument banal : vue télescopique, double éjecteur, tir sans correction jusqu'à trois cent cinquante mètres. C'est le fusil dont je me suis servi contre les tyrans du Pérou il y a trois ans. J'étais le fléau du Seigneur dans quelques coins, si j'ose dire, et pourtant vous n'en lirez rien dans aucun livre bleu. Certains jours, bébé, on doit se dresser pour le droit et la justice, faute de quoi on ne se sent pas propre, ensuite ! Voilà pourquoi j'ai eu quelques aventures personnelles. Décidées par moi, courues par moi, terminées par moi. Chacune de ces encoches représente un mort : une belle rangée, hein ? Cette grosse-là est pour Pedro Lopez, le roi de tous ; je l'ai tué dans un bras de Putomayo... Voici quelque chose qui est très bien pour vous...

Il s'empara d'un magnifique fusil brun et argent.

— Bonne détente, visée correcte, cinq cartouches dans le chargeur. Vous ferez de vieux os avec lui !

Il me le tendit et referma la porte de l'armoire de chêne.

— Au fait, me demanda-t-il, qu'est-ce que vous savez du professeur Challenger ?

— Je ne l'avais jamais vu avant aujourd'hui.

– Moi non plus. C'est tout de même amusant de penser que nous allons nous embarquer tous les deux sous les ordres, scellés, d'un homme que nous ne connaissons pas. Il me fait l'impression d'un vieil oiseau arrogant. Ses frères de science n'ont pas l'air de l'aimer beaucoup ! Comment en êtes-vous venu à vous intéresser à cette affaire ?

Je lui narrai brièvement mes expériences de la matinée, qu'il écouta avec une intense attention. Puis il sortit une carte de l'Amérique du Sud et l'étala sur la table.

– Je crois que tout ce qu'il vous a dit est vrai, fit-il avec chaleur. Et, ne vous en déplaise, si je parle comme cela c'est que j'ai de bonnes raisons pour le faire. L'Amérique du Sud, voilà un continent que j'adore ! Si vous la prenez en ligne droite de Darien à Fuego, c'est la terre la plus merveilleuse, la plus grandiose, la plus riche de la planète. Les gens d'ici ne la connaissent pas encore et ils ne réalisent guère ce qu'elle peut devenir. J'y suis allé, j'en suis revenu ; entre-temps j'y ai passé deux saisons sèches, comme je vous l'ai dit quand j'ai parlé de ma guerre aux marchands d'esclaves. Eh bien quand j'étais là-bas, j'ai entendu des histoires analogues. Rabâchages d'Indiens ? Je veux bien ! mais tout de même il y a de quoi les étayer. Plus on avance dans la connaissance de ce pays, bébé, et plus on comprend que tout est possible : tout ! On peut traverser, et on traverse quelques bras étroits de rivière ; hormis cela, c'est le noir. Maintenant, là, dans le Matto Grosso...

Il promena son cigare sur une région de la carte.

– ... Ou ici, dans cet angle où trois pays se rejoignent, rien ne me surprendrait. Ce type l'a dit tout à l'heure : il y a des milliers de kilomètres de voies d'eau à travers une forêt à peu près aussi grande que l'Europe. Vous et moi nous pourrions nous trouver aussi éloignés l'un de l'autre que d'Écosse à Constantinople, et cependant nous serions tous deux ensemble dans la même grande forêt brésilienne. Au sein de ce labyrinthe l'homme a juste fait une piste ici et une fouille là. Pourquoi quelque chose de neuf et de merveilleux ne s'y cacherait-il pas ? Et pourquoi ne serions-nous pas les hommes qui le découvriraient ? Et puis...

Une joie illuminait son visage farouche quand il ajouta :

– ... Chaque kilomètre représente un risque sportif. Je suis comme une vieille balle de golf : il y a longtemps que la peinture blanche s'en est allée. La vie peut m'infliger des coups : ils ne marqueront pas. Mais un risque sportif, bébé, voilà le sel de l'existence. C'est alors qu'il fait bon vivre. Nous sommes tous en train de devenir mous, épais, confits. Donnez-moi de vastes espaces, avec un fusil et l'espoir de découvrir quelque chose qui en vaille la peine ! J'ai tout essayé : la guerre, le steeple-chase, l'avion ; mais cette chasse à des bêtes sauvages qui semblent sorties d'un rêve après un trop bon déjeuner, voilà une sensation nouvelle !

Il jubilait.

Peut-être me suis-je trop étendu sur cette nouvelle amitié, mais quoi ! Lord John Roxton n'allait-il pas être mon compagnon pour une longue aventure ? J'ai essayé de le dépeindre tel que je l'ai vu pour la première fois sans altérer sa personnalité pittoresque et sa bizarre façon de penser et de parler.

Ce fut uniquement la nécessité où je me trouvais de faire le compte rendu de la réunion qui m'obligea vers minuit à lui fausser compagnie. Je le laissai assis sous sa lumière rougeâtre : il s'était mis à huiler son fusil préféré tout en continuant de glousser de joie devant les aventures qui nous attendaient. Pour moi il était en tout cas clair que, si des dangers surgissaient sur notre route, je ne trouverais pas dans toute l'Angleterre pour les partager une tête plus froide et un cœur plus brave.

Mais j'avais beau être éreinté par cette journée merveilleuse, il fallait que je visse McArdle, mon rédacteur en chef. Je m'assis en face de lui et j'entrepris de lui expliquer toute l'affaire. Il eut le bon goût de la juger suffisamment importante pour la transmettre dès le lendemain matin à notre directeur, sir George Beaumont. Il fut convenu que je rendrais compte de mes aventures sous forme de lettres successives à McArdle, et qu'elles seraient publiées par la *Gazette* dans l'ordre de leur arrivée, ou conservées à des fins de publication ultérieure, selon ce qu'en déciderait le professeur Challenger : car nous ignorions encore les conditions qu'il pourrait insérer dans le pli qui nous guiderait vers cette terre inconnue. Un coup de téléphone n'amena rien d'autre qu'une fulminante explosion contre la presse, avec toutefois cette conclusion que, si nous lui indiquions notre bateau, il nous donnerait toutes indications utiles juste avant de lever l'ancre. Une deuxième question que nous lui posâmes obtint pour toute réponse un bêlement plaintif de sa femme : le Professeur était de très mauvaise humeur, et elle espérait que nous ne ferions rien pour aggraver sa violence. Une troisième tentative, le lendemain, déclencha un fracas épouvantable, plus une communication de la poste qui nous informa que l'appareil téléphonique du professeur Challenger était en miettes. Aussi interrompîmes-nous nos essais d'entrer avec lui en relations plus suivies.

Et maintenant, lecteurs qui m'avez témoigné beaucoup de patience, je ne m'adresserai plus directement à vous. A partir de cet instant solennel et jusqu'à nouvel ordre (en admettant que la suite de ce récit vous parvienne) je vous parlerai par l'intermédiaire du journal que je représente. J'abandonne aux mains de mon rédacteur en chef le compte rendu des événements qui ont précédé l'une des plus remarquables expéditions de tous les temps. Ainsi, si je ne reviens jamais en Angleterre, il subsistera au moins un témoignage sur l'origine et les tenants de cette affaire. J'écris ces dernières lignes dans le salon du paquebot *Francisca*, et le bateau-pilote les transmettra aux bons soins de M. McArdle. Avant que je ferme ce cahier, permettez-moi de peindre un ultime tableau : un tableau qui sera le suprême souvenir de la vieille patrie que j'emporte dans mon cœur. La matinée est brumeuse, humide ; une matinée de ce dernier printemps : il tombe une pluie fine et froide. Trois silhouettes vêtues d'imperméables ruisselants descendent le quai et se dirigent vers l'appontement réservé au grand paquebot sur lequel flotte le pavillon de partance. Les précédant, un porteur pousse un chariot où sont empilées des malles, des couvertures, des caisses de fusils. Le professeur Summerlee, aussi long que mélancolique, traîne les pieds et baisse la tête : il a l'air d'avoir honte de lui. Lord John Roxton marche allègrement ; son profil aigu et ardent se dessine bien entre son manteau de chasse et son chapeau de laine. Quant à moi, je me réjouis que soient à présent derrière nous les journées épuisantes des préparatifs et les angoisses de l'adieu : sans aucun doute tout mon comportement l'exprime. Au moment précis où nous embarquons, nous entendons un cri sur le quai : c'est le professeur Challenger ; il avait promis d'assister à notre départ. Le voici qui court pour nous parler : bouffi, congestionné, irascible.

— Non, merci ! déclare-t-il. Je préfère ne pas monter à bord. J'ai simplement quelques mots à vous dire et ils peuvent très bien être dits d'où je suis. Je vous prie de ne pas croire que je me sens votre débiteur pour le voyage que vous entreprenez. Je voudrais vous faire comprendre que l'affaire m'indiffère complètement et que je me refuse à toute reconnaissance personnelle. La vérité est la vérité, et votre rapport ne l'affectera en rien, quelles que soient les émotions et la curiosité qu'il puisse soulever chez des gens sans importance. Mes directives pour votre information et pour votre route sont contenues dans cette enveloppe cachetée. Vous l'ouvrirez lorsque vous aurez atteint sur l'Amazone une ville qui s'appelle Manaos, mais pas avant le jour et l'heure indiqués à l'extérieur de l'enveloppe. Me suis-je exprimé assez claire-

85

ment ? Je confie à votre honneur le soin d'observer strictement ces conditions. Non, monsieur Malone, je n'apporte aucune restriction à votre reportage, puisque la publication des faits est l'objet même de votre voyage ; mais je vous demande de garder secret le lieu de votre destination exacte, et de ne rien publier avant votre retour. Bonsoir, monsieur. Vous avez fait quelque chose qui mitige mes sentiments à l'égard de cette profession répugnante dont vous faites malheureusement partie. Bonsoir, lord John. Si je comprends bien, la science est pour vous un livre non coupé ; mais soyez heureux : de merveilleux tableaux de chasse vous attendent. Sans aucun doute vous aurez l'occasion de décrire dans le *Chasseur anglais* comment vous avez tiré le dimorphodon plus rapide que l'éclair. Et à vous aussi, bonsoir, professeur Summerlee. Si vous êtes capable de vous perfectionner, ce que très sincèrement je ne crois pas, vous nous reviendrez plus intelligent.

Là-dessus il tourna les talons et, du pont, je pus voir une minute plus tard sa silhouette courte et ramassée s'agitant sur le chemin de la gare. Voilà. A présent nous descendons le Channel. La cloche sonne une dernière fois pour les lettres ; c'est notre au revoir au bateau-pilote. Que Dieu bénisse tout ce que nous laissons derrière nous, et nous ramène sains et saufs !

7
Demain, nous disparaissons dans l'inconnu

Je n'ennuierai pas mes lecteurs éventuels par le récit de notre luxueux voyage à bord du paquebot de la ligne Booth, et je ne dirai rien de notre séjour d'une semaine à Para (sinon que je garde toute ma reconnaissance à la compagnie Pereira da Pinta qui nous facilita grandement les choses pour notre équipement). Je serai également bref quant à notre randonnée sur le fleuve, que nous avons commencé à remonter dans un bateau à vapeur beaucoup plus petit que celui qui nous avait fait traverser l'Atlantique : l'eau s'étendait à perte de vue, avec un débit lent et une teinte argileuse. Nous finîmes par arriver à la ville de Manaos après avoir traversé les passes des Obidos. Grâce à M. Shortman, représentant de la British and Brazilian Trading Company, nous échappâmes aux attractions réduites de l'hôtel local. Nous séjournâmes chez lui, dans sa fazenda très hospitalière, jusqu'au jour que le professeur Challenger avait fixé pour que nous pussions prendre connaissance de ses instructions. Mais avant de relater les événements surprenants qui eurent lieu à cette date, je désirerais présenter plus clairement mes compagnons et les associés que nous avions déjà réunis en Amérique du Sud. Je vais m'exprimer en toute franchise, et je vous laisse libre d'user de mon matériel comme vous l'entendez, monsieur McArdle, puisque c'est entre vos mains que doit passer ce compte rendu avant qu'il n'atteigne le public.

Les connaissances scientifiques du professeur Summerlee sont trop connues pour que j'aie à les récapituler ici. Mais il se révèle plus apte à une rude expédition comme celle-ci qu'on ne l'imaginerait à première vue. Grand, sec, tout en fibres, il est imperméable à la fatigue ; d'autre part la causticité de son esprit et ses manières sarcastiques parfois et souvent déplaisantes ne se laissent pas influencer par la moindre considération extérieure. Bien qu'il soit âgé de soixante-cinq ans, je ne l'ai jamais entendu exprimer de mécontentement quand des privations ou des épreuves inattendues se présentaient. J'avais cru que sa participation à cette expédition représenterait une charge, mais je suis aujourd'hui convaincu que ses facultés d'endurance sont aussi grandes que les miennes. Son tempérament le porte naturellement à l'acidité et au scepticisme. Depuis le premier jour il n'a jamais dissimulé son sentiment que le professeur Challenger était un truqueur, que nous étions tous embarqués pour une absurde chasse au canard sauvage, et que nous ne rapporterions d'Amérique du Sud rien d'autre que des déceptions et des fièvres, ainsi que du ridicule. Tel fut le point de vue qu'il nous exposa, tout en crispant ses traits fragiles et en secouant son bouc ; nos oreilles en furent rebattues de Southampton à Manaos. Depuis notre débarquement il s'est quelque peu consolé grâce à la beauté et à la variété des oiseaux et des insectes, car sa dévotion envers la science est d'une générosité absolue. Il passe ses journées dans les bois, armé d'un fusil et d'un filet à papillons, et il consacre toutes ses soirées à inventorier les nombreux spécimens qu'il s'est procurés. Parmi d'autres particularités mineures, notons qu'il est parfaitement indifférent à son aspect extérieur, pas très soigné de sa personne, excessivement distrait dans ses habitudes, et adonné à une courte pipe de bruyère qui sort à peine de sa bouche. Dans sa jeunesse il a participé à plusieurs expéditions scientifiques (notamment avec Robertson en Papouasie), et la vie de camp, le canoë lui sont choses familières.

Lord John Roxton a quelques points communs avec le professeur Summerlee, mais sur d'autres ils s'opposent autant qu'il est possible. Il a vingt ans de moins que lui, mais possède le même physique sec et décharné. Je ne reviens pas sur son aspect extérieur que j'ai décrit, je crois, dans la partie du récit que j'ai laissée derrière moi à Londres. Il est très élégant, un peu guindé ; il s'habille toujours avec le plus grand soin dans des costumes de coutil blanc ; il porte des bottes brunes légères ; au moins une fois par jour il se rase. Comme la plupart des hommes d'action, il parle laconiquement, et s'enferme souvent dans ses pensées ; mais il est toujours prompt à répondre à une question ou à prendre part à une conversation sur un mode semi-humoristique qui n'appartient qu'à lui. Sa connaissance du monde, et surtout de l'Amérique du Sud, est prodigieuse. Il croit dur comme fer aux possibilités de notre voyage, et sa foi n'est nullement ébranlée par les ricanements du professeur Summerlee. Sa voix est douce ; il se montre paisible, quoique derrière ses yeux bleus pétillants se cachent d'étonnantes capacités de colère furieuse et de volonté implacable (d'autant plus redoutables qu'il les subjugue). Il parle peu de ses propres exploits au Brésil et au Pérou, mais ce fut une véritable révélation pour moi de découvrir l'agitation que provoqua sa présence parmi les indigènes riverains : ceux-ci le considéraient comme leur champion, leur protecteur. Les exploits du Chef Rouge, comme ils l'appelaient, étaient entrés dans leur légende, mais la réalité des faits, pour autant que j'aie pu m'en rendre compte, n'était pas moins surprenante.

Les faits étaient ceux-ci : il y a quelques années, lord

John Roxton s'était trouvé dans le *no man's land* situé entre les frontières mal définies du Pérou, du Brésil, et de la Colombie. Dans cette vaste région l'arbre à gomme vient bien, et il est devenu comme au Congo une malédiction pour les indigènes, contraints à des travaux forcés qui pourraient se comparer avec ceux qu'organisèrent les Espagnols dans les vieilles mines d'argent de Darien. Une poignée de métis infâmes tenait le pays en main, armaient les Indiens qui leur étaient dévoués et soumettaient le reste de la population à un dur esclavage. Ces métis ne reculaient devant rien, pas même devant les tortures les plus inhumaines, pour obliger les indigènes à ramasser la gomme, qui descendait ensuite le fleuve jusqu'à Para. Lord John Roxton recueillit les plaintes des victimes dont il se fit le porte-parole : en réponse il n'obtint que des menaces et des insultes. Ce fut alors qu'il déclara formellement la guerre à Pedro Lopez, le chef des trafiquants d'esclaves ; il enrôla des esclaves qui s'étaient enfuis, les arma, et conduisit toute une série d'opérations qui se termina par la mort de Pedro Lopez, qu'il tua de ses propres mains, et par la fin du système que représentait ce scélérat.

Rien d'étonnant par conséquent à ce que cet homme aux cheveux roux, à la voix douce et aux manières simples suscitât un vif intérêt sur les rives du grand fleuve sud-américain ; les sentiments qu'il inspirait étaient naturellement de deux sortes : la gratitude des indigènes était compensée par le ressentiment de ceux qui désiraient les exploiter. De son expérience il avait tiré au moins un résultat utile : il parlait couramment le *lingoa geral,* qui est le dialecte (un tiers portugais, deux tiers indien) que l'on entend dans tout le Brésil.

J'ai déjà indiqué que lord John Roxton était un passionné de l'Amérique du Sud. Il était incapable d'en discuter sans ardeur, et cette ardeur s'avérait contagieuse car, ignorant comme je l'étais, mon attention et ma curiosité s'aiguisaient. Comme je voudrais pouvoir reproduire la fascination que dégageaient ses discours ! Il y mêlait la connaissance précise et l'imagination galopante qui m'enchantaient, et il parvenait même à effacer du visage du professeur Summerlee le sourire railleur qui y fleurissait habituellement. Il nous contait l'histoire du fleuve si rapidement exploré (car parmi les premiers conquérants du Pérou, certains avaient traversé le continent sur toute sa largeur en naviguant sur ses eaux), et pourtant si peu connu proportionnellement à tout le pays qui s'étend indéfiniment de chaque côté de ses rives.

– Qu'y a-t-il là ? s'écriait-il en nous montrant le nord. Des bois, des marécages, une jungle impénétrable. Qui sait ce qu'elle peut abriter ? Et là vers le sud ? Une sauvage étendue de forêts détrempées, où l'homme blanc n'a jamais pénétré. De tous côtés l'inconnu se dresse devant nous. En dehors des étroites passes des fleuves et des rivières, que sait-on du pays ? Qui peut faire la part du possible et de l'impossible ? Pourquoi ce vieux Challenger n'aurait-il pas raison ?

Devant un défi aussi direct, le ricanement du professeur Summerlee réapparaissait ; à l'abri d'un nuage compact de fumée de pipe, on apercevait une tête sardonique secouée par des hochements de dénégation.

En voilà assez, pour l'instant, au sujet de mes deux compagnons blancs : leurs caractères, leurs ressources s'affirmeront au cours de mon récit ; et aussi mon tempérament et mes propres capacités. Mais nous avons enrôlé des gens qui joueront peut-être un grand rôle dans l'avenir. D'abord un gigantesque nègre, appelé Zambo : un Hercule noir, aussi plein de bonne volonté qu'un cheval, et à peu près aussi intelligent. Nous l'engageâmes à Para, sur la recommandation de la compagnie maritime : il avait servi sur ses vapeurs où il avait appris un anglais hésitant.

Ce fut également à Para que nous embauchâmes

Gomez et Manuel, deux métis originaires du haut du fleuve, et qui venaient de le descendre avec un chargement de bois. C'était deux gaillards au teint boucané, barbus et féroces, aussi actifs et nerveux que des panthères. Ils vivaient dans la région supérieure de l'Amazone que nous devions justement explorer : ce qui décida lord John Roxton à les engager. L'un d'eux, Gomez, présentait cet avantage qu'il parlait un excellent anglais. Ces hommes devaient nous servir de serviteurs personnels : ils rameraient, ils feraient la cuisine, ils nous rendraient tous les services que nous pouvions attendre d'une rémunération mensuelle de quinze dollars. De plus nous enrôlâmes trois Indiens Mojo de Bolivie, très habiles à la pêche et à la navigation. Leur chef fut baptisé par nous Mojo, d'après sa tribu, et les autres reçurent le nom de José et de Fernando.

Donc trois Blancs, deux métis, un Nègre et trois Indiens constituaient le personnel de la petite expédition qui attendait à Manaos de connaître ses instructions, avant de procéder à sa singulière enquête.

Enfin, après une semaine pesante, le jour et l'heure convenus arrivèrent. Je vous prie de vous représenter le salon ombreux de la fazenda Santa Ignacio, à trois kilomètres de Manaos dans l'intérieur des terres. Dehors brille le soleil dans tout son éclat doré : les ombres des palmiers sont aussi noires et nettes que les arbres eux-mêmes. L'air est calme, plein du sempiternel bourdonnement des insectes, chœur tropical qui s'étend sur plusieurs octaves, depuis le profond vrombissement de l'abeille jusqu'au sifflement aigu du moustique. Au-delà de la véranda il y a un petit jardin défriché, ceinturé par des haies de cactus et décoré de bosquets d'arbustes en fleurs ; tout autour de ceux-ci volent des papillons bleus ; les minuscules oiseaux-mouches battent des ailes et foncent comme des traînées lumineuses. Dans le salon nous sommes assis devant une table de jonc, ou plutôt devant l'enveloppe cachetée qui y est posée.

L'écriture en barbelés du professeur Challenger s'étale avec ces mots :

« Instructions pour lord John Roxton et son groupe. A ouvrir à Manaos, le 15 juillet, à midi précis. »

Lord John avait placé sa montre sur la table à côté de lui.

— Encore sept minutes ! dit-il. Ce cher vieux aime la précision.

Le professeur Summerlee eut un sourire acidulé. Il prit l'enveloppe.

— Qu'est-ce que cela pourrait faire si nous l'ouvrions maintenant, et non dans sept minutes ? demanda-t-il. Nous nous trouvons en face d'une nouvelle absurdité, du charlatanisme habituel pour lequel son auteur, je regrette de le dire, est réputé.

— Oh, voyons ! Nous devons jouer le jeu en nous conformant aux règles, répondit lord John. Il s'agit d'une affaire particulière à ce vieux Challenger ; nous sommes ici par un effet de sa bonne volonté ; il serait désobligeant pour lui et pour nous de ne pas suivre ses instructions à la lettre.

— Une jolie affaire, oui ! s'exclama le professeur. A Londres elle m'avait frappé par son absurdité. Mais plus le temps s'écoule, plus cette absurdité me semble monumentale. J'ignore ce que contient cette enveloppe mais si je n'y lis rien de précis, je serai fort tenté de prendre le prochain bateau et d'attraper le *Bolivia* à Para. Après tout, j'ai mieux à faire que de courir le monde pour démentir les élucubrations d'un fou ! Maintenant, Roxton, il est sûrement l'heure.

— C'est l'heure ! répondit lord John. Vous pouvez siffler le coup d'envoi.

Il prit l'enveloppe, et l'ouvrit avec son canif. Il tira une feuille de papier pliée. Avec précaution, il la déplia et l'étala sur la table. C'était une feuille blanche, vierge au recto comme au verso. Nous nous regardâmes en silence, consternés, jusqu'à ce que le professeur Summerlee éclatât d'un rire dérisoire :

– Voilà un aveu complet ! s'écria-t-il. Qu'est-ce que vous désirez de plus ? Ce bonhomme est un farceur ; il en convient lui-même. Il ne nous reste plus qu'à rentrer chez nous et à dévoiler son imposture !

– Et s'il s'était servi d'une encre invisible ? hasardai-je.

– Je ne le pense pas ! répondit lord Roxton qui éleva le papier à la lumière. Non, bébé, inutile de vous faire des illusions. Je mettrais ma tête à couper que rien n'a jamais été écrit sur cette feuille.

– Puis-je entrer ? gronda une voix qui venait de la véranda.

Dans un rayon de soleil s'était glissée une silhouette trapue. Cette voix ! Cette monstrueuse largeur d'épaules ! Nous sautâmes sur nos pieds : sous un chapeau de paille d'enfant orné d'un ruban multicolore, Challenger en personne ! Il avait les mains dans les poches de sa veste, et il exhibait d'élégants souliers en toile. Il rejeta la tête en arrière : dans tout l'éclat de l'astre du jour il apportait le salut de sa barbe assyrienne, l'insolence de ses paupières lourdes, et ses yeux implacables.

– Je crains, dit-il en tirant sa montre, d'avoir quelques minutes de retard. Quand je vous ai remis cette enveloppe, je ne pensais pas, permettez-moi de vous l'avouer, que vous auriez à l'ouvrir. En effet je voulais à toute force vous avoir rejoints avant l'heure convenue. Mon retard malencontreux est dû à un pilote maladroit et à un banc de sable inopportun. Aurais-je donné à mon collègue, le professeur Summerlee, l'occasion de blasphémer ?

– Je dois vous dire, monsieur, déclara lord John, avec une certaine dureté dans la voix, que votre arrivée nous est un véritable soulagement, car notre mission nous paraissait vouée à une fin prématurée. Même à présent je ne puis concevoir pourquoi vous avez mené cette affaire d'une manière aussi extraordinaire.

Au lieu de répondre le professeur Challenger entra dans le salon, serra les mains de lord John et de moi-même, s'inclina avec une insolence relative devant le professeur Summerlee, et sombra dans un fauteuil qui ploya sous son poids en gémissant.

— Est-ce que tout est prêt pour le voyage? questionna-t-il.

— Nous pouvons partir demain.

— Eh bien, vous partirez demain. Vous n'avez nul besoin de cartes ni de directives maintenant, puisque vous avez l'inestimable avantage de m'avoir pour guide. Depuis le début j'étais décidé à présider à votre enquête. Les cartes les plus complètes auraient été, et vous en conviendrez bientôt, de médiocres remplaçants de ma propre intelligence et de mes conseils. Quant à la petite ruse que je vous ai jouée avec l'enveloppe il est évident que, si je vous avais informés de toutes mes intentions, j'aurais été forcé de résister à vos instances importunes ; car vous m'auriez supplié de voyager avec vous, n'est-ce pas?

— Oh, pas moi, monsieur! s'exclama le professeur Summerlee. Il n'y a pas qu'un bateau qui fait le service de l'Atlantique!

Challenger le balaya d'un revers de sa grande main velue.

— Votre bon sens retiendra, j'en suis persuadé, mon objection et comprendra qu'il était préférable que je dirige vos propres mouvements et que j'apparaisse juste au moment où ma présence s'avère utile. Ce moment est arrivé. Vous êtes en bonnes mains. Vous parviendrez au but. A partir de maintenant c'est moi qui prends le commandement de l'expédition. Dans ces conditions je vous demande d'achever vos préparatifs ce soir, pour que nous puissions partir de bonne heure demain matin. Mon temps est précieux ; et le vôtre, quoique à un degré moindre, l'est sans doute aussi. Je propose donc que nous poussions en avant aussi

rapidement que possible, jusqu'à ce que je vous aie montré ce que vous êtes venus voir.

Lord John Roxton avait frété une grande embarcation à vapeur, la *Esmeralda,* qui devait nous permettre de remonter le fleuve. Par rapport au climat, l'époque que nous avions choisie importait peu, car la température oscille entre 25 et 32° hiver comme été : il n'y a donc pas de différences extrêmes de chaleur. Mais quant à l'humidité, les choses se présentent différemment : de décembre à mai c'est la saison des pluies ; pendant cette période le fleuve grossit lentement jusqu'à ce qu'il atteigne un niveau de 12 mètres au-dessus de son point le plus bas ; il inonde les rives, s'étend en grandes lagunes sur une distance formidable, et constitue à lui seul un grand district dont le nom local est le Gapo ; dans sa majeure partie il est trop marécageux pour la marche à pied, et trop peu profond pour la navigation. Vers juin, les eaux commencent à décroître ; elles sont au plus bas vers octobre ou novembre. Notre expédition allait donc s'accomplir pendant la saison sèche, lorsque le grand fleuve et ses affluents seraient dans des conditions plus ou moins normales.

Le courant de l'Amazone est maigre ; aucun cours d'eau ne convient mieux à la navigation, puisque le vent prédominant souffle sud-est, et que les bateaux à voiles peuvent progresser sans arrêt vers la frontière du Pérou en s'abandonnant au courant. Dans notre cas personnel les excellents moteurs de la *Esmeralda* pouvaient dédaigner le flot lambin du courant, et nous fîmes autant de progrès que si nous naviguions sur un lac stagnant. Pendant trois jours nous remontâmes nord-ouest un fleuve qui, à 1 600 kilomètres de son embouchure, était encore si énorme qu'en son milieu les rives n'apparaissaient que comme de simples ombres sur l'horizon lointain. Le quatrième jour après notre départ de Manaos, nous nous engageâmes dans un affluent qui tout d'abord ne parut guère moins imposant que l'Amazone. Pourtant il se rétrécit bientôt et, au bout de deux autres journées de navigation, nous atteignîmes un village indien. Le Professeur insista pour que nous débarquions et que nous renvoyions la *Esmeralda* à Manaos. Il expliqua que nous allions arriver à des rapides qui rendraient impossible son utilisation. Il ajouta que nous approchions du seuil du pays inconnu, et que moins nous mettrions d'hommes dans notre confidence, mieux cela vaudrait. Il nous fit tous jurer sur l'honneur que nous ne publierions ni ne dirions rien qui pourrait aider à déterminer les endroits que nous allions visiter; les serviteurs durent eux aussi prêter serment. Voilà la raison pour laquelle je serai obligé de demeurer plus ou moins dans le vague. J'avertis par conséquent mes lecteurs que, dans les cartes ou plans que je pourrais joindre à ce récit, les distances entre les points indiqués seront exactes, mais les points cardinaux auront été soigneusement maquillés, de telle sorte que rien ne permettra à quiconque de se guider vers le pays de l'inconnu. Que les motifs du professeur Challenger fussent valables ou non, nous ne pouvions faire autrement que nous incliner, car il était disposé à abandonner toute l'expédition plutôt que de modifier les conditions dans lesquelles il avait décidé qu'elle serait accomplie.

Le 2 août nous rompîmes notre dernier lien avec le monde extérieur en disant adieu à la *Esmeralda*. Depuis lors quatre jours se sont écoulés; nous avons loué aux Indiens deux grands canoës fabriqués dans une substance si légère (des peaux sur un cadre de bambou) que nous devrions leur faire franchir n'importe quel obstacle. Nous les avons chargés de toutes nos affaires, et nous avons embauché deux Indiens supplémentaires pour le travail de la navigation. Je crois que ce sont eux, Ataca et Ipetu, qui ont accompagné le professeur Challenger pendant son voyage précédent. Ils semblaient terrifiés à l'idée de récidiver, mais le chef de leur tribu dispose dans ce pays de pouvoirs patriarcaux, et s'il juge le salaire convenable, ses hommes n'ont plus grand-chose à objecter.

Demain donc, nous disparaissons dans l'inconnu. Je confie ce récit à un canoë qui va descendre la rivière. Peut-être sont-ce là mes derniers mots à ceux qui s'intéressent à notre destin. Conformément à nos conventions, c'est à vous que je les adresse, cher monsieur McArdle, et je laisse à votre discrétion le droit de détruire, modifier, corriger tout ce que vous voudrez. L'assurance du professeur Challenger est telle, en dépit du scepticisme persistant du professeur Summerlee, que je ne doute guère que notre leader nous prouve bientôt le bien-fondé de ses affirmations... Oui, je crois que nous sommes réellement à la veille d'expériences sensationnelles !

8
Aux frontières du monde nouveau

Que nos amis se réjouissent : nous touchons au but. Et au moins jusqu'à un certain point nous avons vérifié les déclarations du professeur Challenger. Nous n'avons pas, c'est vrai, escaladé le plateau, mais il est devant nous ; du coup, l'humeur du professeur Summerlee s'en est radoucie. Non qu'il admette un seul instant que son rival pourrait avoir raison, mais il a mis un frein à ses objections incessantes et garde le plus souvent un silence attentif. Mais il faut que je revienne en arrière et que je reprenne mon récit là où je l'ai laissé. Nous renvoyons chez lui l'un de nos Indiens, qui s'est blessé, et je lui confie cette lettre, en doutant fortement d'ailleurs qu'elle parvienne un jour à son destinataire.

Lorsque je vous ai écrit la dernière fois, nous étions sur le point de quitter le village indien auprès duquel nous avait déposés la *Esmeralda*. Mon compte rendu commencera par de fâcheuses nouvelles car ce soir le premier conflit personnel vient d'éclater (je ne fais pas allusion aux innombrables coups de bec qu'échangent les deux professeurs) et il s'en est fallu de peu qu'il n'eût une issue tragique. J'ai mentionné ce métis parlant anglais, Gomez : bon travailleur, plein de bonne volonté, mais affligé, je suppose, du vice de la curiosité qui n'est pas rare chez ces hommes-là. A la tombée de la nuit il s'est caché près de la hutte dans laquelle nous étions en train de discuter de nos plans ; il a été surpris par notre grand Nègre Zambo, qui est aussi fidèle qu'un chien et qui voue aux métis le mépris et la haine de toute sa race pure pour les sangs-mêlés. Zambo l'a tiré de l'ombre et nous l'a amené. Gomez a sorti son couteau, et n'eût été la force extraordinaire du Noir qui le désarma d'une seule main, Zambo aurait été poignardé. L'affaire s'est terminée par une sévère admonestation, et les adversaires ont été invités à se serrer la main. Espérons que tout ira bien. Quant à nos deux savants, ils sont à couteaux tirés, et leur intimité sent l'aigre. Je conviens volontiers que Challenger est ultra-provocant, mais Summerlee possède une langue dont l'acide envenime tout. Hier soir Challenger nous a dit qu'il ne s'était jamais soucié de marcher sur le quai de la Tamise et de regarder en amont du fleuve, parce qu'il y avait toujours de la tristesse à contempler son propre tombeau. (Il est persuadé qu'il sera enterré à l'abbaye de Westminster). Summerlee répliqua, avec un sourire sarcastique, que cependant la prison de Millibank avait été abattue. Mais la vanité de Challenger est trop colossale pour qu'il puisse être réellement fâché par autrui. Il se contenta de sourire dans sa barbe et de répéter : « Tiens ! Tiens ! » avec la voix qu'on prend pour s'adresser aux enfants. En vérité, ce sont deux enfants : l'un desséché et acariâtre, l'autre impérieux et formidable. Et pourtant l'un et l'autre ont un cerveau qui les a placés au premier rang de la science moderne. Deux cerveaux, deux caractères, deux âmes : seul celui qui connaît beaucoup de la vie peut comprendre à quel point ils ne se ressemblaient pas.

Au jour de notre vrai départ, toutes nos affaires se casèrent aisément dans nos deux canoës ; nous divisâmes notre personnel, six hommes dans chaque, en n'oubliant pas dans l'intérêt de la paix commune de séparer les deux professeurs. Moi, j'étais avec Challenger qui affichait une humeur béate : la bienveillance rayonnait sur chacun de ses traits. Comme j'avais quelque expérience de ses sautes d'humeur, je m'attendais à ce que des coups de tonnerre se fissent entendre sur le ciel serein. Dans sa compagnie il est impossible de se sentir à l'aise, mais au moins on ne s'ennuie jamais.

Pendant deux jours nous remontâmes une rivière de bonne taille : large de plusieurs centaines de mètres, avec une eau aussi foncée que transparente qui permettait de voir le fond. Les affluents de l'Amazone sont de deux sortes : ceux dont l'eau est foncée et transparente, et ceux dont l'eau est blanchâtre et opaque ; cette différence provient de la nature du pays qu'ils ont traversé. Le foncé indique du végétal en putréfaction, le blanchâtre du sol argileux. Deux fois nous dûmes franchir des rapides, ou plutôt les contourner en portant nos canoës pendant près d'un kilomètre. De chaque côté de la rivière, les bois en étaient à leur première pousse, et nous éprouvâmes relativement peu de difficultés à y pénétrer avec nos canoës. Comment pourrais-je jamais oublier leur mystère solennel ? La hauteur des arbres et l'épaisseur des troncs dépassaient l'imagination du citadin que je suis ; ils s'élançaient en colonnes magnifiques jusqu'à une distance énorme au-dessus de nos têtes ; nous pouvions à peine distinguer l'endroit où ils répandaient leurs branches latérales en cintres gothiques ; ceux-ci se combinaient pour former un grand toit matelassé de verdure, à travers lequel un éventuel rayon de soleil dardait une ligne étincelante qui perçait ici ou là l'obscurité majestueuse. Tandis que nous avancions sans bruit sur le tapis doux et épais de la végétation pourrissante, le silence tombait sur nos âmes : le même que celui qui nous enveloppe au crépuscule dans une cathédrale. Et miraculeusement la voix tonnante du professeur Challenger se mua en un murmure décent.

Si j'avais été un explorateur solitaire, j'aurais ignoré les noms de ces géants monstrueux, mais nos savants étaient là ; ils désignaient les cèdres, les immenses peupliers

soyeux, les arbres à gomme, et toute une profusion de plantes diverses qui ont fait de ce continent le principal fournisseur de la race humaine pour les produits du monde végétal, alors qu'il est le plus rétrograde pour les produits de la vie animale. Des orchidées éclatantes et des lianes merveilleusement colorées illuminaient les troncs bistrés ; là où une tache de soleil tombait sur l'allamanda dorée, ou sur le bouquet d'étoiles écarlates du tacsonia, ou sur le bleu profond de l'ipomaea, une féerie de rêves nous ensorcelait. Dans ces grands espaces de forêts, la vie, qui a l'obscurité en horreur, combat pour grimper toujours plus haut vers la lumière. Toutes les plantes, même les plus petites, dessinent de boucles et se contorsionnent au-dessus du sol vert ; elles s'enroulent pour accoupler leurs efforts. Les plantes grimpantes sont luxuriantes et gigantesques. Mais celles qui n'ont jamais appris à grimper pratiquent pourtant l'art de l'évasion hors de cette ombre triste : la vulgaire ortie, le jasmin, et même des palmes jacitara enlacent les rameaux des cèdres et se développent en extension jusqu'à leurs cimes. Parmi ces nefs majestueuses qui s'étendaient devant nous, nous ne décelâmes aucune manifestation visible de la vie animale ; mais un mouvement perpétuel au-dessus de nos têtes – loin au-dessus – nous suggérait le monde innombrable des serpents et des singes, des oiseaux et des insectes qui se tournent eux aussi vers le soleil et qui devaient regarder avec étonnement nos silhouettes sombres, minuscules, chancelantes, perdues au sein des immenses profondeurs de la forêt vierge. Au lever du jour et au crépuscule, les singes hurleurs gémissent en chœur et les perruches jacassent ; mais durant les heures chaudes, seul le vrombissement des insectes tel le grondement d'un lointain ressac remplit l'oreille, sans que cependant rien ne bouge dans ce paysage de troncs se fondant les uns dans les autres dans l'obscurité qui nous domine. Une seule fois une créature aux pattes arquées tituba lourdement parmi des ombres :

un ours ou un fourmilier... Ce fut l'unique manifestation de vie au sol que je perçus dans la grande forêt de l'Amazone.

Et pourtant certains signes nous apprirent que des hommes vivaient dans ces recoins mystérieux. Au matin du troisième jour nous prîmes conscience d'un bizarre ronronnement grave, rythmé et solennel, qui lançait irrégulièrement ses crescendos et ses decrescendos par à-coups, au fil des heures. Les deux canoës avançaient à quelques mètres l'un de l'autre quand nous le perçûmes pour la première fois ; alors nos Indiens s'arrêtèrent de pagayer, se figèrent dans l'immobilité la plus absolue : ils semblaient s'être changés en statues de bronze ; ils écoutaient intensément ; la terreur était peinte sur leurs visages.

— Qu'est-ce que c'est ? demandai-je.

— Des tambours, me répondit lord John avec insouciance. Des tambours de guerre. Je les ai déjà entendus autrefois.

— Oui, monsieur, des tambours de guerre ! confirma Gomez le métis. Des Indiens sauvages. Ils nous surveillent. Ils nous tueront s'ils le peuvent.

— Comment peuvent-ils nous surveiller ? interrogeai-je en montrant la forêt sombre et immobile.

Le métis haussa les épaules :

— Les Indiens savent. Ils ont leurs méthodes. Ils nous guettent. Ils se parlent par tambours. Ils nous tueront s'ils le peuvent.

Dans l'après-midi de ce même jour, qui était le mardi 18 août, au moins six ou sept tambours battirent simultanément en des endroits différents. Parfois ils battaient rapidement, parfois lentement, parfois sous forme évidente de question et de réponse : l'un démarrait vers l'est par un crépitement saccadé, et il était suivi peu après par un roulement grave vers le nord. Dans cet incessant grondement, qui semblait répéter les mots mêmes du métis : « Nous vous tuerons si nous le pouvons ! Nous vous tuerons si nous le pouvons ! » il y avait quelque chose qui tapait sur les nerfs avec une insistance parfaitement désagréable. Dans les bois silencieux, nous continuions à ne voir remuer personne. Toute la paix et le calme de la nature s'exprimaient dans ce rideau foncé de végétation, mais quelque part derrière lui s'égrenait le message de mort : « Nous vous tuerons si nous le pouvons ! » disait l'homme de l'est. Et l'homme du nord reprenait : « Nous vous tuerons si nous le pouvons ! »

Tout le jour les tambours grondèrent des menaces qui se reflétaient sur les visages de nos compagnons de couleur. Même notre métis fanfaron et intrépide avait un air de chien battu. J'appris cependant ce jour-là une fois pour toutes que Challenger et Summerlee possédaient tous deux le plus haut type de bravoure : la bravoure de l'esprit scientifique. Ils étaient tout à fait dans l'état d'esprit qui maintint Darwin chez les gauchos de l'Argentine ou Wallace chez les chasseurs de têtes de la Malaisie. Par un décret de la généreuse nature, le cerveau humain ne peut penser à deux choses à la fois : s'il est voué à une curiosité telle que la science, il n'a pas de place à consacrer à des considérations personnelles. Pendant que planait sur nous cette menace irritante et mystérieuse, nos deux professeurs s'occupaient d'oiseaux en vol, d'arbustes sur le rivage ; le ricanement de Summerlee répondait au grognement de Challenger : le tout aussi paisiblement que s'ils étaient assis dans le fumoir du Royal Society's Club de Londres. Une seule fois ils condescendirent à en discuter.

— Des cannibales Miranha ou Amajuaca ! fit Challenger en tournant son pouce vers le bois qui résonnait du bruit des tambours.

— Certainement, monsieur ! répondit Summerlee. Comme toujours dans ce genre de tribus, je pense qu'ils utilisent le langage polysynthétique et qu'ils sont du type mongolien.

— Polysynthétique assurément ! dit Challenger avec

indulgence. Je ne connais nul autre type de langages sur ce continent, et j'en ai dénombré plus d'une centaine. Mais j'avoue mon scepticisme quant à la théorie mongolienne.

– J'aurais cru que même des connaissances limitées en anatomie comparée permettaient de la vérifier, dit avec acidité Summerlee.

Challenger pointa en l'air son menton agressif :
– Sans doute, monsieur, des connaissances limitées peuvent la vérifier. Mais des connaissances approfondies aboutissent à des conclusions différentes.

Ils se dévisagèrent avec défi, pendant que tout autour le même murmure répétait inlassablement : « Nous vous tuerons... Nous vous tuerons si nous le pouvons ! »

Quand la nuit tomba, nous amarrâmes nos canoës avec de lourdes pierres en guise d'ancres au centre de la rivière, et nous nous livrâmes à divers préparatifs en vue d'une attaque éventuelle.

Rien ne se produisit cependant. A l'aube nous reprîmes notre route, tandis que le roulement des tambours mourait derrière nous. Vers trois heures de l'après-midi nous rencontrâmes un rapide très profond qui se prolongeait sur près de deux kilomètres : c'était lui qui avait provoqué le désastre du professeur Challenger au cours de son premier voyage. Je confesse que je me sentis réconforté en le voyant, car il m'apportait la première confirmation directe de la véracité de ses dires. Les Indiens portèrent d'abord nos canoës, puis nos provisions à travers les fourrés très épais à cet endroit, pendant que les quatre Blancs, fusil sur l'épaule, s'interposaient entre eux et tout danger pouvant survenir des bois. Avant le soir, nous avions franchi le rapide et nous naviguâmes encore pendant une vingtaine de kilomètres ; après quoi nous mouillâmes l'ancre pour la nuit.

Je calculai que nous n'avions pas franchi moins de 170 kilomètres sur cet affluent de l'Amazone.

Ce fut tôt dans la matinée du lendemain que s'effectua

notre grand départ. Depuis l'aurore le professeur Challenger avait paru nerveux : il inspectait continuellement chaque rive de la rivière... Soudain il poussa une joyeuse exclamation de satisfaction et nous désigna un arbre isolé qui se détachait selon un angle particulier sur l'une des rives.

– Qu'est-ce que c'est que ça, à votre avis ? demanda-t-il.

– C'est sûrement un palmier Assai.

– Exact. Et c'était aussi un palmier Assai que j'avais choisi comme point de repère. L'ouverture secrète se dissimule à huit cents mètres plus haut de l'autre côté de la rivière. Il n'y a pas d'éclaircie entre les arbres. Voilà ce qui est à la fois merveilleux et mystérieux. Là où vous voyez des joncs vert clair au lieu de ce sous-bois vert foncé, là entre les grands bois de peupliers se trouve mon entrée particulière dans la terre inconnue. Partons, vous allez comprendre !

Il s'agissait bien d'un endroit merveilleux. Ayant atteint le lieu marqué par une rangée de joncs vert clair, nous y engageâmes nos deux canoës pendant quelques centaines de mètres, puis nous émergeâmes dans un cours d'eau placide, peu profond, clair, et dont la transparence laissait apercevoir un fond de sable.

Il pouvait avoir 18 mètres de large, et ses deux rives étaient bordées par une végétation très luxuriante. Le voyageur qui n'aurait pas remarqué que sur une courte distance des roseaux avaient pris la place des arbustes aurait été incapable de deviner l'existence de ce cours d'eau, comme d'imaginer le paysage féerique qui s'étendait au-delà.

L'épaisse végétation se croisait au-dessus de nos têtes, s'entrelaçait pour former une pergola naturelle : à travers ce tunnel de verdure sous la lumière d'un crépuscule doré coulait la rivière verte, limpide, belle en elle-même, mais rendue plus belle encore par les teintes étranges que projetait l'éclat du jour tamisé dans sa chute vers la terre.

Claire comme du cristal, immobile comme une vitre, nuancée de vert comme l'arête d'un iceberg, elle s'étendait devant nous sous une arche de verdure ; chaque coup de nos pagaies créait mille rides sur sa surface étincelante. C'était l'avenue rêvée pour le pays des merveilles. Nous n'entendions plus les signaux des Indiens ; par contre la vie animale devenait plus fréquente ; le doux caractère des animaux montrait qu'ils ignoraient tout de la chasse et des chasseurs. Des petits singes frisottés, noirs comme du velours, avec des dents blanches et des yeux moqueurs, venaient nous raconter des tas d'histoires. De temps à autre, un caïman plongeait du rivage avec un grand bruit d'eau. Un tapir nous regarda à travers un trou dans les buissons, puis repartit vagabonder dans la forêt. Une fois la silhouette sinueuse d'un puma surgit dans les broussailles : ses yeux verts, sinistres nous contemplèrent avec haine par-dessus ses épaules jaunies. Les oiseaux étaient particulièrement abondants : surtout les échassiers, la cigogne, le héron, l'ibis errant par petits groupes : il y en avait des bleus, des rouges, des blancs perchés sur les souches qui faisaient office de jetées sur la rivière.

Pendant trois journées nous nous taillâmes un chemin sous ce tunnel de verdure qui brillait au soleil. Il était presque impossible de fixer à distance une ligne de démarcation entre l'arche et l'eau : leurs verts se confondaient. La paix de ces lieux n'était troublée par aucune présence humaine.

– Il n'y a pas d'Indiens ici. Ils ont trop peur. Curupuri ! dit Gomez.

– Curupuri est l'esprit des bois, expliqua lord John. C'est sous ce vocable qu'ils désignent les démons de toute espèce. Ces pauvres idiots croient qu'il y a quelque chose à redouter dans cette direction, et ils évitent de la prendre.

Au cours du troisième jour, il devint évident que notre voyage par voie d'eau touchait à sa fin ; la rivière était en effet de moins en moins profonde. Deux fois en une heure, nous heurtâmes le fond. Finalement nous tirâmes nos canoës sur la berge dans les broussailles et nous y passâmes la nuit. Au matin lord John et moi partîmes en expédition à travers la forêt en nous tenant en parallèle avec la rivière ; comme celle-ci avait de moins en moins de fond, nous revînmes en arrière et fîmes notre rapport. Le professeur Challenger avait déjà subodoré que nous avions atteint le point extrême où nos canoës pouvaient naviguer. Nous les dissimulâmes donc dans les broussailles et nous coupâmes un arbre à la hache, afin de marquer l'endroit. Puis nous nous répartîmes les diverses charges (fusils, munitions, vivres, une tente, des couvertures, etc.) et, nos épaules ployant sous le faix, nous entamâmes la plus dure étape de notre voyage.

Une malheureuse querelle marqua le début de cette étape. Challenger depuis qu'il nous avait rejoints avait distribué ses ordres à tout notre groupe, au grand mécontentement de Summerlee. Quand il assigna une tâche quelconque à son collègue (il ne s'agissait que de porter un baromètre anéroïde) il y eut un éclat.

— Puis-je vous demander, monsieur, dit Summerlee avec un calme méchant, en quelle qualité vous distribuez ces ordres ?

Challenger devint écarlate.

— J'agis, professeur Summerlee, en qualité de chef de cette expédition.

— Me voici obligé de vous dire, monsieur, que je ne vous reconnais pas cette capacité.

— Vraiment ! fit Challenger en le saluant avec une civilité sarcastique. Alors peut-être voudriez-vous définir ma position exacte dans cette aventure ?

— Oui, monsieur. Vous êtes un homme dont la bonne foi est soumise à vérification. Et ce comité est ici pour la vérifier. N'oubliez pas, monsieur, que vous vous trouvez dans la compagnie de vos juges.

— Mon Dieu ! s'exclama Challenger en s'asseyant sur le

rebord de l'un des canoës. Dans ce cas vous irez, bien sûr, votre propre chemin, et je suivrai le mien à mon goût. Si je ne suis pas le chef, n'attendez pas que je vous guide plus longtemps.

Grâce au ciel il y avait là deux hommes sains d'esprit : lord John Roxton et moi. Nous nous employâmes donc à empêcher la vanité et la stupidité de nos deux savants de s'exaspérer au point que nous aurions dû rentrer à Londres les mains vides ! Ah, comme il fallut plaider, argumenter, expliquer, avant de les amener à composition ! Enfin Summerlee partit en tête avec sa pipe et son ricanement, tandis que Challenger suivait en grognant. Par chance nous découvrîmes que nos deux savants partageaient la même opinion (peu flatteuse !) sur le docteur Illingworth, d'Édimbourg : ce fut là notre unique gage de sécurité. Chaque fois que la situation se tendait, l'un de nous jetait en avant le nom du zoologiste écossais : alors les deux professeurs faisaient équipe pour lancer l'anathème sur leur infortuné collègue.

Nous avancions en file indienne le long du cours d'eau, qui se réduisit bientôt à l'état de filet pour se perdre enfin dans un large marais vert de mousses spongieuses où nous enfonçâmes jusqu'aux genoux. L'endroit était infesté par des nuages de moustiques et toutes sortes de pestes volantes. Aussi retrouvâmes-nous la terre ferme avec soulagement ; pour cela nous avions contourné les arbres qui flanquaient ce marais, et laissé derrière nous son ronflement d'orgues et sa charge d'insectes.

Deux jours après avoir quitté nos embarcations nous constatâmes un subit changement dans le caractère du pays. Notre route montait constamment et au fur et à mesure que nous prenions de la hauteur les bois s'amincissaient et perdaient de leur luxuriance tropicale. Les arbres énormes de la plaine constituée par les alluvions de l'Amazone cédaient la place aux cocotiers et aux phœnix qui poussaient en bouquets clairsemés, reliés entre eux par des broussailles touffues. Dans les creux plus humides les palmiers étendaient leurs gracieuses frondaisons. Nous marchions uniquement à la boussole, et il s'ensuivit une ou deux divergences d'appréciation entre Challenger et les deux Indiens ; pour citer les propos indignés du Professeur, « tout le groupe était d'accord pour se fier aux instincts trompeurs de sauvages non développés, plutôt qu'au plus haut produit de la culture moderne de l'Europe ! » Mais nous n'avions pas tort d'accorder notre confiance aux Indiens, car le troisième jour Challenger admit qu'il avait reconnu plusieurs points de repère datant de son premier voyage ; à un endroit, nous retrouvâmes aussi quatre pierres, noircies par le feu, qui avaient dû faire partie du campement.

La route montait toujours. Il nous fallut deux jours pour traverser une pente hérissée de rochers. De nouveau la végétation s'était transformée et il ne subsistait plus que l'arbre d'ivoire végétal ainsi qu'une abondance d'orchidées, parmi lesquelles j'appris à distinguer la rare *Nuttonia Vexillaria,* les fleurs roses ou écarlates du cattleya, et l'odontoglossum. Des ruisseaux à fond cailloteux et aux berges drapées de fougères glougloutaient dans les ravins et nous offraient des coins propices à nos campements nocturnes ; des essaims de petits poissons bleu foncé, de la taille des truites anglaises, nous fournissaient un délicieux souper.

Le neuvième jour après avoir abandonné nos canoës, nous avions avancé à peu près de 200 kilomètres. Nous commençâmes alors à sortir de la zone d'arbres pour rencontrer une immense étendue désertique de bambous, si épais que nous devions tailler notre chemin avec les machettes et les serpes des Indiens. Cela nous prit tout un long jour, depuis sept heures le matin jusqu'à huit heures du soir, avec seulement deux pauses d'une heure chacune ; enfin nous parvînmes à franchir cet obstacle.

Rien de plus monotone et de plus fatigant, car nous ne pouvions pas voir à plus de dix ou douze mètres devant nous quand une percée avait été effectuée. Ma visibilité

Carte Approximative du Voyage

Sans orientation ni échelle

Terre de Maple White

- Escarpement basaltique
- Campement
- Plaine avec fougères arborescentes
- Bambous géants
- Pente rocailleuse
- Végétation semi-tropicale
- Collines
- Marais spongieux
- Canoës cachés
- Ici, une étrange chose grise...
- Inexploré
- Montagnes au loin
- Inexploré
- Rivière souterraine
- Village indien où mourut Maple-White
- Rapides où Challenger naufragea précédemment
- Gaps & marais
- L'Amazone
- Bois

était en fait bornée au dos de lord John qui marchait devant moi et à une muraille jaune qui m'étouffait à ma droite comme à ma gauche. Du ciel nous venait un rayon de soleil mince comme une lame de couteau ; les roseaux s'élançaient vers la lumière à plus de six mètres au-dessus de nos têtes. J'ignore quelles créatures ont choisi ces fourrés pour habitat, mais à plusieurs reprises nous avons entendu plonger de grosses bêtes lourdes tout près de nous. D'après le bruit, lord John les identifia comme du bétail sauvage. Épuisés par une journée aussi interminable qu'harassante nous établîmes notre camp dès que nous eûmes gagné la lisière des bambous.

De bonne heure le matin nous fûmes debout : une fois de plus l'aspect du pays n'était plus le même. Derrière nous se dressait le mur de bambous, aussi parfaitement délimité que s'il indiquait le cours d'une rivière. En face de nous il y avait une plaine ouverte montant doucement et parsemée de fougères arborescentes : elle formait une courbe qui aboutissait à une crête longue et en dos de baleine. Nous l'atteignîmes vers midi, et nous découvrîmes que s'étendait au-delà une vallée peu profonde, qui s'élevait à nouveau en pente douce vers un horizon bas, arrondi. Ce fut là que se produisit un incident, important ou non, je n'en sais rien.

Le professeur Challenger marchait à l'avant-garde avec les deux Indiens de la région, quand il s'arrêta brusquement et, très excité, nous désigna un point sur la droite. Nous vîmes alors, à quinze cents mètres à peu près, quelque chose qui nous sembla être un gros oiseau gris qui s'envolait lourdement du sol et qui grimpait lentement dans les airs, puis qui se perdit parmi les fougères arborescentes.

— Vous l'avez vu ? hurla Challenger exultant. Summerlee, vous l'avez vu ?

Son collègue regardait l'endroit où cet animal avait disparu.

— Qu'est-ce que vous prétendez que ce soit ? demanda-t-il.

– Selon toute probabilité, un ptérodactyle.

Summerlee éclata d'un rire ironique :

– Un ptéro-turlututu ! dit-il. C'était une cigogne, oui ! ou alors je n'ai jamais vu de cigogne !

Challenger était trop irrité pour parler. Il rejeta sa charge sur l'épaule et repartit en avant. Lord John vint à ma hauteur, et je vis que son visage était plus sérieux que d'habitude. Il avait sa jumelle Zeiss à la main.

– Je l'ai regardé à la jumelle avant qu'il disparaisse, dit-il. Je ne me risquerais pas à dire ce que c'était, mais je parie ma réputation de chasseur qu'il s'agit d'un oiseau comme je n'en ai jamais vu de ma vie !

Tel fut l'incident en question. Sommes-nous vraiment à la frontière de l'inconnu, de ce monde perdu dont parle notre chef ? Je vous livre l'incident tel qu'il s'est passé ; vous en savez autant que moi. Depuis, nous n'avons rien vu de remarquable.

Et maintenant, chers lecteurs (en admettant que j'en aie un jour) je vous ai fait remonter notre grand fleuve, traverser les joncs, franchir le tunnel de verdure, grimper les pentes de palmiers, trouer le mur de bambous, escalader cette plaine de fougères arborescentes... Mais enfin notre but est en vue. Quand nous avons gravi la seconde crête, une plaine irrégulière avec des palmiers nous est apparue, et aussi cette ligne d'escarpements rougeâtres que j'avais vue sur le tableau. Elle est là, aussi vrai que j'écris, et il ne peut pas y avoir de doute : c'est bien la même. Au plus près elle se situe à une dizaine de kilomètres de notre campement, et elle s'incurve au loin, à perte de vue. Challenger se rengorge comme un paon primé ; Summerlee se tait, son scepticisme n'est pas mort. Un autre jour de marche devrait mettre un terme à certains de nos doutes. Pendant ce temps José, qui a eu un bras transpercé par un bambou, insiste pour revenir sur ses pas et rentrer. Je lui confie cette lettre. J'espère simplement qu'elle parviendra à son destinataire. J'y joins une carte grossière de notre voyage : peut-être le lecteur nous suivra-t-il plus facilement.

9
Qui aurait pu prévoir?...

Il nous est arrivé une chose terrible. Qui aurait pu la prévoir ? Je ne puis plus assigner de terme à nos épreuves. Peut-être sommes-nous condamnés à finir nos jours dans ce lieu étrange, inaccessible ? Je suis encore si troublé que je peux à peine réfléchir aux faits actuels ou aux chances du futur. Mes sens bouleversés jugent les premiers terrifiants et les secondes aussi sombres que l'enfer.

Personne ne s'est jamais trouvé dans une pire situation ; et à quoi servirait de révéler notre position géographique exacte, ou de demander à nos amis de venir nous aider ? Même si une caravane de secours s'organisait, elle arriverait certainement trop tard en Amérique du Sud : notre destin serait déjà scellé depuis longtemps.

En fait nous sommes aussi loin de tout sauvetage humain que si nous étions dans la lune. Si nous parvenons à vaincre nos difficultés, nous ne le devrons qu'à nos propres qualités. J'ai comme compagnons trois hommes remarquables : des hommes doués d'un cerveau puissant et d'un courage indomptable. Telle est notre suprême espérance. C'est seulement quand je regarde les visages imperturbables de mes compagnons que j'entrevois une clarté dans notre nuit. Extérieurement je parais aussi indifférent qu'eux. Intérieurement je n'éprouve qu'une folle terreur.

Il faut que je vous communique, avec tous les détails possibles, la succession des événements qui ont abouti à cette catastrophe.

Quand j'avais terminé ma dernière lettre, nous nous trouvions à une dizaine de kilomètres d'une ligne interminable d'escarpements rouges qui ceinturaient, sans aucun doute, le plateau dont avait parlé le professeur Challenger. Leur hauteur, tandis que nous en approchions, me sembla par endroits plus importante qu'il ne l'avait dit (trois ou quatre cents mètres) et ils étaient curieusement striés, à la manière qui caractérise, je crois, les soulèvements basaltiques. On peut en voir quelques-uns dans les varappes de Salisbury à Édimbourg. Leur faîte montrait tous les signes d'une végétation luxuriante, avec des arbustes près du rebord, et plus loin de nombreux grands arbres, mais aucune trace de vie animale.

Cette nuit-là nous campâmes juste sous l'escarpement : un lieu désolé et sauvage. Les parois n'étaient pas exactement perpendiculaires, mais creusées sous le sommet ; il n'était pas question d'en faire l'ascension. Près de nous s'élevait le piton rocheux que j'ai déjà mentionné dans mon récit. On aurait dit un clocheton rouge, dont la pointe arrivait à la hauteur du plateau, mais entre eux s'étendait un gouffre profond. Sur sa cime se dressait un grand arbre. La hauteur du piton et de l'escarpement était relativement basse : à peu près 180 mètres.

– C'était là, dit le professeur Challenger en désignant l'arbre, qu'était perché mon ptérodactyle. J'avais escaladé la moitié du piton rocheux avant de le tirer. Je pense qu'un bon alpiniste dans mon genre pourrait le gravir jusqu'en haut, mais il n'en serait pas plus avancé pour l'approche du plateau

Quand Challenger parla de « son » ptérodactyle, je lançai un coup d'œil au professeur Summerlee, et pour la première fois il me sembla refléter un mélange d'acquiescement et de repentir. Ses lèvres minces ne se déformaient plus sous l'habituel ricanement ; son regard exprimait l'excitation et la surprise. Challenger s'en aperçut, et fit ses délices de ce premier parfum de victoire.

– Bien sûr, dit-il avec une intonation sarcastique, le professeur Summerlee comprendra que quand je parle d'un ptérodactyle c'est une cigogne que je veux dire. Seulement il s'agit d'une cigogne qui n'a pas de plumes, qui a une peau comme du cuir, avec des ailes membraneuses et des dents aux mâchoires.

Il rit à gorge déployée, cligna de l'œil et salua jusqu'à ce que son collègue s'éloignât.

Le matin, après un petit déjeuner frugal de café et de manioc, car il nous fallait économiser nos provisions, nous tînmes un conseil de guerre pour préparer l'ascension du plateau.

Challenger présida notre réunion avec autant de solennité que s'il avait été le garde des Sceaux. Représentez-vous cet homme assis sur un rocher, son absurde chapeau de paille repoussé derrière sa tête, ses yeux dédaigneux qui nous dominaient à l'abri des lourdes paupières, et sa grande barbe noire appuyant par une véhémente agitation les arguments qu'il énonçait quant à notre situation présente et à l'avenir immédiat.

Au-dessous de lui, vous pouvez nous imaginer tous les trois : moi-même hâlé, jeune, vigoureux ; Summerlee solennel, encore prêt à la critique, camouflé derrière sa sempiternelle pipe ; lord John, mince comme une lame de rasoir, avec son corps alerte et souple appuyé sur un fusil, et son regard d'aigle tourné vers l'orateur. Derrière nous, le groupe des deux métis et le petit paquet d'Indiens. Devant nous et au-dessus ces côtes rocheuses rougeâtres qui nous séparaient de notre but.

– Je n'ai pas besoin de vous dire, déclara notre chef, qu'à l'occasion de mon dernier passage ici j'ai épuisé tous les moyens possibles et imaginables pour gravir les escarpements. Là où j'ai échoué, je ne crois pas que quelqu'un d'autre puisse réussir car je suis un bon alpiniste. A l'époque, je n'avais pas un attirail de montagnard, mais cette fois j'ai pris mes précautions. J'en ai un. Je suis sûr de moi : avec cordes et crampons j'escaladerai ce piton rocheux et parviendrai à son sommet ; mais avec ce surplomb ce n'est pas la peine d'essayer sur l'escarpement. La dernière fois j'avais à me dépêcher parce que la saison des pluies approchait et que mes vivres s'épuisaient ; d'où le temps limité dont je disposais. Tout ce que je peux affirmer, c'est que j'ai inspecté la base de ces escarpements sur une dizaine de kilomètres vers l'est, sans trouver un accès pour grimper. Voilà. Maintenant qu'allons-nous faire ?

— Il me semble qu'il n'y a qu'une seule solution raisonnable, dit le professeur Summerlee. Si vous avez exploré le côté est, nous devrions explorer le côté ouest et chercher s'il existe un accès praticable pour l'ascension.

— C'est cela, intervint lord John. Il est probable que ce plateau n'est pas d'une étendue énorme. Nous n'avons qu'à en faire le tour jusqu'à ce que nous trouvions l'accès le meilleur, ou, au pis, revenir à notre point de départ.

— J'ai déjà expliqué à notre jeune ami, dit Challenger en me traitant avec la même indifférence dédaigneuse que si j'étais un gamin de dix ans, qu'il est tout à fait impossible qu'existe un accès facile, pour la bonne raison que s'il y en avait un le sommet ne se trouverait pas isolé, par conséquent ne réaliserait pas les conditions indispensables pour assurer une survivance à travers les âges. Cependant j'admets volontiers qu'il peut très bien y avoir un ou plusieurs endroits par où un bon alpiniste peut s'engager pour atteindre le sommet, mais par où il serait impossible à un animal lourd et encombrant de descendre. J'affirme qu'en un point l'ascension est possible.

— Et comment le savez-vous, monsieur ? demanda abruptement Summerlee.

— Parce que mon prédécesseur, l'Américain Maple White, a déjà réalisé cette ascension. Sinon, comment aurait-il vu le monstre qu'il a dessiné sur son album de croquis ?

— Là vous raisonnez sans tenir compte de faits prouvés, répondit Summerlee l'entêté. J'admets votre plateau, parce que je l'ai vu. Mais jusqu'ici je ne puis assurer qu'il contient les formes de vie dont vous avez fait état.

— Ce que vous admettez ou n'admettez pas, monsieur, est vraiment d'une importance minuscule. Je suis heureux de constater que le plateau lui-même s'est réellement imposé à votre perception...

Il tourna la tête vers le plateau et tout de suite, à notre ahurissement, il sauta de son rocher, prit Summerlee par le cou et le força à regarder en l'air.

— Allons, monsieur ! cria-t-il d'une voix enrouée par l'émotion. Est-ce qu'il faut que je vous aide encore à comprendre que ce plateau contient de la vie animale ?

J'ai dit qu'une épaisse bordure de verdure surplombait en saillie le bord de l'escarpement. Or, de cette frange avait émergé un objet noir et luisant. Comme il s'avançait lentement en plongeant au-dessus du gouffre, nous vîmes à loisir qu'il s'agissait d'un très gros serpent avec une tête plate en forme de bêche. Il ondula et secoua ses anneaux au-dessus de nous pendant une minute ; le soleil du matin brillait sur sa robe lisse. Puis il se replia vers l'intérieur et disparut.

Summerlee avait été tellement captivé par cette apparition qu'il n'avait pas opposé de résistance lorsque Challenger lui avait tourné la tête dans la direction du serpent. Mais il ne tarda pas à se dégager de l'étreinte de son collègue pour récupérer un peu de dignité.

— Je serais heureux, professeur Challenger, dit-il, que vous vous arrangiez pour faire vos remarques, intempestives ou non, sans me prendre par le cou. Même l'apparition d'un très ordinaire python de rocher ne semble pas justifier de telles libertés !

— Mais tout de même la vie existe sur ce plateau ! répliqua son collègue triomphalement. Et maintenant, puisque j'ai démontré cette importante conclusion de façon si évidente qu'elle éclate aux yeux de tous, même des obus et des malveillants, mon opinion est que nous ne pouvons rien faire de mieux que de lever le camp et de partir vers l'ouest afin de découvrir un accès possible.

Au pied de l'escarpement le sol était pavé de rochers et très inégal ; notre marche fut donc lente et pénible. Soudain nous arrivâmes à quelque chose qui, cependant, nous redonna du courage. C'était l'emplacement d'un ancien campement où gisaient plusieurs boîtes de conserve de viande de Chicago, vides naturellement, une bouteille étiquetée « Brandy », un ouvre-boîte cassé, et toutes sortes de vestiges d'un voyageur. Un journal chiffonné, presque pourri, fut identifié comme étant un numéro du *Chicago Democrat*, mais la date avait disparu.

– Ce n'est pas mon journal ! fit Challenger. Ce doit être celui de Maple White.

Quant à lord John, il observait avec curiosité une grande fougère arborescente qui abritait sous son ombre le lieu du campement.

– Dites, regardez donc ! murmura-t-il. Je pense que nous nous trouvons devant un poteau indicateur.

Un bout de bois avait été fixé à l'arbre, comme une flèche orientée vers l'ouest.

– Exactement un poteau indicateur ! dit Challenger. Pourquoi ? Parce que notre explorateur, se trouvant engagé dans une marche aventureuse, a voulu laisser un signe pour que n'importe qui derrière lui pût repérer le chemin qu'il avait pris. En avançant nous découvrirons peut-être d'autres indications.

Nous reprîmes donc notre route, mais ces indications se révélèrent aussi terrifiantes qu'imprévues. Juste en dessous de l'escarpement poussaient de hauts bambous dans le genre de ceux que nous avions traversés précédemment. Beaucoup de tiges avaient sept ou huit mètres de hauteur et se terminaient par une tête pointue et dure : on aurait dit une armée de lances formidables. Nous étions en train de la longer quand mes yeux furent attirés par le miroitement de quelque chose de blanc entre les tiges par terre. Je passai ma tête : c'était un crâne. Un squelette entier était là, mais le crâne s'était détaché et gisait plus près de la bordure.

Quelques coups de la machette de nos Indiens suffirent à dégager la place ; alors nous fûmes à même d'étudier les détails d'une ancienne tragédie. Des lambeaux de vêtements, des restes de souliers sur l'os du pied nous permirent d'établir que ce cadavre était celui d'un Blanc. Au milieu des os il y avait une montre en or qui venait de chez Hudson, à New York, et une chaîne qui était fixée à un stylo. Également un étui à cigarettes en argent, sur le couvercle duquel était gravé : « J.C., de A.E.S. ». L'état du métal paraissait confirmer que ce drame avait eu lieu récemment.

– Qui peut-il être ? demanda lord John. Le pauvre diable ! On dirait qu'il n'y a pas un os qui ne soit rompu.

– Et le bambou s'est développé à travers ses côtes brisées, observa Summerlee. C'est une plante qui pousse très vite, mais il est inconcevable que ce corps ait pu être ici pendant que les tiges s'élevaient jusqu'à huit mètres.

– En ce qui concerne son identité, expliqua le professeur Challenger, je n'ai aucun doute. Lorsque j'ai remonté l'Amazone pour vous rejoindre à la fazenda, je me suis livré à une enquête sérieuse à propos de Maple White. A Para, personne ne savait rien. Par chance, j'avais un indice précis, car dans son album de croquis il y avait un dessin qui le représentait en train de déjeuner avec un ecclésiastique à Rosario. Je réussis à découvrir ce prêtre, et bien qu'il fût un disputeur-né qui prenait en mauvaise part le fait que la science moderne bouleversât ses croyances, il me donna néanmoins quelques renseignements. Maple White passa par Rosario il y a quatre ans, c'est-à-dire deux ans avant que j'aie vu son cadavre. Il n'était pas seul ; il avait avec lui un ami, un Américain du nom de James Colver, qui resta d'ailleurs dans le bateau et que l'ecclésiastique ne rencontra point. Je crois donc qu'il n'y a pas de doutes : nous sommes à présent devant les restes de ce James Colver.

— Et, ajouta lord John, il n'y a guère de doutes non plus sur la façon dont il trouva la mort. Il est tombé de là-haut, ou on l'a précipité, et il s'est littéralement empalé sur les bambous. Sinon, pourquoi aurait-il eu les os brisés, et comment se serait-il enfoncé à travers ces tiges si hautes ?

Un silence fut notre seule réponse. Nous méditions sur cette hypothèse de lord John Roxton, et nous en comprenions toute l'horrible vérité. Le sommet en surplomb de l'escarpement s'avançait au-dessus des bambous. Indubitablement l'homme était tombé de là. Tombé, par accident ? ou... ? Déjà cette terre inconnue nous offrait toutes sortes de perspectives sinistres et terribles.

Nous nous éloignâmes sans ajouter un mot, et nous continuâmes à longer la base des escarpements, aussi lisses que certains champs de glace de l'Antarctique dont j'avais vu des photographies écrasantes : leur masse s'élevant bien au-dessus des mâts des vaisseaux des explorateurs. Et puis, tout à coup, nous aperçûmes un signe qui remplit nos cœurs d'un nouvel espoir. Dans une anfractuosité du roc, à l'abri de la pluie, il y avait une flèche dessinée à la craie, et qui pointait encore vers l'ouest.

— Toujours Maple White ! dit le professeur Challenger. Il pressentait qu'un jour ou l'autre des gens valables suivraient sa piste.

— Il avait donc de la craie ?

— Dans les affaires que j'ai trouvées près de son cadavre, il y avait en effet une boîte de craies de couleur. Je me rappelle que la craie blanche était presque complètement usée.

— Voilà assurément une forte preuve ! dit Summerlee. Acceptons Maple White pour guide, et suivons sa trace vers l'ouest.

Nous avions avancé de sept ou huit kilomètres quand nous aperçûmes une deuxième flèche blanche sur les rochers. Pour la première fois, la face de l'escarpement était fendue par une sorte de crevasse. A l'intérieur de cette crevasse une autre flèche pointait vers la gorge, avec le bout légèrement relevé comme si l'endroit indiqué était au-dessus du niveau du sol.

C'était un site solennel : les murailles rocheuses étaient gigantesques ; la lumière se trouvait obscurcie par une double bordure de verdure, et seule une lueur confuse pénétrait jusqu'au fond. Nous n'avions pris aucune nourriture depuis plusieurs heures, et cette marche difficile nous avait harassés ; mais nos nerfs trop tendus nous interdisaient de nous arrêter. Nous commandâmes aux Indiens de préparer le campement, et nous quatre, accompagnés des deux métis, nous avançâmes dans la gorge resserrée.

Elle avait à peine une douzaine de mètres de large à l'entrée, mais elle alla vite en se rétrécissant pour se terminer par un angle très aigu, avec des parois trop lisses pour une escalade. Certainement ce n'était pas le chemin que notre prédécesseur avait tenté d'indiquer. Nous retournâmes sur nos pas : la gorge n'avait pas plus de quatre cents mètres de profondeur. Par miracle les yeux vifs de lord John se posèrent sur ce que nous cherchions. Au-dessus de nos têtes, cerné par des ombres noires, se dessinait un halo de ténèbres plus profondes : sûrement ce ne pouvait être que l'ouverture d'une caverne.

A cet endroit la base de l'escarpement était constituée par des pierres entassées les unes sur les autres. Il ne fut pas difficile de les escalader. Quand nous fûmes en haut, toute hésitation disparut de nos esprits : non seulement il y avait une ouverture dans la roche, mais à côté une nouvelle flèche était dessinée. Le secret était là ; c'était là que Maple White et son infortuné compagnon avaient réussi leur ascension.

Nous étions trop excités pour rentrer au camp. Il nous fallait faire notre première exploration tout de suite ! Lord John avait une torche électrique dans son sac ; il avança, déplaçant son petit cercle de lumière jaune devant lui ; sur ses talons nous le suivions en file indienne.

La caverne avait subi l'érosion de l'eau ; les parois étaient lisses, le sol couvert de pierres arrondies. Elle n'était pas haute, un homme y déployait juste sa taille sous la voûte. Pendant une cinquantaine de mètres, elle s'enfonça en ligne droite dans le roc, puis prit une inclinaison de 45° vers le haut. Plus nous grimpions, plus la pente se faisait raide ; nous nous mîmes bientôt à quatre pattes dans la blocaille qui s'effritait et glissait sous nos corps. Mais une exclamation de lord John Roxton résonna dans la caverne :

– Elle est bloquée !

Groupés derrière lui, nous aperçûmes dans le champ jaune de sa torche un mur de basalte brisé qui s'élevait jusqu'au plafond.

– Le plafond s'est effondré !

En vain nous tirâmes quelques morceaux. Mais de plus grosses pierres se détachèrent et menacèrent de dégringoler la pente et de nous écraser. De toute évidence l'obstacle était au-dessus de nos moyens. Impossible de le contourner. La route qu'avait empruntée Maple White n'était plus valable.

Trop abattus pour parler, nous descendîmes en titubant le sombre tunnel, et nous rentrâmes au campement.

Cependant avant de quitter la gorge il se produisit un incident dont l'importance ne tarda pas à se vérifier.

A la base de la gorge nous étions rassemblés, à quelque quinze mètres au-dessous de l'entrée de la caverne, quand un énorme rocher se mit soudainement à rouler et passa près de nous avec une force terrible. Nous l'esquivâmes d'extrême justesse ; ç'aurait été la mort pour nous tous ! Nous ne pûmes distinguer d'où venait ce rocher, mais nos métis qui étaient demeurés sur le seuil de la caverne, nous dirent qu'il les avait frôlés eux aussi, et qu'il avait donc dû tomber d'en haut. Nous regardâmes

en l'air, pourtant nous ne décelâmes aucun signe de mouvement parmi la ceinture verte qui surplombait l'escarpement. Tout de même, cette pierre nous avait visés : sur le plateau il devait donc y avoir une humanité, et la plus malveillante qui fût !

Nous quittâmes hâtivement la crevasse, tout en réfléchissant aux nouveaux développements de notre affaire et à leurs incidences sur nos plans. La situation était déjà assez difficile ! Si l'obstruction de la Nature avait comme alliée une opposition délibérée de l'homme, l'aventure était désespérée. Toutefois pas un de nous ne songea à plier bagages pour rentrer à Londres : il nous fallait explorer les mystères de ce plateau, coûte que coûte.

Nous fîmes le point, et nous tombâmes d'accord pour décider que notre meilleure chance consistait à poursuivre notre inspection tout autour du plateau dans l'espoir de trouver un autre accès. La hauteur des escarpements avait considérablement diminué ; leur ligne se dirigeait de l'ouest vers le nord. Dans la pire des hypothèses, nous serions de retour à notre point de départ au bout de quelques jours.

Le lendemain nous marchâmes pendant près de 35 kilomètres, sans rien découvrir. Notre anéroïde (cela, je puis bien le mentionner) nous prouva que, au cours de notre montée continuelle depuis que nous avions abandonné nos embarcations, nous nous trouvions maintenant à plus de mille mètres au-dessus du niveau de la mer. D'où un changement considérable dans la température et la végétation. Nous étions débarrassés presque complètement de l'horrible promiscuité des insectes, ce fléau des tropiques. Quelques palmiers survivaient encore et beaucoup de fougères arborescentes, mais les arbres de l'Amazone n'étaient plus qu'un souvenir. J'avoue que le spectacle des volubilis, des fleurs de la passion et des bégonias surgissant parmi des rochers inhospitaliers m'émut parce qu'il me rappela l'Angleterre... J'ai vu un bégonia exactement du même rouge que certain bégonia dans un pot à la fenêtre d'une villa de Streatham... mais les réminiscences personnelles n'ont rien à voir dans ce récit. Une nuit (je parle encore de notre première journée de pérégrination autour du plateau) une grande expérience nous attendait : elle balaya à jamais tous les doutes que nous aurions pu conserver sur les phénomènes extraordinaires qui peuplaient ce lieu.

Quand vous me lirez, cher monsieur McArdle, vous réaliserez sûrement, et peut-être pour la première fois, que notre journal ne m'a pas envoyé si loin pour une vulgaire chasse au canard sauvage, et qu'une copie peu banale émerveillera le monde quand le professeur Challenger m'autorisera à la publier. Je n'oserais pas la publier avant de pouvoir rapporter en Angleterre des preuves à l'appui, sinon je serais salué comme le Münchhausen du journalisme de tous les temps ! Je suis persuadé que vous réagirez comme moi, et que vous ne vous soucierez pas de jouer tout le crédit de la *Gazette* sur une telle aventure tant que nous serons incapables de faire face au chœur des critiques et des sceptiques que mes articles soulèveront naturellement. C'est pourquoi cet incident merveilleux, qui constituerait à lui seul l'objet d'un titre sensationnel dans ce cher vieux journal, doit demeurer dans votre tiroir jusqu'à nouvel ordre.

Il se produisit dans le temps d'un éclair, et il n'eut d'autre suite que d'imposer irrémédiablement notre conviction.

Voilà ce qui arriva. Lord John avait tué un ajouti – animal qui ressemble à un petit porc – et, après en avoir donné la moitié aux Indiens, nous étions en train de cuire l'autre moitié sur notre feu. Le soir le froid tombe vite ; nous étions donc tous rassemblés autour de la flamme. La nuit était sans lune, mais il y avait des étoiles qui permettaient de voir à courte distance sur la plaine. Eh bien, brusquement, de la nuit, fonça quelque chose qui sifflait comme un avion. Tout notre groupe fut recouvert d'un dais de gigantesques ailes. Moi, je conserve la vision subite d'un cou long, comme celui d'un serpent, d'un œil glouton, rouge et féroce, et d'un grand bec qui claquait et qui laissait apercevoir, ô stupeur, des petites dents étincelantes de blancheur. Une seconde plus tard, ce phénomène avait disparu... ainsi que notre dîner. Une très grosse ombre noire, à huit ou dix mètres, planait dans les airs ; des ailes monstrueuses dissimulaient les étoiles puis elle disparut par-dessus l'escarpement. Quant à nous, nous étions demeurés stupidement assis autour du feu, frappés, terrassés par la surprise, tel les héros de Virgile quand les Harpies descendirent au milieu d'eux. Summerlee fut le premier à rompre le silence.

– Professeur Challenger, dit-il d'une voix grave qui

tremblait d'émotion, je vous dois des excuses ! Monsieur, je me suis lourdement trompé, et je vous serais reconnaissant d'oublier le passé.

C'était bien dit ; pour la première fois les deux hommes se serrèrent la main. Nous avions rencontré notre premier ptérodactyle : cela valait bien un souper volé !

Mais si la vie préhistorique subsistait sur le plateau, elle n'était certes pas surabondante, car pendant les trois jours qui suivirent nous n'en perçûmes plus le moindre signe. Nous franchîmes pourtant une région stérile et bien défendue par un désert de pierres et des marais désolés, riches en gibier d'eau, au nord et à l'est des

escarpements inaccessibles sur cette face. N'eût été une corniche solide qui courait à la base même du précipice, nous aurions dû revenir sur nos pas. Plus d'une fois nous nous trouvâmes enlisés jusqu'à la taille dans la vase grasse d'un marais semi-tropical. Pour compliquer les choses, ce lieu semblait être l'endroit de prédilection des serpents Jaracaca qui sont les plus venimeux et les plus agressifs de l'Amérique du Sud. Constamment ces hideuses bêtes apparaissaient à la surface de ce marais putride, et seuls nos fusils nous permirent d'échapper à une mort affreuse. Quel cauchemar ! Les pentes en étaient infestées ; tous ces reptiles se tordaient dans notre direction car c'est le propre du serpent Jaracaca d'attaquer l'homme dès qu'il l'aperçoit. Comme ils étaient trop nombreux pour que nous pussions les tirer tous, nous prîmes nos jambes à nos cous et courûmes jusqu'à épuisement. Je me rappellerai toujours que nous nous retournions sans cesse pour mesurer la distance qui nous séparait de ces têtes et de ces cous qui surgissaient des roseaux. Sur la carte que nous dressions au jour le jour, nous baptisâmes cet endroit le marais Jaracaca.

De ce côté les escarpements avaient perdu leur teinte rouge ; ils étaient devenus chocolat ; la végétation s'amenuisait sur leur bordure. Ils avaient bien diminué en hauteur de cent mètres. Mais nous ne parvenions toujours pas à trouver un accès. L'ascension présentait partout au moins autant de difficultés qu'à notre point de départ. Une photographie que j'ai prise du désert de pierres en témoignera.

— Tout de même, dis-je, tandis que nous discutions de notre situation, la pluie doit bien se frayer un chemin quelque part. Il y a sûrement des canalisations d'écoulement dans ces rochers !

— Notre jeune ami a des éclairs de lucidité, observa le professeur Challenger en posant sa grosse patte sur mon épaule.

— La pluie doit s'écouler quelque part ! répétai-je.

– Vous ne lâchez pas facilement votre prise... Le seul inconvénient est qu'une démonstration oculaire nous a apporté la preuve qu'il n'y a pas de canalisation pour égoutter l'eau.

– Alors où va cette eau ? m'entêtai-je.

– Je pense que nous pouvons raisonnablement déclarer que si elle ne s'écoule pas vers l'extérieur, elle doit couler à l'intérieur.

– Alors il existe un lac au centre.

– Je le suppose moi aussi.

– Il est plus que vraisemblable que le lac est un vieux cratère, intervint Summerlee. Toute cette formation est volcanique. Mais en tout état de cause je pense que la surface du plateau est en pente inclinée vers une nappe d'eau considérable au centre, qui peut s'écouler par une canalisation souterraine vers les marécages du marais Jaracaca.

– A moins que l'évaporation ne préserve l'équilibre, remarqua Challenger.

Ce qui permit aux deux savants d'entamer une discussion scientifique aussi incompréhensible que du chinois.

Au sixième jour, nous avions achevé de faire le tour du plateau et nous nous retrouvâmes au premier camp, près du piton rocheux isolé. Nous formions un groupe inconsolable ! Avoir procédé aux investigations les plus minutieuses pour ne rien découvrir qui permît à un être humain d'escalader ces escarpements : il y avait de quoi désespérer !

Qu'allions-nous faire ? Nos réserves en vivres, que nos fusils avaient notablement accrues, étaient encore considérables, mais non inépuisables. La saison des pluies débuterait dans deux mois et notre campement n'y résisterait pas. Le roc était plus dur que du marbre : comment s'y tailler un sentier ? Ce soir-là nous étions lugubres. Sans plus d'espoir, nous étendîmes nos couvertures pour dormir. Je me rappelle ma dernière image avant de sombrer dans le sommeil : Challenger accroupi, telle une monstrueuse grenouille, auprès du feu, la tête dans les mains, plongé dans une méditation profonde, parfaitement sourd au « Bonne nuit ! » que je lui lançai.

Mais le Challenger qui nous salua à notre réveil ne ressemblait en rien au Challenger dont l'image avait assombri nos rêves : la joie, le contentement de soi rayonnaient de toute sa personne. Il nous regarda tandis que nous nous asseyions pour le petit déjeuner ; une fausse modestie brillait dans ses yeux ; il avait l'air de nous dire : « Je sais que je mérite tout ce que vous avez envie de dire, mais je vous demande d'épargner mon humilité et de vous taire. » Sa barbe s'agitait avec exubérance, il bombait le torse, il avait placé une main dans son gilet. Sans doute lui arrivait-il de s'imaginer statufié dans cette pose sur le socle vide de Trafalgar Square, et ajoutant sa contribution aux horreurs qui encombrent les rues de Londres.

— Eurêka ! cria-t-il.

Ses dents perçaient sous sa barbe.

— Messieurs ! poursuivit-il, vous pouvez me féliciter, et nous pouvons tous nous congratuler. Le problème est résolu.

— Vous avez découvert un moyen d'accès ?

— Je le crois.

— Et où ?

Pour toute réponse, il désigna le piton rocheux semblable à un clocheton isolé sur notre droite.

Nos visages, ou du moins le mien, se rembrunirent quand nous l'examinâmes. Pour ce qui était d'en faire l'ascension, nous avions l'assurance donnée par notre compagnon. Mais un abîme vertigineux le séparait du plateau.

— Nous ne pourrons jamais le franchir ! bégayai-je.

— Au moins nous pouvons atteindre le sommet de ce clocheton, répliqua Challenger. Et quand ce sera fait, j'espère pouvoir vous démontrer que les ressources de mon esprit fertile ne sont pas épuisées.

Après avoir pris des forces, nous déballâmes le paquet qui contenait l'attirail d'alpiniste de notre chef. Il prit un rouleau de corde solide et légère (il y en avait une cinquantaine de mètres), des crampons, des agrafes, et divers autres instruments. Lord John était un montagnard plein d'expérience, Summerlee avait autrefois fait quelques ascensions : c'était moi le novice du groupe. Mais je comptais sur ma force et mon agilité pour compenser mon manque d'expérience.

En réalité ce ne fut pas une tâche trop pénible ; pourtant une ou deux fois mes cheveux se hérissèrent sur ma tête. La première moitié de l'escalade fut très simple, mais le « clocheton » se faisait de plus en plus vertical, et, pour les derniers vingt mètres, nos doigts et nos orteils durent s'aider de chaque aspérité et de chaque fente dans la pierre. Ni Summerlee ni moi n'aurions réussi cet exploit si Challenger, parvenu le premier au sommet, n'avait solidement fixé une corde autour du tronc du gros arbre qui était planté là. Elle nous servit à terminer notre ascension, et nous fûmes bientôt tous les quatre sur la petite plate-forme recouverte d'herbe (elle avait bien sept ou huit mètres de côté) qui constituait le sommet.

Ma première impression, une fois que j'eus recouvré mon souffle, fut un émerveillement : nous avions en effet une vue extraordinaire sur la région que nous avions traversée. Toute la plaine du Brésil semblait s'allonger à nos pieds ; elle s'étendait, immense, pour se fondre à l'horizon dans une brume bleue. Au premier plan se trouvait la longue pente que nous avions gravie, parsemée de rochers et de fougères arborescentes ; plus loin, à mi-distance, en regardant par-dessus la crête en forme de pommeau de selle, je reconnaissais la masse verte des bambous que nous avions franchie ; à partir de là, la végétation devenait plus dense et finissait par constituer une immense forêt qui se développait jusqu'à trois mille kilomètres.

Je me régalais de cet admirable panorama quand la lourde main du Professeur se posa sur mon épaule.

— De ce côté, mon jeune ami, dit-il, *vestigia nulla retrorsum*. Ne regardez jamais en arrière. Regardez constamment notre but glorieux.

Je me retournai : le plateau était exactement à notre niveau ; la frange de buissons et les arbres rares qui le ceinturaient étaient si proches que j'eus du mal à réaliser comme ils demeuraient inaccessibles. A l'estime, douze mètres nous en séparaient : douze mètres aussi infranchissables que cinquante mille kilomètres. Je m'appuyai contre l'arbre et me penchai au-dessus du gouffre. Tout en bas j'aperçus les petites silhouettes de nos serviteurs qui nous observaient. La paroi était aussi lisse que celle qui était devant nous.

— Ceci est vraiment curieux ! prononça la voix sèche du professeur Summerlee.

Il était en train d'examiner avec un vif intérêt le tronc de l'arbre que j'avais enlacé pour ne pas tomber. Cette écorce sombre, ces petites feuilles à nervures me furent soudain familières.

— Mais c'est un hêtre ! m'écriai-je.

— Parfaitement, répondit Summerlee. Un arbre de notre pays, un compatriote dans une pareille région !...

— Pas seulement un compatriote, mon bon monsieur ! dit Challenger. Mais aussi, si j'ose poursuivre votre comparaison, un allié de première force. Ce hêtre sera notre sauveur.

— Seigneur ! cria lord John. Un pont !

— Oui, mes amis, un pont ! Ce n'est pas pour rien que j'ai consacré une heure hier au soir à examiner notre situation. J'ai souvenance d'avoir dit un jour à notre jeune ami que G.E.C. était au mieux de sa forme quand il se trouvait le dos au mur. Convenez que la nuit dernière nous avions tous le dos au mur ! Mais quand la puissance de volonté et l'intelligence vont de pair, il y a toujours une issue. Il fallait trouver un pont-levis qui pût se rabattre au-dessus du gouffre. Le voilà !

C'était certainement une idée de génie. L'arbre avait

bien vingt mètres de haut, et s'il tombait du bon côté il comblerait largement le vide entre notre piton et le plateau. Challenger avait emporté la hache : il me la tendit.

— Notre jeune ami possède les muscles nécessaires, dit-il. Je crois que cette tâche le concerne. A condition toutefois que vous vous absteniez de penser par vous-même et que vous fassiez exactement ce qui vous sera commandé.

Sous sa direction je creusai sur les flancs de l'arbre des entailles destinées à le faire tomber du bon côté. Il était déjà légèrement incliné vers le plateau, si bien que ce ne fut pas trop pénible. Lord John me relaya. En moins d'une heure le travail était accompli : il y eut un craquement formidable, l'arbre se balança en avant, puis se fracassa de l'autre côté, enterrant ses hautes branches dans l'herbe verte du plateau. Le tronc roula jusqu'au bord de notre plate-forme, et, pendant une seconde ou deux, nous crûmes qu'il allait glisser dans le gouffre. Heureusement il s'arrêta à quelques dizaines de centimètres du bord : notre passerelle vers l'inconnu nous attendait.

Tous, sans dire un mot, nous étreignîmes les mains du professeur Challenger qui, en réponse, souleva son chapeau de paille et s'inclina devant chacun de nous.

— Je revendique l'honneur, dit-il, d'être le premier à mettre le pied sur la terre inconnue... Magnifique image, qui inspirera sans doute de grands peintres pour la postérité !

Il s'approchait de la passerelle lorsque lord John l'arrêta en posant une main sur son bras.

— Mon cher camarade, dit-il, réellement je ne puis permettre cela !

— Pas permettre cela ? répéta Challenger en pointant sa barbe en avant.

— Quand il s'agit de science, vous savez que je vous suis aveuglément puisque vous êtes un homme de science. Mais c'est à vous de me suivre maintenant, car vous pénétrez dans ma spécialité.

— Votre spécialité, monsieur ?

— Nous exerçons tous un métier : le mien, c'est d'être soldat. Or nous nous préparons à envahir un pays nouveau qui peut regorger d'ennemis de toutes sortes. S'aventurer à la légère prouverait un manque évident de bon sens et de patience : ce n'est pas ainsi que j'entends que soient menées les opérations.

La remontrance était trop raisonnable pour être dédaignée. Challenger secoua la tête et ses lourdes épaules.

— Bien, monsieur. Qu'est-ce que vous proposez donc ?

— Il est fort possible que, tapis derrière ces buissons, des cannibales nous guignent pour une déplaisante collation, répondit lord John en regardant de l'autre côté du pont-levis. Et il vaut mieux apprendre la sagesse avant d'être mis à la marmite ; aussi nous contenterons-nous d'espérer qu'aucun ennemi ne nous attend là-bas, mais en même temps nous agirons comme si des ennemis nous guettaient. Malone et moi, nous allons redescendre, et nous rapporterons avec Gomez et l'autre métis les quatre fusils. Après quoi l'un de nous traversera le pont, les autres le couvriront avec leurs armes, jusqu'à ce que nous soyons assurés que tout le monde peut suivre.

Challenger s'assit sur la souche et grogna d'impatience. Mais Summerlee et moi étions tout à fait décidés à accepter lord John comme chef pour de tels détails pratiques. La remontée se révéla plus facile puisque nous avions la corde pour nous hisser dans la dernière moitié de l'ascension. En moins d'une heure nous avions rapporté quatre fusils et un fusil de chasse. Les métis nous accompagnaient : lord John leur avait ordonné de monter un ballot de provisions pour le cas où notre première exploration serait longue. Nous avions chacun des cartouches en bandoulière.

— Maintenant, Challenger, si vous insistez réellement pour être le premier homme dans l'inconnu... dit lord John, quand tous nos préparatifs furent terminés.

— Je vous suis très, très reconnaissant pour cette gracieuse autorisation, répondit le Professeur en colère. (Il n'admettait jamais de subir une autre autorité que la sienne.) Puisque vous êtes assez bon pour me le permettre je tiens beaucoup à être le pionnier de cette aventure.

Il s'assit à califourchon sur le tronc ; ses jambes pendaient de chaque côté au-dessus du gouffre ; il avait jeté une hachette sur son épaule. En peu de temps il parvint au bout du pont, se mit debout, et agita ses bras en l'air.

– Enfin ! cria-t-il. Enfin !

Je l'observai anxieusement ; je m'attendais vaguement à ce qu'un terrible coup du sort fondît sur lui, mais tout demeura tranquille. Seul un oiseau étrange, bariolé de multiples couleurs, s'envola sous ses pieds et disparut parmi les arbres.

Summerlee fut le deuxième. Sous une apparence très fragile, il possède une énergie extraordinaire. Il voulut à toute force porter deux fusils sur son dos, si bien que les deux professeurs se trouvèrent armés quand il eut franchi le pont. Je traversai ensuite, en essayant de ne pas regarder l'abîme qui s'étalait béant au-dessous de moi. Summerlee me tendit le canon de son fusil et je sautai sur le plateau. Quant à lord John il marcha tranquillement sur le tronc couché, en parfait équilibre, sans aide... Cet homme doit avoir des nerfs de lion !

Ainsi nous étions tous quatre sur la terre de nos rêves, le monde perdu, le plateau découvert par Maple White. Nous eûmes l'impression de vivre l'heure de notre triomphe personnel. Qui aurait pu deviner que nous étions au bord de notre désastre ? Laissez-moi vous dire en peu de mots comment la catastrophe survint.

Nous avions pénétré dans les broussailles jusqu'à une cinquantaine de mètres, quand un craquement terrifiant, déchirant, se produisit derrière nous. D'un seul mouvement nous courûmes vers l'endroit où s'était produit ce bruit : il n'y avait plus de pont !

Loin en bas de l'escarpement j'aperçus en me penchant

une masse de branchages et un tronc en miettes. Oui, c'était notre hêtre ! Est-ce que le rebord de la plate-forme avait cédé sous son poids ? Ce fut d'abord l'explication qui nous vint à l'esprit. Une seconde ne tarda pas à démentir la première : sur le piton rocheux une silhouette décharnée, celle de Gomez le métis, se dressa lentement. Oui, c'était bien Gomez, mais plus le Gomez au sourire mielleux et au visage impassible. Ses yeux lançaient des éclairs, ses traits étaient déformés par la haine comme par la joie d'une revanche éclatante.

— Lord Roxton ! appela-t-il. Lord John Roxton !
— Me voici, répondit notre compagnon.

Un éclat de rire sauvage résonna au-dessus du gouffre.

— Ah, vous voilà, chien d'Anglais ! Eh bien, puisque vous êtes là, vous y resterez... Ah, j'ai attendu, attendu ! Maintenant j'ai eu ma chance ; elle est venue. Vous avez trouvé difficile de monter, n'est-ce pas ? Descendre sera encore plus dur ! Fous que vous êtes, vous voilà pris au piège : tous !

Nous étions trop abasourdis pour parler. Nous ne pouvions rien faire d'autre que de regarder, stupéfaits. Une grosse branche cassée sur l'herbe révélait de quel levier il s'était servi pour faire basculer notre pont. Le visage de Gomez plongea, mais reparut bientôt, plus fanatique que tout à l'heure.

— Nous avions presque réussi à vous tuer avec un rocher dans la caverne, cria-t-il. Mais ceci est mieux : plus lent, plus terrible. Vos os blanchiront là, et personne ne saura ce que vous êtes devenus, personne ne viendra vous sauver ! Quand vous serez sur le point de mourir, lord Roxton, pensez à Lopez, que vous avez tué il y a cinq ans sur le Putomayo. Je suis son frère et, quoi qu'il arrive, je mourrai content car j'aurai vengé sa mémoire !

Il nous adressa un furieux signe de la main, puis tout redevint paisible.

Si le métis avait simplement accompli sa vengeance, puis s'était enfui, il lui aurait sans doute survécu ; ce fut

la folle et irrésistible impulsion latine vers le drame spectaculaire qui le perdit. Roxton, à qui trois pays avaient donné le surnom de Fléau de Dieu, n'était pas homme à accepter qu'on se rît de lui. Le métis descendait de l'autre côté du piton rocheux ; mais avant qu'il eût pu atteindre le sol, lord John avait couru le long du plateau jusqu'à ce que Gomez fût à portée de son fusil. Un claquement sec précéda un hurlement, puis la chute d'un corps blessé à mort. Roxton revint vers nous ; son visage avait la dureté du granit.

— J'ai été un niais aveugle ! dit-il avec amertume. C'est ma stupidité qui est cause de ceci. J'aurais dû me rappeler que ces gens ont la mémoire longue pour tout ce qui touche aux inimitiés du sang. J'aurais dû me tenir sur mes gardes !

— Et l'autre ? Il en a fallu deux pour faire basculer l'arbre dans le gouffre.

— J'aurais pu l'abattre, mais je l'ai laissé aller. Peut-être n'a-t-il pas pris part à ce piège. Peut-être aurait-il mieux valu que je le tue aussi, car il y a mis sans doute la main...

A présent que nous connaissions le secret mobile de tous les actes de Gomez, nous fûmes à même de rafraîchir nos souvenirs et de nous rappeler certains faits dont la concordance aurait dû évidemment nous troubler : son désir constant de connaître nos plans, la façon dont il écoutait à la porte de notre tente quand il fut surpris, cette espèce de haine dans le regard que nous avions tous plus ou moins remarquée... Nous étions encore en train d'en discuter et de nous efforcer d'adapter nos esprits à notre nouvelle situation, quand une scène étrange dans la plaine reporta notre attention vers le bord.

Un homme vêtu de blanc, qui ne pouvait être que le métis à qui lord John avait laissé la vie, courait à toutes jambes comme court quelqu'un quand la Mort se lance à ses trousses. Derrière lui, à quelques mètres, émergea l'énorme silhouette d'ébène de Zambo, notre serviteur noir si dévoué, qui fut bientôt sur le fuyard, passa ses bras autour de son cou, et tous deux roulèrent sur le sol. Un instant plus tard, Zambo se releva, jeta un regard à son adversaire à terre, puis, agitant joyeusement une main dans notre direction, courut vers nous. La forme blanche ne bougeait plus au milieu de la grande plaine.

Les deux traîtres avaient été mis hors d'état de nous nuire davantage. Hélas, leur trahison subsistait, elle ! Nous n'avions plus aucun moyen de revenir sur le piton. Nous avions été les habitants du monde ; maintenant nous étions les indigènes du plateau. Le monde et le plateau formaient deux choses à part, distinctes. Au-dessous de nous s'étendait la plaine qui conduisait à nos embarcations. Plus loin, au-delà de l'horizon nimbé de brume violette, coulait le fleuve qui nous aurait rendus à la civilisation. Mais dans cette chaîne un anneau manquait. Et il n'y avait pas d'ingéniosité humaine qui pût nous suggérer un moyen de franchir le gouffre entre notre passé et notre présent. Une minute de vie, et toute notre existence s'en était trouvée transformée !

Ce fut à ce moment que je compris de quelle matière mes trois camarades étaient faits. Ils étaient graves, c'est vrai, et pensifs, mais leur sérénité était invincible. Tout ce que nous pouvions faire alors était de nous asseoir dans la broussaille et d'attendre Zambo. Bientôt son honnête visage noir surgit sur le piton.

– Qu'est-ce que je fais, maintenant ? cria-t-il. Dites-le, et je le ferai !

C'était le type de question qu'il était plus facile de poser que de résoudre. Une seule chose était claire : Zambo demeurait notre unique lien avec le monde extérieur. Pour rien au monde il ne devait nous quitter !

– Non, non ! s'écria-t-il. Je ne vous abandonnerai pas ! Quoi qu'il arrive, vous me trouverez toujours ici. Mais je ne peux pas garder les Indiens. Déjà ils disent trop que Curupuri habite là, et qu'ils veulent rentrer chez eux. Je ne pourrai pas les garder.

– Faites-les attendre jusqu'à demain, Zambo ! hurlai-je. Pour que je puisse leur donner une lettre.

– Très bien, monsieur ! Je les ferai attendre jusqu'à demain ; mais pour l'instant que puis-je faire pour vous ?

Il y avait des tas de choses à faire, et ce serviteur dévoué les fit admirablement. D'abord sous notre direction il défit la corde qui ceignait encore la souche de l'arbre et il nous en fit passer une extrémité. Certes elle n'était pas plus grosse qu'une corde pour faire sécher du linge, et il n'était pas question que nous pussions nous en servir comme d'une passerelle : pourtant nous lui accordâmes une valeur incalculable. Puis il attacha son bout de corde au ballot de vivres que nous avions monté, et nous fûmes assez heureux pour l'amener à nous. Au moins nous avions de quoi manger pendant une bonne semaine, même si nous ne trouvions rien d'autre. Enfin il descendit et nous rapporta deux autres colis, dont l'un contenait des munitions pour nos fusils. La nuit était proche quand il nous quitta sur l'assurance formelle qu'il garderait les Indiens jusqu'au lendemain matin.

C'est ainsi que je passai presque toute ma première nuit sur le plateau à écrire ces aventures à la lueur d'une lanterne.

Nous dînâmes et nous campâmes sur le bord de l'escarpement, en étanchant notre soif grâce à deux bouteilles d'eau gazeuse de l'un de nos colis. Il est vital que nous découvrions de l'eau, mais j'incline à croire que lord John a eu suffisamment d'aventures pour aujourd'hui, et que personne ne se soucie de faire les premiers pas dans ce monde inconnu. Nous n'avons pas osé allumer un feu, et nous évitons tout bruit de nature à signaler notre présence.

Demain, ou plutôt aujourd'hui car l'aube point tandis que j'écris, nous nous risquerons dans cet étrange pays. Quand pourrai-je écrire une nouvelle lettre ? (En admettant que je le puisse.) Je n'en sais rien. Toujours est-il que les Indiens sont encore à leur poste, et je suis sûr que notre fidèle Zambo fera l'impossible pour leur remettre le message. Ce que je me contente d'espérer, c'est qu'il parviendra un jour à son destinataire.

P.S. Plus je réfléchis, plus notre situation semble désespérée. Je n'entrevois aucune probabilité de retour. S'il y avait près du rebord du plateau un gros arbre, nous pourrions essayer de jeter un nouveau pont-levis, mais je n'en vois pas à moins de cinquante mètres. Nos forces réunies seraient impuissantes à transporter un tronc jusque-là. La corde, bien sûr, est trop courte pour que nous nous en servions pour descendre. Non, notre situation est désespérée... Désespérée !

10
Au pays des merveilles

Nous sommes en pleines merveilles, les phénomènes les plus merveilleux se succèdent sans arrêt. En guise de papier, je ne possède que cinq vieux carnets avec une petite quantité de feuillets, et je ne dispose que d'un stylo ; mais tant que je pourrai remuer une main je continuerai à rendre compte de nos expériences et de nos impressions. Nous sommes en effet les seuls représentants de toute l'humanité à voir de telles choses : aussi est-il excessivement important que je les relate tant qu'elles sont fraîches dans ma mémoire et avant que nous surprenne un destin toujours menaçant. Que Zambo puisse faire parvenir ces lettres jusqu'au fleuve, ou que moi-même je sois miraculeusement remis en état de les rapporter, ou encore qu'un explorateur audacieux, suivant nos traces (avec l'avantage, peut-être, d'un avion perfectionné), découvre ce tas de manuscrits, peu importe : l'essentiel consiste à écrire pour l'immortalité, le récit vrai de nos aventures.

Au matin qui suivit la trahison du scélérat Gomez, notre nouvelle existence commença. Le premier incident qui se produisit ne me donna pas une très bonne impression de notre prison. Le jour était à peine levé, et je m'éveillais d'un court petit somme, quand mes yeux se posèrent sur l'une de mes jambes : mon pantalon était légèrement remonté si bien qu'au-dessus de ma chaussette quelques centimètres de peau étaient à l'air. Sur cet endroit découvert je vis un gros grain de raisin tout rouge. Étonné je voulus l'enlever, mais, à mon profond dégoût, ce grain éclata sous mon pouce et m'éclaboussa de sang. Mon cri de surprise alerta le professeur Summerlee.

— Très intéressant ! fit-il en se penchant au-dessus de mon mollet. Une grosse tique, je crois, qui n'a jamais été répertoriée.

— Voilà qui est de bon augure pour notre travail ! dit Challenger. Nous ne pouvons pas faire moins que de la baptiser *Ixodes Maloni*. Vous avez été piqué, mon jeune ami, mais ce léger inconvénient ne peut pas vous faire dédaigner, j'en suis sûr, le glorieux privilège d'avoir votre nom inscrit sur les tablettes de la zoologie éternelle. Ce qui est dommage, c'est que vous ayez écrasé ce joli spécimen quand il était rassasié.

— C'est une immonde vermine ! m'écriai-je.

Le professeur Challenger haussa les sourcils en signe de protestation et posa une patte indulgente sur mon épaule.

— Vous devriez cultiver votre vision scientifique des choses, et développer en conséquence le détachement de l'esprit, me dit-il. Pour un homme doué d'un tempérament philosophique comme le mien, la tique, avec sa trompe qui ressemble à une lancette et son estomac extensible, est une réussite de la nature autant que le paon, ou l'aurore boréale. De vous en entendre parler avec une telle légèreté, me voilà peiné ! J'espère bien qu'avec un peu d'application de notre part, nous recueillerons d'autres spécimens.

— Sans aucun doute, fit le professeur Summerlee. Car je viens d'en voir une qui se glissait sous le col de votre chemise.

Challenger sauta en l'air en soufflant comme un taureau ; dans sa hâte, il déchira sa veste et sa chemise. Summerlee et moi-même partîmes d'un éclat de rire qui nous empêcha de l'aider. Enfin son torse monstrueux jaillit à l'air (1,37 m selon les mesures du tailleur). Il avait du poil noir sur tout le corps, et il nous fallut presque le peigner pour découvrir la tique errante avant qu'elle ne l'ait mordu. Tout alentour les broussailles étaient infestées de ces affreuses bestioles ; nous dûmes donc lever le camp pour l'établir ailleurs.

Mais auparavant nous procédâmes à divers arrangements avec notre fidèle Noir, qui apparut bientôt sur le piton rocheux avec des boîtes de cacao et de biscuits qu'il nous fit passer. Quant aux provisions qui restaient en bas, nous lui ordonnâmes d'en garder autant qu'il lui en faudrait pour tenir deux mois. Les Indiens n'auraient qu'à se partager le reste, en guise de gratifications pour leurs services et de rémunérations pour le port des lettres. Quelques heures plus tard nous les aperçûmes défilant d'un bon pas dans la plaine, chacun portant un ballot sur la tête ; ils reprenaient le chemin par lequel nous étions venus. Zambo occupa notre petite tente à la base du piton : il était vraiment, je le répète, notre dernier lien avec le monde extérieur.

Restait maintenant à décider ce que nous allions faire. Nous commençâmes par nous éloigner des tiques, et nous arrivâmes dans une petite clairière bien protégée de tous côtés par des arbres. Au centre il y avait quelques pierres plates, avec une excellente source toute proche et nous nous assîmes là fort confortablement en vue d'échafauder des plans. Des oiseaux chantaient dans le feuillage ; l'un d'eux notamment poussait une sorte de toux de coqueluche ; en dehors de ces bruits nous ne décelions toujours aucun signe de vie animale.

Notre premier soin fut de dresser un inventaire de nos provisions ; nous avions évidemment besoin de savoir sur quoi nous pouvions compter. Avec ce que nous avions monté nous-mêmes, plus ce que Zambo nous avait fait parvenir par notre corde, nous étions bien pourvus. L'important était surtout que nous possédions quatre fusils avec mille trois cents cartouches, un fusil de chasse et cent cinquante plombs moyens. En vivres nous étions assez riches pour tenir plusieurs semaines. Et nous avions du tabac, ainsi que des instruments scientifiques ; en particulier un télescope et des jumelles. Nous amenâmes tous ces objets dans la clairière et, en guise de précaution élémentaire, nous coupâmes avec notre hachette et nos couteaux un grand nombre de broussailles épineuses afin de les disposer en un cercle de 50 mètres de diamètre autour de ce qui devait être notre quartier général, notre abri en cas de danger : nous l'appelâmes le Fort Challenger.

Ces préparatifs nous menèrent à midi. La chaleur n'était pas excessive. Sous le double rapport de la température et de la végétation le plateau était presque tempéré. Le hêtre, le chêne, et même le bouleau étaient largement représentés dans la flore arborescente qui nous entourait. Un immense arbre à épices, dominant tous les autres, épanouissait au-dessus du Fort Challenger ses grands rameaux blonds. Sous son ombre nous continuâmes à discuter, et lord John qui, au moment de l'action, avait pris si rapidement le commandement des opérations, nous donna son point de vue.

— Tant que nous n'aurons pas été vus ni entendus par des hommes ou par des bêtes, nous serons en sécurité ! expliqua-t-il. A partir du moment où notre présence ici sera connue, nos ennuis commenceront. Je ne pense pas qu'elle le soit déjà. Notre jeu consiste donc à nous tapir pour le moment et à espionner ce pays. Il faut que nous puissions observer nos voisins avant d'établir avec eux des rapports mondains.

— Mais nous n'allons pas rester enfermés à l'intérieur de ce camp ! hasardai-je.

— Certes, bébé ! Nous en sortirons. Mais sans folie. Avec bon sens. Par exemple nous ne devrons jamais avancer si loin que nous ne puissions réintégrer notre base. Et par-dessus tout nous ne devrons jamais, sauf si notre vie est en danger, faire feu.

– Mais hier vous avez tiré ! intervint Summerlee.
– Oui. Mais je ne pouvais pas faire autrement. Et le vent soufflait fort, vers la plaine. Il est peu vraisemblable que la détonation ait été entendue sur une large étendue du plateau. A propos, comment baptiserons-nous cet endroit ? Il me semble que c'est à nous que revient le droit de lui donner un nom.

Plusieurs suggestions furent alors échangées, mais celle de Challenger l'emporta :

– Le seul nom qui convienne, dit-il, est celui du pionnier qui a découvert ce pays : je propose « Terre de Maple White ».

Il en fut ainsi décidé, et le nom de Terre de Maple White fut inscrit sur la carte que j'avais pour mission de dessiner. Ce nom figurera, je le pense, sur tous les atlas de demain.

En bref il s'agissait d'élaborer un plan de pénétration scientifique dans la Terre de Maple White. Nous avions eu la preuve oculaire que ce lieu était habité par quelques créatures inconnues, et l'album de croquis de Maple White témoignait que des monstres beaucoup plus terribles et dangereux pouvaient surgir. Par ailleurs nous étions tentés de croire que des occupants humains xénophobes y séjournaient, étant donné le squelette empalé sur les bambous. Notre situation, puisque nous n'avions aucun moyen de nous évader de ce pays, était donc périlleuse, et notre raison ne pouvait qu'acquiescer à toutes les mesures de sécurité proposées par lord John. Toutefois il était impensable que nous nous bornions à demeurer sur le seuil de ce monde de mystères, alors que nous bouillions d'impatience d'en arracher le secret.

Nous bloquâmes donc l'entrée de notre camp à grand renfort de buissons épineux, et nous partîmes lentement, prudemment, vers l'inconnu, en suivant le cours d'un petit ruisseau dont l'eau provenait de notre source et qui pourrait nous guider sur la voie du retour.

A peine avions-nous commencé notre marche que

nous rencontrâmes des signes précurseurs des merveilles qui nous attendaient.

Nous progressâmes pendant quelques centaines de mètres dans une forêt épaisse contenant des arbres tout à fait nouveaux pour moi et que le botaniste de notre groupe, Summerlee, identifia comme des conifères et des plantes cycadacéuses depuis longtemps disparus dans l'autre monde. Puis nous pénétrâmes dans une région où le ruisseau se transformait en un grand marécage. De hauts roseaux d'un type spécial formaient un épais rideau devant nous ; j'entendis affirmer qu'il s'agissait d'equisetacea, ou queues de jument ; d'éparses fougères arborescentes y poussaient aussi. Soudain lord John, qui marchait en tête, s'arrêta.

– Regardez ! dit-il. Pas de doute : ce doit être l'ancêtre de tous les oiseaux !

Une énorme empreinte de trois orteils avait creusé la boue. Quel que fût cet animal, il avait traversé le marais et avait poursuivi sa route vers la forêt. Nous stoppâmes pour bien observer cette foulée formidable. Si c'était un oiseau (et quel autre animal aurait laissé une trace semblable ?) cette patte, comparée à celle d'une autruche, indiquait que sa hauteur totale devait largement dépasser celle d'une autruche. Lord John inspecta promptement les alentours d'un regard vigilant, et mit deux cartouches dans son fusil pour éléphants.

– Je parierais ma réputation, dit-il, qu'il s'agit d'une empreinte fraîche. Il n'y a pas plus de dix minutes que cette bête est passée par ici. Voyez comme l'eau suinte encore dans cette trace profonde ! Mon Dieu ! Regardez : voici la trace d'un plus petit !

Non moins certainement, de plus petites empreintes présentant le même aspect général couraient parallèlement aux plus grandes.

– Mais qu'est-ce que vous dites de cela ? cria le professeur Summerlee en désignant triomphalement ce qui ressemblait à la très large empreinte d'une main humaine de cinq doigts, parmi les empreintes des pattes à trois doigts.

– Je le reconnais ! cria Challenger en extase. Je l'ai vu sur des argiles anciennes. C'est un animal qui se tient debout et qui marche sur des pattes à trois doigts ; il lui arrive de poser sur le sol une de ses pattes antérieures à cinq doigts. Ce n'est pas un oiseau, cher Roxton ! Pas un oiseau !

– Un fauve, alors ?

– Non, un reptile : un dinosaure. Aucun autre animal n'aurait pu laisser une telle empreinte. Ce genre de reptiles a étonné voici 90 ans un docteur très compétent du Sussex. Mais qui au monde aurait espéré... espéré... voir un spectacle pareil ?

Ses paroles moururent sur ses lèvres, tandis que l'étonnement nous clouait au sol. En suivant les empreintes, nous avions quitté le marais et franchi un écran de buissons et d'arbres. Dans une clairière au-delà, se tenaient cinq créatures extraordinaires que je n'avais jamais vues. Nous nous accroupîmes derrière les buissons pour les observer à loisir.

Ces animaux étaient, je l'ai dit, au nombre de cinq : deux adultes et trois jeunes. Leur taille était énorme. Les « petits » avaient déjà la grosseur d'un éléphant ; les adultes dépassaient en masse tout animal vivant dans le monde d'en bas. Ils avaient une peau couleur d'ardoise, couverte d'écailles comme celles d'un lézard ; et ces écailles étincelaient au soleil. Tous les cinq étaient assis ; ils se balançaient sur leurs queues larges, puissantes et sur leurs énormes pattes postérieures à trois doigts, tandis qu'avec leurs plus petites pattes antérieures à cinq doigts ils arrachaient les branchages qu'ils broutaient. Je ne saurais mieux vous décrire leur aspect qu'en les comparant à des kangourous monstrueux, qui auraient eu sept mètres de haut et une peau de crocodile noire.

J'ignore combien de temps nous demeurâmes immobiles à les contempler. Un fort vent soufflait vers nous, et

nous étions bien dissimulés. De temps à autre les petits jouaient autour de leurs parents et se livraient à des gambades peu gracieuses : leurs grands corps se dressaient en l'air et retombaient sur la terre avec un bruit mat. La force de leurs parents semblait illimitée : nous vîmes en effet l'un des gros enlacer de ses pattes antérieures le tronc d'un arbre immense et l'arracher du sol comme si ç'avait été un baliveau, afin de goûter au feuillage du faîte. Cet acte témoignait sans doute du grand développement des muscles de l'animal mais aussi du développement très relatif de sa cervelle, car il s'y prit de telle façon que l'arbre lui retomba sur la tête, et il se mit à pousser des cris aigus... Tout gros qu'il fût, son endurance avait des limites ! Cet incident lui donna vraisemblablement l'idée que ce coin était dangereux ; il déambula lentement pour sortir du bois, suivi par son conjoint et leurs trois monstres d'enfants. Entre les arbres leurs écailles ardoisées brillèrent encore ; leurs têtes ondulaient au-dessus des buissons. Puis ils disparurent.

Je regardai mes compagnons. Lord John était debout, un doigt sur la détente de son fusil à éléphants ; dans son regard fixe, féroce, s'exprimait toute l'ardeur passionnée du chasseur. Que n'aurait-il donné pour avoir une telle pièce (je parle de la tête, seulement !) au-dessus de sa cheminée de l'Albany entre les paires d'avirons croisés ! Et pourtant il garda son sang-froid : l'exploration du pays des merveilles dépendait de notre habileté à passer inaperçus. Les deux professeurs étaient plongés dans une extase silencieuse. Dans l'excitation du moment ils s'étaient pris la main et demeuraient comme deux gamins pétrifiés par la vue d'un jouet nouveau. Les joues de Challenger remontèrent sous l'effet d'un sourire angélique. Provisoirement le visage sardonique de Summerlee s'adoucit d'émerveillement et de respect.

– *Nunc dimittis ?* s'écria-t-il. En Angleterre que diront-ils de cela ?

– Mon cher Summerlee, voici très exactement ce

qu'en Angleterre ils diront ! s'exclama Challenger. Ils diront que vous êtes un infernal menteur, un charlatan de savant, et ils vous traiteront de la même manière que j'ai été traité par vous et par d'autres.

— Mais il y aura des photographies !

— Truquées, Summerlee ! Grossièrement truquées !

— Et si nous rapportons des animaux-types ?

— Ah là, ce sera autre chose ! Malone et sa maudite équipe de journalistes entonneront alors nos louanges... Le 28 août, le jour où nous avons vu cinq iguanodons vivants dans une clairière de la Terre de Maple White... Inscrivez cela sur vos tablettes, mon jeune ami, et faites parvenir la nouvelle à votre feuille de chou !

— Et tenez-vous prêt à recevoir en réponse l'extrémité du pied de votre rédacteur en chef au bas de votre dos ! ajouta lord John. Car sous la latitude londonienne, on ne voit pas les choses du même œil, bébé ! Il y a quantité d'hommes qui ne racontent jamais leurs aventures, car qui les croirait ? Quant à nous, d'ici un mois ou deux, ceci nous semblera un rêve... Comment avez-vous appelé ces charmantes créatures ?

— Des iguanodons, répondit Summerlee. Vous retrouverez leurs empreintes dans les sables de Hastings, du Kent, et dans le Sussex. Le sud de l'Angleterre leur était bon quand il y avait de l'herbe et des arbres pleins de sève. Ces conditions ayant disparu, les animaux moururent. Ici, il apparaît que les conditions n'ont pas changé, et que les animaux ont survécu.

— Si jamais nous en sortons vivants, dit lord John, il faut absolument que je rapporte une tête d'iguanodon. Seigneur ! Je connais toute une faune de la Somalie et de l'Ouganda qui verdirait de jalousie si elle voyait ce genre de monstres ! Je ne sais pas ce que vous en pensez, mes amis, mais j'ai l'impression que nous marchons sur de la glace très mince qui à chaque pas risque de craquer sous nos pieds...

Moi aussi j'avais cette impression de mystère et de

danger. Chaque arbre semblait receler une menace ; quand nous levions les yeux vers leur feuillage, une terreur vague s'emparait de nos cœurs. Ces monstrueux animaux que nous avions vus étaient certes des brutes lourdaudes, inoffensives, qui ne feraient sans doute nul mal à quiconque, mais dans ce pays des merveilles n'y avait-il pas d'autres survivants plus féroces qui n'attendaient peut-être que l'occasion de sortir de leurs repaires pour nous sauter dessus ? Je connaissais fort peu de choses de la vie préhistorique, mais je me rappelais avoir lu un livre décrivant des animaux qui se repaissaient de lions et de tigres comme un chat se repaît d'une souris. Que se passerait-il alors si des monstres de ce genre habitaient encore les bois de la Terre de Maple White ?

Le destin avait décidé que ce matin-là (le premier matin sur ce pays vierge) nous serions renseignés sur les périls extraordinaires qui nous environnaient. Ce fut une aventure répugnante, l'une de celles qu'on déteste revivre dans sa mémoire. Si, comme l'avait affirmé lord John, la clairière aux iguanodons resterait dans nos souvenirs comme un rêve, à coup sûr le marécage aux ptérodactyles demeurera un cauchemar jusqu'au dernier jour de notre vie. Voici exactement ce qui arriva.

Nous avancions très lentement dans les bois : en partie parce que lord John agissait en éclaireur et qu'il ne nous faisait progresser qu'à pas comptés, et aussi parce qu'à chaque mètre l'un ou l'autre de nos deux professeurs tombait en arrêt avec un cri d'émerveillement devant une fleur ou un insecte qu'il n'avait jamais vus. Nous avions sans doute franchi une distance de trois ou quatre kilomètres en suivant le ruisseau sur sa rive droite, quand nous aperçûmes une grande éclaircie derrière les arbres. Une ceinture de buissons menait vers un fouillis de roches (tout le plateau était parsemé de gros galets ronds). Nous nous engagions prudemment vers ces roches, parmi des fourrés qui nous venaient à la taille, quand nous entendîmes un son bizarre ; quelque chose comme un jacassement et un sifflement entremêlés, qui remplit l'air d'un formidable bruit croissant, et qui semblait provenir de devant nous. Lord John leva une main pour nous intimer l'ordre de stopper, et il approcha, en courant à demi courbé, vers le bord des roches. Nous le vîmes se pencher, et reculer d'étonnement. Puis il demeura là à regarder, tellement surpris qu'il nous avait oubliés. Finalement il nous fit signe de le rejoindre, en agitant sa main pour nous recommander le silence. Toute son attitude me fit comprendre qu'une nouvelle merveille, mais dangereuse celle-là, nous attendait.

Rampant jusqu'à lui, nous plongeâmes nos regards par-dessus les roches. Une carrière qui avait pu être, autrefois, l'un des petits cratères volcaniques du plateau avait la forme d'une cuvette avec, dans le fond, à quelques centaines de mètres de l'endroit où nous étions, des mares d'eau stagnante verte, bordées de roseaux. Le lieu était sinistre par lui-même, mais ses habitants ajoutaient à l'horreur du spectacle qui nous rappela les sept cercles de Dante. Il s'agissait d'une véritable colonie de ptérodactyles : on en pouvait compter des centaines. Sur le bord de l'eau le sol marécageux grouillait de jeunes ptérodactyles, dont les mères hideuses couvaient encore des œufs jaunâtres couleur de cuir. De cette masse qui se traînait en battant des ailes émanaient non seulement les cris que nous avions entendus, mais encore une odeur méphitique, horrible, qui nous soulevait le cœur. Au-dessus de ce panorama de l'obscène vie reptilienne, perchés chacun sur une pierre, grands, gris, desséchés, ressemblant plus à des cadavres qu'à des créatures vivantes, se tenaient les mâles ; ils étaient immondes ; ils gardaient une immobilité parfaite, sauf quand ils faisaient rouler leurs yeux rouges ou quand ils claquaient leurs becs semblables à des pièges à rats si une libellule passait à leur portée. Leurs ailes immenses, membraneuses, se repliaient lorsqu'ils croisaient leurs avant-bras. Ils étaient assis comme de gigantesques vieilles femmes enveloppées dans des châles couleur de palme et dont la tête hideuse aurait émergé au-dessus de ce paquet.

Grandes ou petites, il n'y avait pas beaucoup moins d'un millier de ces créatures dans la cuvette.

Nos professeurs auraient volontiers passé la journée à les regarder, tant ils étaient ravis de cette occasion d'étudier la vie d'un âge préhistorique. Ils observèrent sur les roches quantité de poissons et d'oiseaux morts, ce qui en disait assez sur la nourriture des ptérodactyles. Je les entendis se complimenter mutuellement parce qu'ils avaient éclairci le point de savoir pourquoi on avait trouvé en grand nombre des ossements de ptérodactyles dans des zones bien délimitées (notamment dans le sable vert de Cambridge) : tels les pingouins ces dragons volants vivaient en colonies.

Cependant Challenger, plié en deux pour bavarder avec Summerlee, releva vivement la tête afin de prouver un fait contesté par son interlocuteur : ce geste faillit provoquer notre perte. Au même instant le mâle le plus proche poussa un cri perçant et déploya des ailes de cuir qui avaient bien huit mètres d'envergure pour s'élever dans les airs. Les femelles et leurs petits se rassemblèrent au bord de l'eau. Tout un cercle de sentinelles prit son vol dans le ciel. Spectacle magnifique s'il en fût ! Une centaine de ces animaux énormes, hideux, filaient comme des hirondelles avec de vifs battements d'ailes au-dessus de nos têtes. Mais nous comprîmes vite que ce spectacle-là n'avait rien qui pût nous autoriser à bayer longtemps d'admiration. D'abord ces grosses brutes dessinèrent un large cercle, comme pour mesurer approximativement la nature et l'étendue du danger qui les menaçait. Puis leur vol se ralentit et leur cercle se rétrécit : nous en figurions évidemment le centre. Le fracas de leurs ailes me rappela les meetings d'aviation à Hendon.

— Fonçons vers le bois et restons ensemble ! ordonna lord John en armant son fusil. Ces horribles bêtes nous veulent du mal !

Au moment où nous entamâmes notre retraite, le cercle se referma sur nous ; déjà les extrémités des ailes les plus proches nous frôlaient le visage. Avec les canons de nos fusils nous leurs assenâmes quelques coups, mais où trouver un endroit vulnérable ? Soudain, du rond noir et hurlant, surgit un cou allongé ; un bec féroce pointa vers nous. D'autres becs goulus s'élancèrent. Summerlee poussa un cri et porta une main à sa figure ensanglantée. Sur ma nuque je sentis un coup d'aiguillon ; sous le choc je faillis tomber. Challenger s'écroula, et lorsque je me baissai pour le relever, je reçus un nouveau coup ; cette fois je m'affalai sur le Professeur. Au même instant j'entendis le claquement d'une arme : lord John avait tiré avec son fusil pour éléphants. Je levai les yeux : l'un des assaillants gisait au sol, avec une aile brisée ; il se débattait, crachait, rotait avec son bec grand ouvert ; ses yeux étaient rouges, à fleur de tête, comme ceux d'un diable dans un tableau du Moyen Age. Au bruit, ses compagnons avaient pris de la hauteur, mais ils continuaient de dessiner leurs cercles au-dessus de nous.

– Maintenant, cria lord John, c'est notre vie qui se joue !

Nous trébuchions dans les fourrés ; au moment où nous atteignîmes le bois, les harpies fondirent à nouveau sur nous. Summerlee fut projeté à terre, mais nous le relevâmes et le poussâmes parmi les arbres. Une fois là nous fûmes en sécurité, car les énormes ailes ne pouvaient se déployer entre les branches. Pendant que nous regagnions notre camp, meurtris et déconfits, nous les aperçûmes qui volaient à une grande altitude dans le ciel bleu profond : ils planaient, planaient toujours, guère plus gros que des palombes, et ils suivaient des yeux notre progression. Enfin, quand nous nous fûmes enfoncés au plus épais de la forêt, ils abandonnèrent leur chasse et disparurent.

– Voilà une expérience passionnante et fort instructive ! déclara Challenger tout en baignant dans le ruis-

seau son genou abîmé. Nous sommes exceptionnellement bien renseignés, Summerlee, sur les mœurs de ces maudits ptérodactyles !

Summerlee essuyait le sang qui coulait d'une légère entaille sur son front. Moi, je me frictionnais le cou, qui m'élançait douloureusement. Lord John avait une déchirure à l'épaule de sa veste, mais les dents de l'animal n'avaient fait qu'égratigner la chair.

– Il convient de noter, poursuivit Challenger, que notre jeune ami a reçu un véritable coup de poignard dans le dos, et que la déchirure de la veste de lord John n'a pu être provoquée que par une morsure. Dans mon propre cas j'ai été soufflété par une paire d'ailes... En somme, nous avons été régalés d'une magnifique exhibition de leurs méthodes d'assaut !

– Nos vies n'ont tenu qu'à un fil ! dit lord John. Et je ne conçois guère de mort plus affreuse que celle que nous réservaient ces immondes bêtes. Je suis désolé d'avoir eu à tirer, mais, par Jupiter, je n'avais pas le choix !

– Si vous n'aviez pas tiré, nous ne serions pas là ! m'écriai-je avec chaleur.

– Il se peut que cela ne nous nuise pas, réfléchit lord John. Dans ces bois il doit se produire de lourds craquements, des soi-disants détonations quand les arbres se fendent ou tombent. Mais si vous voulez connaître mon avis, il me semble que nous avons eu assez d'émotions pour la journée, et que nous devrions chercher au camp un désinfectant. Qui diable peut savoir le venin que sécrètent ces monstres ?

Très certainement, aucun être humain depuis le commencement du monde n'avait vécu une telle journée ! Pourtant une nouvelle surprise nous attendait. Quand après avoir suivi le cours d'eau nous arrivâmes dans la clairière, et quand nous aperçûmes la clôture de notre campement, nous étions fondés à croire que nos aventures étaient terminées. Mais avant que nous pussions nous reposer, quelque chose nous donna à réfléchir.

La porte du Fort Challenger était intacte et la clôture n'avait pas été abîmée ; cependant en notre absence un visiteur géant s'était introduit dans notre retraite. Aucune empreinte de patte ou de pied ne nous révéla de qui il s'agissait ; seule la branche pendante du gigantesque arbre à épices à l'ombre duquel nous nous étions installés indiquait de quelle manière il était venu et reparti. Sur sa force, sur ses mauvaises intentions, nous ne pouvions garder la moindre illusion, le spectacle qu'offraient nos provisions était éloquent. Elles étaient éparpillées sur le sol ; une boîte de conserves de viande avait été fracassée et vidée de son contenu. Une caisse de cartouches avait été réduite en allumettes ; l'un des renforts de cuivre gisait broyé à côté de la caisse. A nouveau une horreur confuse s'empara de nos âmes, et nous interrogeâmes du regard, avec effroi, les ombres noires qui nous environnaient ; quel monstre terrible dissimulaient-elles donc ? Ce fut un vrai réconfort d'entendre la voix de Zambo qui nous appelait du haut de son piton rocheux et de voir son bon et fidèle sourire !

– Tout va bien, Massa Challenger, tout va bien ! criait-il. Moi je reste ici. Rien à craindre. Vous me trouverez toujours quand vous aurez besoin de moi !

Son visage ainsi que le panorama immense qui s'étendait jusqu'à mi-distance de l'affluent de l'Amazone nous rappelèrent que nous étions malgré tout des citoyens du vingtième siècle et que nous n'avions pas été transférés par quelque mauvais génie dans une rude planète au début de notre évolution. Là-bas, l'horizon violet s'avançait vers le fleuve où naviguaient des vapeurs ; là-bas des gens échangeaient des propos sans importance sur les petites affaires de l'existence... Et nous, nous étions parmi des animaux préhistoriques, et nous ne pouvions rien faire d'autre que nous émerveiller et trembler !

De ce jour fertile en miracles, un autre souvenir me reste en mémoire, et c'est sur lui que je vais achever ma lettre. Les deux professeurs, dont la bonne humeur avait été altérée par les blessures reçues, discutaient avec véhémence pour déterminer si nos assaillants appartenaient au genre ptérodactylus ou dimorphodon ; comme ils commençaient à échanger des propos plutôt vifs, je m'écartai et je m'assis pour fumer une cigarette sur le tronc d'un arbre tombé. Lord John me rejoignit.

– Dites, Malone, vous rappelez-vous l'endroit où était installée cette ménagerie ?
– Très nettement.
– Une sorte de cratère volcanique, n'est-ce pas ?
– Exactement.
– Avez-vous fait attention au sol ?
– Des rochers.
– Mais autour de l'eau, là où il y avait des roseaux ?
– Le sol était bleuâtre. On aurait dit de l'argile.
– Exactement. Un cratère volcanique d'argile bleue.
– Où voulez-vous en venir ? demandai-je.
– Oh, à rien ! à rien !

Il regagna le coin où les hommes de science poursuivaient leur duo : l'aigu perçant de Summerlee tranchait sur la basse grave de Challenger. Je n'aurais plus pensé à la remarque de lord John si de nouveau au cours de la nuit je ne l'avais entendu répéter « De l'argile bleue... De l'argile bleue dans un cratère volcanique ! »

Tels furent les derniers mots que j'entendis avant d'être capturé par le sommeil de l'épuisement.

11
Pour une fois je fus le héros

Lord John Roxton avait raison en supposant que les morsures des horribles bêtes qui nous avaient attaqués pouvaient être venimeuses. Le lendemain matin, Summerlee et moi souffrîmes beaucoup avec de la fièvre, tandis que Challenger avait un genou si meurtri qu'il pouvait à peine boitiller. Tout le jour nous demeurâmes au camp. Lord John s'occupa à élever la hauteur et à renforcer l'épaisseur des murailles épineuses qui étaient notre unique protection. Je me rappelle que ce jour-là j'eus constamment l'impression que nous étions épiés ; mais je ne savais ni d'où ni par quel observateur.

Cette impression était cependant si forte que j'en parlai au professeur Challenger, mais celui-ci la porta au crédit d'une excitation cérébrale causée par la fièvre. A chaque instant je regardais autour de nous ; j'étais persuadé que j'allais apercevoir quelque chose ; en fait je ne distinguais que le bord de notre clôture ou le toit de verdure un peu solennel des arbres au-dessus de nos têtes. Et cependant de plus en plus mon sentiment se fortifiait : nous étions guettés par une créature malveillante, et guettés de très près. Je méditai sur la superstition des Indiens relative à Curupuri, ce génie terrible errant dans les bois, et je commençai à me dire que sa présence sinistre devait hanter tous ceux qui envahissaient son sanctuaire.

Au soir de notre troisième jour sur la Terre de Maple White, nous fîmes une expérience qui nous laissa un souvenir effroyable, et nous rendîmes grâce à lord John de ce qu'il avait fortifié notre refuge. Tous nous dormions autour de notre feu mourant quand nous fûmes réveillés, ou plutôt arrachés brutalement de notre sommeil, par une succession épouvantable de cris de terreur et de hurlements. Il n'y a pas de sons qui puissent se comparer à ce concert étourdissant qui semblait se jouer à quelques centaines de mètres de nous. C'était aussi déchirant pour le tympan qu'un sifflet de locomotive ; mais le sifflet émet un son net, mécanique, aigu ; ce bruit était beaucoup plus grave, avec des vibrations qui évoquaient irrésistiblement les spasmes de l'agonie. Nous plaquâmes nos mains contre nos oreilles afin de ne plus entendre cet appel qui nous brisait les nerfs. Une sueur glacée coula sur mon corps, et mon cœur se souleva. Tous les malheurs d'une vie torturée, toutes ses souffrances innombrables et ses immenses chagrins semblaient condensés dans ce cri mortel. Et puis un octave plus bas se déclencha et roula par saccades une sorte de rire caverneux, un grondement, un gloussement de gorge, qui servit d'accompagnement grotesque au hurlement. Ce duo se prolongea pendant trois ou quatre minutes, pendant que s'agitaient dans les feuillages les oiseaux étonnés. Il se termina aussi brusquement qu'il avait commencé. Nous étions horrifiés, et nous demeurâmes immobiles jusqu'à ce que lord John jetât sur le feu quelques brindilles ; leur lumière crépitante éclaira les visages anxieux de mes compagnons, ainsi que les grosses branches qui nous abritaient.

– Qu'est-ce que c'était ? chuchotai-je.

– Nous le saurons ce matin, répondit lord John. C'était tout près.

– Nous avons eu le privilège d'entendre une tragédie préhistorique : quelque chose d'analogue aux drames qui se déroulaient parmi les roseaux au bord d'un lagon jurassique, lorsqu'un grand dragon par exemple s'abattait sur un plus petit, nous dit Challenger d'une voix beaucoup plus grave qu'à l'accoutumée. Cela a été une bonne chose pour l'homme qu'il vienne plus tard dans l'ordre de la création ! Dans les premiers âges il existait des puissances telles que ni son intelligence ni aucune technique n'auraient su prévaloir. Qu'auraient pu sa fronde, son gourdin, ou ses flèches contre des forces dont nous venons d'entendre le déchaînement ? Même avec un bon fusil, je parierais sur le monstre.

— Je crois que, moi, je parierais sur mon petit camarade, dit lord John en caressant son Express. Mais la bête aurait certainement une bonne chance !

Summerlee leva la main en l'air :

— Chut ! J'entends quelque chose...

Du silence total émergea un tapotement pesant et régulier. C'était le pas d'un animal : le rythme lourd et doux à la fois de pas précautionneux. Il tourna lentement autour de notre campement, s'arrêta près de l'entrée. Nous entendîmes un sifflement sourd qui montait et redescendait : le souffle de la bête. Seule notre faible clôture nous séparait de ce visiteur nocturne. Nous avions tous empoigné un fusil, et lord John avait légèrement écarté un buisson pour se tailler un créneau dans la clôture.

— Mon Dieu ! murmura-t-il. Je crois que je le vois !

Je m'accroupis et rampai jusqu'à lui ; par-dessus son épaule je regardai par le trou. Oui, moi aussi je le voyais ! Dans l'ombre noire de l'arbre à épices se tenait une ombre plus noire encore, confuse, incomplète : une forme ramassée pleine d'une vigueur sauvage. Elle n'était pas plus haute qu'un cheval, mais son profil accusait un corps massif, puissant. Cette palpitation sifflante, aussi régulière qu'un moteur, suggérait un organisme monstrueusement développé. Une fois, je pense, je vis la lueur meurtrière, verdâtre, de ses yeux. Il y eut un bruissement de feuillages, comme si l'animal rampait lentement vers nous.

— Je crois qu'il va nous sauter dessus ! dis-je en armant mon fusil.

— Ne tirez pas ! Ne tirez pas ! chuchota lord John. Un coup de feu dans le silence de cette nuit serait entendu à des kilomètres à la ronde. Gardez votre fusil pour la dernière carte.

— S'il saute par-dessus la haie, nous sommes faits ! dit Summerlee dont la voix mourut dans un rire nerveux.

— Bien sûr, il ne faut pas qu'il saute ! fit lord John. Mais ne tirez pas encore. Je vais peut-être avoir raison de cette brute. En tout cas je vais essayer.

Il accomplit l'action la plus courageuse que jamais homme risqua devant moi. Il se pencha vers le feu, prit une branche enflammée et se glissa à travers une ouverture de secours qu'il avait aménagée dans la porte. La bête avança avec un grognement terrifiant. Lord John n'hésita pas une seconde : il courut vers elle et lui jeta à la gueule le brandon enflammé. L'espace d'une seconde, j'eus la vision d'un masque horrible, d'une tête de crapaud géant, d'une peau pleine de verrues, d'une bouche dégouttante de sang frais. Aussitôt les fourrés retentirent de craquements, et l'apparition sinistre s'évanouit.

— Je pensais bien qu'il n'affronterait pas le feu ! dit lord John en riant.

— Vous n'auriez jamais dû prendre un tel risque nous écriâmes-nous tous d'une même voix.

— Il n'y avait rien d'autre à faire. S'il avait sauté sur nous, ç'aurait été un beau massacre : nous nous serions entretués en essayant de le descendre. D'autre part si nous avions tiré par-dessus la haie, en le blessant seulement, il nous aurait bondi dessus, et Dieu sait quelle aurait été sa première victime ! Dans le fond, nous ne nous en sommes pas mal tirés. Au fait, qu'est-ce que c'était ?

Nos savants se regardèrent en marquant un temps d'hésitation.

— Personnellement je suis incapable de classer cet animal avec une certitude scientifique, dit Summerlee en allumant sa pipe à un tison du feu.

– En refusant de vous compromettre vous témoignez d'un esprit véritablement scientifique ! admit Challenger du haut d'une condescendance massive. Moi-même je ne suis pas non plus disposé à aller au-delà de l'hypothèse suivante : nous nous sommes trouvés en contact cette nuit avec un animal du type dinosaure carnivore. D'ailleurs j'avais déjà envisagé l'existence sur ce plateau d'animaux semblables.

– Nous devons garder à l'esprit, observa Summerlee, le fait que de nombreux types préhistoriques ne sont jamais parvenus jusqu'à nous. Il serait téméraire de supposer que nous sommes en mesure de donner un nom à tout ce que nous sommes susceptibles de rencontrer ici.

– Parfaitement. Une classification sommaire, voilà ce que nous pouvons faire de mieux pour l'instant. Remarquez que demain de nouvelles indications mèneront peut-être jusqu'à l'identification. En attendant, pourquoi ne reprendrions-nous pas le cours de notre sommeil interrompu ?

– A condition qu'il y ait une sentinelle, répondit lord John. Nous ne devons rien laisser au hasard dans un pays comme celui-là ! A l'avenir, chacun montera une garde de deux heures.

– Alors je prends la première, puisque ma pipe n'est pas terminée ! déclara le professeur Summerlee.

Depuis cet incident, nous acceptâmes de nous plier à cette règle avec discipline.

Au matin, nous ne tardâmes pas à découvrir la cause de l'affreux vacarme qui nous avait réveillés. La clairière aux iguanodons était transformée en boucherie. D'après les mares de sang et les lambeaux de viande éparpillés sur la pelouse verte, nous supposâmes d'abord que plusieurs animaux avaient été massacrés, mais en examinant de près les débris, nous constatâmes qu'ils provenaient tous de l'un de ces monstres qui avait été littéralement déchiqueté par un autre animal peut-être pas plus gros, mais indubitablement plus féroce.

Nos deux professeurs s'assirent pour en discuter ; ils examinèrent lambeau après lambeau, et cet examen mit en évidence des marques de dents furieuses ainsi que des mâchoires énormes.

— Nous devons encore suspendre notre jugement, déclara le professeur Challenger qui avait posé sur son genou un gros morceau de viande blanchâtre. Tout suggère la présence d'un tigre aux dents de sabre, tel qu'on en trouve dessiné dans quelques cavernes. Mais l'animal que nous avons aperçu présentait sans aucun doute une forme plus grosse et plus reptilienne. Personnellement je pencherais pour un allosaure.

— Ou un mégalosaure, dit Summerlee.

— Très juste ! N'importe lequel des grands dinosaures carnivores ferait l'affaire. C'est chez eux que l'on trouve les types les plus dangereux de la vie animale : ceux qui reçoivent la malédiction des hommes et la bénédiction des savants.

Il éclata d'un rire sonore, fort content de sa dernière phrase.

— Un peu moins de bruit, s'il vous plaît ! intervint lord John. Nous ignorons ce qui se tient aux alentours. Si notre assassin revient ici pour chercher son petit déjeuner et si nous excitons son appétit, nous n'aurons pas à rire ! A propos, qu'est-ce que c'est que cette marque sur la peau de l'iguanodon ?

Sur la peau squameuse, couleur d'ardoise, du côté de l'épaule, plutôt au-dessus, lord John désigna un cercle noir qu'on aurait pu croire dessiné avec du goudron minéral. Personne ne put fournir une explication. Seul Summerlee déclara qu'il croyait bien avoir vu quelque chose de semblable sur l'un des jeunes que nous avions découverts l'avant-veille. Challenger se tut, mais il avait le regard suffisant et provoquant, comme il savait l'avoir quand il le voulait. Lord John lui demanda abruptement de formuler un avis.

— Si Votre Seigneurie a la bonté de me permettre d'ouvrir la bouche, je serai heureux d'exprimer mon opinion, prononça Challenger avec un ton volontairement sarcastique. Je ne suis pas habitué à travailler de la façon à laquelle Votre Seigneurie est accoutumée. Je ne savais pas qu'il était nécessaire de vous demander la permission de sourire à une plaisanterie inoffensive.

Il fallut attendre que notre ami lui présentât des excuses pour qu'il se sentît apaisé. Alors, assis sur un tronc d'arbre couché, il consentit à nous faire un cours, avec autant de vanité que s'il s'adressait à un amphithéâtre bourré d'un millier d'élèves.

— En ce qui concerne la marque, dit-il, j'incline à partager l'opinion de mon ami et collègue le professeur Summerlee : elle a été faite à l'aide de goudron minéral. Ce plateau est, par essence, hautement volcanique ; d'autre part l'asphalte est une substance que l'on associe avec des forces plutoniques ; je ne peux guère hésiter : le goudron minéral, ou asphalte, existe ici à l'état de liquide libre, et cet animal a pu s'en enduire. Un problème beaucoup plus important concerne l'existence du monstre carnivore qui a laissé dans la clairière de telles traces de son passage. Nous savons que ce plateau a la surface approximative d'un comté anglais moyen. A l'intérieur de cet espace restreint un certain nombre d'animaux, pour la plupart des représentants de races qui ont disparu dans le monde d'en bas, vivent ensemble depuis des siècles innombrables. Au cours d'une aussi longue période, on aurait pu s'attendre à ce que les animaux carnivores, en se multipliant, eussent épuisé leurs moyens de se nourrir, et qu'ils se fussent trouvés dans l'obligation ou de transformer leur mode d'alimentation ou de mourir d'inanition. Nous voyons qu'il n'en a pas été ainsi. Nous pouvons donc imaginer une seule chose : que l'équilibre naturel est conservé par une sorte de contrôle qui limite le nombre de ces animaux féroces. L'un des problèmes les plus intéressants par conséquent, et qui requiert de notre part une solution, consiste à découvrir quel est ce contrôle et comment il opère. Je me hasarderai jusqu'à prévoir que des occasions ultérieures pour une étude plus serrée des dinosaures carnivores ne nous manqueront pas.

– Et je me hasarde, moi, jusqu'à prévoir que nous aurons du mal à faire profiter la Science de ces occasions-là ! dis-je.

Le Professeur se contenta de lever ses gros sourcils : j'avais déjà vu des maîtres d'école embarrassés réagir de même devant l'observation impertinente d'un mauvais élève.

– Peut-être le professeur Summerlee a-t-il une remarque à présenter ? murmura aimablement le professeur Challenger.

Alors les deux savants se haussèrent ensemble au niveau d'une atmosphère scientifique raréfiée en oxygène, où les possibilités d'une modification du taux des naissances étaient mises en balance avec la déficience croissante des moyens d'existence. Longuement ils débattirent de la lutte pour la vie.

Dans la matinée nous établîmes la carte d'une petite partie du plateau, en prenant bien soin d'éviter le marais aux ptérodactyles, et en nous tenant à l'est du ruisseau au lieu de l'ouest. De ce côté le pays était couvert de bois très épais, et les fourrés entravaient considérablement notre marche.

J'ai surtout parlé jusqu'ici des horreurs de la Terre de Maple White. Mais elle ne nous présentait pas que des spectacles hideux. Par exemple nous nous promenâmes parmi de fort jolies fleurs, la plupart jaunes ou blanches, et nos professeurs nous expliquèrent que le blanc et le jaune étaient les couleurs primitives des fleurs. Dans de nombreux endroits le sol était vraiment recouvert par leur tapis où nous enfoncions jusqu'aux chevilles. Autour de nous bourdonnaient nos abeilles d'Angleterre. Des arbres sous lesquels nous passions avaient des branches courbées par le poids des fruits qu'elles portaient : certains de ces fruits nous étaient familiers, d'autres inconnus. En observant quels étaient ceux que picoraient les oiseaux, nous évitions tout danger d'empoisonnement et notre cueillette enrichit nos provisions d'une variété délicieuse. Dans la jungle que nous traversâmes il y avait de nombreuses pistes taillées par des bêtes sauvages ; dans les marais nous relevâmes quantité d'empreintes étranges, y compris celles des iguanodons. Une fois dans un bosquet nous eûmes le loisir de contempler plusieurs de ces gros animaux en train de se repaître ; lord John, grâce à ses jumelles, nous informa qu'ils étaient aussi tachetés de goudron minéral mais à un autre endroit. Nous fûmes incapables d'imaginer la signification de ce phénomène.

Nous vîmes de petits animaux, tels que des porcs-épics, un squameux fourmilier, un cochon sauvage de couleur pie avec des crocs recourbés. A travers une brèche dans les arbres, nous repérâmes le talus verdoyant d'une colline lointaine, sur lequel galopait un animal de bonne taille et brun foncé. Il passa si vite que nous ne pûmes l'identifier. Si c'était un cerf, comme nous l'affirma lord John, il devait être aussi gros que ces énormes élans irlandais dont on retrouve de temps à autre des fossiles dans les fondrières de ma terre natale.

Depuis la mystérieuse visite qu'avait reçue notre campement, nous ne rentrions jamais sans quelques inquiétudes. Pourtant ce soir-là nous ne trouvâmes aucun désordre. Nous entamâmes un grand débat sur notre situation et sur nos projets d'avenir, dont je dois retracer les grandes lignes puisqu'il aboutit à un nouveau départ qui nous permit de parfaire notre information sur la Terre de Maple White en moins de temps qu'il ne nous en aurait fallu si nous avions voulu tout explorer.

Ce fut Summerlee qui parla le premier. Toute la journée il avait manifesté une humeur querelleuse, et je ne sais quelle remarque de lord John quant à notre emploi du temps du lendemain mit le comble à son acidité.

– Tout ce que nous devrions faire aujourd'hui, demain, et les jours suivants, commença-t-il, serait de découvrir un moyen de sortir de cette nasse où nous sommes emprisonnés. Vous êtes tous en train d'actionner vos cervelles pour déterminer comment pénétrer dans ce pays. Je dis, moi, que nous devrions les occuper à trouver le moyen d'en sortir !

– Je suis surpris, monsieur, tonna Challenger en agitant sa barbe majestueuse, qu'un homme de science se laisse aller à un sentiment aussi ignoble ! Vous êtes dans un pays qui offre tant d'attraits à un naturaliste... que dis-je ! qui offre plus d'attraits que jamais pays n'en offrit depuis que le monde est monde, et vous suggérez de le quitter avant que nous en ayons acquis une connaissance très superficielle. Je m'attendais à mieux de votre part, professeur Summerlee !

– Vous devriez vous rappeler, répondit Summerlee, que j'ai à Londres une grande classe qui est à présent à la merci d'un *locum tenens* d'une médiocrité affligeante. Voilà la différence qui existe entre nous, professeur Challenger, puisque jusqu'ici vous n'avez pas mérité qu'on vous confie une tâche éducationnelle.

– En effet, dit Challenger. J'aurais considéré comme un sacrilège de distraire un cerveau doué pour des recherches absolument originales, et de lui assigner des tâches mineures. Voilà pourquoi je me suis toujours opposé à entreprendre un enseignement scolastique.

– Vraiment ? ricana Summerlee.

Lord John se hâta de faire dévier la conversation.

– Je trouve pour ma part, dit-il, que ce serait bien triste de regagner Londres sans savoir plus de choses sur ce pays.

– Jamais je n'oserais retourner à mon bureau et affronter ce vieux McArdle ! renchéris-je. (Vous me pardonnerez la franchise de mon propos, n'est-ce pas, monsieur ?) Il ne me pardonnerait pas d'avoir négligé une importante partie de la copie qu'il attend de moi. Par ailleurs, je ne vois pas pourquoi nous discutons puisqu'il n'existe aucun moyen de redescendre !

— Notre jeune ami comble certaines déficiences mentales évidentes par une petite dose de bon sens primitif, observa Challenger. Les intérêts de sa profession détestable nous échappent. Mais, comme il l'a fait remarquer, nous ne disposons d'aucun moyen pour redescendre : en discuter représenterait donc un gaspillage d'énergie.

— C'est gaspiller de l'énergie que de vouloir faire quelque chose d'autre ! grogna Summerlee derrière sa pipe. Permettez-moi de vous rafraîchir la mémoire : nous sommes venus ici dans un but bien précis, pour accomplir une mission qui nous avait été confiée par l'Institut de Zoologie de Londres. Cette mission consistait à vérifier les dires du professeur Challenger. Ces dires se trouvent, je le certifie, hautement confirmés. Notre travail est donc achevé. Quant aux détails qui méritent d'être approfondis sur la vie du plateau, il s'agit là d'une besogne si considérable que seule une grosse expédition, pourvue d'un équipement spécial, pourrait en venir à bout. Si nous l'entreprenons nous-mêmes, nous avons toutes chances de ne jamais rentrer et de priver la science de l'importante contribution que nous avons déjà en main. Le professeur Challenger a trouvé le moyen de nous amener sur ce plateau réputé inaccessible. Je crois que nous devrions maintenant lui demander d'user de la même ingéniosité pour qu'il nous permette de retourner dans le monde d'où nous sommes venus.

Je confesse que l'opinion de Summerlee me parut raisonnable. Challenger lui-même fut affecté par l'idée que ses ennemis ne s'avoueraient jamais battus si personne ne rentrait pour confirmer ses thèses.

— A première vue le problème de notre descente constitue une énigme formidable, dit-il. Pourtant je ne doute pas que l'intelligence parvienne à le résoudre. Je suis disposé à me ranger à l'avis de notre collègue : un séjour prolongé sur la terre de Maple White serait à présent une erreur. Par conséquent le problème de notre retour doit être tôt ou tard envisagé. Je me refuse toutefois formellement à quitter ce pays sans l'avoir au moins examiné superficiellement, sans que nous soyons à même de ramener avec nous un semblant de carte.

Le professeur Summerlee renifla d'impatience.

– Nous avons passé deux longs jours à explorer, dit-il, et nous ne sommes pas plus avancés dans la description géographique du lieu qu'à notre départ. Il est clair que ces bois sont très épais, et qu'il faudrait des mois pour en pénétrer tous les secrets. S'il y avait ici une sorte de montagne centrale, ce serait différent, mais tout est en pente descendante, d'après ce que nous avons vu. Plus nous avancerons, et moins nous aurons de vue d'ensemble!

Ce fut à cet instant que j'eus ma minute d'inspiration. Mes yeux se posèrent par chance sur l'énorme tronc noueux de l'arbre à épices qui étendait au-dessus de nous ses branchages. Puisque ce tronc était plus gros que les autres, sa hauteur devait dépasser celle des autres également. Si la bordure du plateau était réellement son point culminant, alors pourquoi cet arbre ne pourrait-il pas servir d'observatoire qui commanderait tout le pays? Depuis mon enfance en Irlande, j'avais toujours été un casse-cou dès qu'il s'agissait de grimper à un arbre. Mes compagnons pouvaient me battre sur les rochers, mais dans les branches je me savais invincible. Si je pouvais seulement prendre pied sur les plus basses de ce géant, je parierais bien n'importe quoi que j'arriverais au faîte! Mes camarades se déclarèrent enchantés par ma proposition.

– Notre jeune ami, commenta Challenger en gonflant les pommes rouges de ses joues, est capable d'exercices acrobatiques devant lesquels reculerait un homme d'apparence plus robuste, et plus respectueux de sa propre dignité. J'applaudis à son idée.

– Bébé, c'est une idée de génie! s'écria lord John en

me tapant dans le dos avec enthousiasme. Dire que nous n'y avions pas pensé ! Il ne nous reste plus qu'une heure de jour, mais si vous emportez un carnet, vous pourrez dessiner une carte grossière de l'endroit. Empilons ces caisses de munitions, et je parviendrai bien à vous hisser sur la première branche !

Il monta sur les caisses pendant que, moi, je faisais face au tronc ; il me souleva doucement, mais Challenger surgit et de sa grande main me poussa si fort qu'il faillit me faire tomber. J'agrippai la branche, et je jouai des pieds jusqu'à ce que j'eusse réussi à faire passer mon buste, puis mes genoux. Au-dessus de ma tête il y avait trois excellents rejetons, disposés comme les barreaux d'une échelle, puis une grande quantité de branchages, si bien que je grimpai à toute vitesse : je ne tardai pas à perdre de vue le sol, dont me séparait un écran de feuillage. Deux ou trois fois je dus surmonter quelques difficultés ; notamment, il me fallut grimper pendant trois bons mètres à la force des bras et des jambes ; mais je progressai, et le tonnerre de la voix de Challenger ne me parvenait plus que faiblement. L'arbre était vraiment immense ; j'avais beau regarder en l'air, je n'entrevoyais toujours pas la moindre éclaircie dans le feuillage. Je me trouvai devant une sorte de buisson épais qui me sembla être une plante parasite sur la branche où je m'agitais. Je tournai la tête pour voir ce qui était derrière ce buisson, et, devant ce que j'aperçus, je manquai choir de l'arbre.

A trente ou quarante centimètres de mon visage, une figure me regardait. La créature à qui elle appartenait était accroupie derrière la plante parasite, et avait tourné la tête au même moment que moi. C'était une figure humaine... ou du moins qui ressemblait bien plus à une figure d'homme qu'à n'importe quelle face de singe. Elle était allongée, blanchâtre, parsemée de pustules, avec un nez aplati, une mâchoire inférieure proéminente, et quelque chose comme des favoris autour du menton. Les yeux, sous des sourcils épais et lourds, avaient un regard

bestial et féroce. La bouche s'entrouvrit pour un reniflement qui m'avait tout l'air d'une malédiction, et exhiba des canines pointues et recourbées. Pendant un instant je lus clairement de la haine et une menace dans son regard. Puis, ces sentiments firent place à une peur incontrôlable, folle. La créature plongea désespérément dans la verdure des feuilles, cassa deux ou trois branches... J'aperçus un corps poilu, comme celui d'un cochon rougeâtre, qui disparut.

– Qu'est-ce qui se passe ? cria Roxton d'en dessous. Quelque chose qui ne va pas ?

– Vous l'avez vu ? hurlai-je, cramponné à ma branche et les nerfs à vif.

– Nous avons entendu un bruit, comme si votre pied avait glissé. Qu'est-ce que c'était ?

J'étais si bouleversé par l'apparition de cet homme-singe que j'hésitai : allais-je redescendre pour conter la chose à mes compagnons, ou poursuivrais-je mon ascension ? J'étai déjà parvenu si haut que je reculai devant l'humiliation de redescendre sans avoir mené à bien ma mission.

Après une pause qui me servit à récupérer mon souffle et mon courage, je me remis à grimper. Une fois je dus me rattraper de justesse par les mains car une branche pourrie avait cédé, mais dans l'ensemble ce ne fut pas une ascension difficile. Progressivement les feuillages s'éclaircissaient et le vent qui me balayait la figure m'avertissait que j'étais presque au faîte du plus haut des arbres de la forêt. Mais j'avais résolu de ne pas inspecter les environs avant d'avoir atteint le point le plus élevé : aussi je fis des pieds et des mains (c'est le cas de le dire !) pour arriver à la dernière branche : elle se courba sous mon poids, mais je repris mon équilibre et, dans une sécurité relative, je pus contempler le merveilleux panorama de cet étrange pays.

Le soleil allait disparaître derrière l'horizon. La soirée était particulièrement claire et lumineuse. De mon observatoire, je dominais toute l'étendue du plateau. Il m'apparut ovale : sa largeur pouvait être approximativement de 30 kilomètres, et sa longueur de 45. Il avait l'aspect général d'en entonnoir peu profond, dont tous les côtés convergeaient vers un lac fort étendu. Le tour de ce lac représentait bien 15 kilomètres ; ses eaux vertes se détachaient nettement dans le crépuscule ; elles étaient bordées d'une ceinture de roseaux ; quelques bancs de sable jaune émergeaient, comme pour servir de socle à des objets noirs allongés, trop gros pour être des alligators et trop longs pour des canots. A l'aide de mes jumelles je pus constater que ces objets étaient des animaux vivants ; mais je fus incapable de les identifier.

Du côté du plateau où nous nous trouvions, des pentes boisées avec quelques éclaircies s'étendaient sur une dizaine de kilomètres jusqu'au lac central. Presque à mes pieds je voyais la clairière aux iguanodons ; plus loin, une ouverture ronde dans les arbres indiquait le marais aux ptérodactyles. Sur le côté qui me faisait face, le plateau présentait un aspect fort différent ; là les escarpements basaltiques de l'extérieur se prolongeaient à l'intérieur pour former une crête qui dominait de 60 mètres une pente douce boisée. Tout le long de ces escarpements rouges, vers la base et à quelque distance du sol, je distinguais à la jumelle des trous sombres, sans doute des orifices de cavernes. Au bord de l'un d'eux quelque chose de blanc miroitait, mais je n'en sus pas davantage. Je m'assis le plus confortablement possible pour dresser la carte du pays, mais bientôt, le soleil ayant disparu, il fit trop sombre et les détails s'évanouirent. Alors je redescendis vers mes compagnons qui m'attendaient impatiemment au bas du grand arbre à épices. Pour une fois, j'étais le héros de l'expédition. C'était moi seul qui avais eu cette idée, moi seul qui l'avais exécutée. Et je ramenais une carte qui nous épargnerait un mois d'enquêtes aveugles parmi des dangers inconnus. Tous me serrèrent chaleureusement et sérieusement la main. Mais avant d'entrer dans les détails topographiques, je leur racontai ma rencontre avec l'homme-singe dans les branches.

— Et il y a longtemps qu'il était là ! ajoutai-je.

— Comment le savez-vous ? interrogea lord John.

— J'ai toujours eu le sentiment que quelque chose de malveillant nous épiait. Je vous l'avais dit, professeur Challenger.

— Notre jeune ami m'a effectivement parlé dans ce sens. Et il est également celui d'entre nous qui possède le tempérament du Celte, si ouvert à de telles impressions.

— Toute le théorie de la télépathie... commença Summerlee derrière sa pipe.

— ... est trop vaste pour que nous en discutions maintenant ! interrompit Challenger avec décision. Dites-moi, ajouta-t-il avec le ton d'un évêque qui questionne un enfant du catéchisme, avez-vous pu remarquer si cette créature croisait son pouce par-dessus la paume de ses mains ?

— Ma foi non !

— Avait-elle une queue ?

— Non.

— Le pied était-il prenant ?

— Je ne crois pas qu'il aurait pu disparaître si vite dans les branchages s'il n'avait pas eu des pieds prenants.

— En Amérique du Sud il y a, si ma mémoire ne me joue pas de tours, (vous rectifierez cette observation s'il y a lieu, professeur Summerlee) trente-six espèces de singes, mais le singe anthropoïde y est inconnu. Il est évident, toutefois, qu'il existe dans ce pays, et qu'il n'appartient pas à la variété velue, gorillesque, qui n'a jamais été décelée hors de l'Afrique ou de l'Orient...

Je réprimai une forte envie de faire remarquer que j'avais vu dans le zoo de Kensington le cousin germain du Professeur, et je le laissai poursuivre :

— Notre jeune ami a eu affaire avec un spécimen sans couleur définie, et moustachu. Cette imprécision dans la couleur est due au fait qu'il vit dans l'ombre des arbres.

Toute la question est de savoir s'il est plus proche de l'homme que du singe, ou inversement. S'il est plus proche de l'homme que du singe, il ressemblerait alors à ce que le vulgaire appelle « l'anneau manquant ». Notre devoir le plus immédiat est de résoudre ce problème.

– Pas du tout ! répliqua Summerlee. A partir du moment où, grâce à l'intelligence et à l'esprit pratique de M. Malone (je ne résiste pas au plaisir de citer ses propres termes) nous possédons une carte, notre devoir le plus immédiat consiste à nous tirer de cette aventure sains et saufs, donc à quitter au plus tôt cet affreux pays.

– Un berceau de civilisation ! gémit Challenger.

– Mais nous, nous avons le devoir de relater ce que nous avons vu, et de laisser à d'autres le soin d'explorations ultérieures. Vous étiez tous d'accord, avant que M. Malone nous ramène la carte !

– Soit ! dit Challenger. Je reconnais que mon esprit sera plus tranquille quand j'aurai l'assurance que le résultat de notre expédition sera communiqué à nos amis. Mais comment sortirons-nous d'ici ? Je n'en ai pas encore la moindre idée. Il est vrai que je n'ai jamais affronté un problème que mon cerveau ait été incapable de résoudre. Je vous promets donc que dès demain je me pencherai bel et bien sur la question de descendre.

La discussion en resta là. Mais ce même soir, à la lumière d'un feu de camp et d'une bougie, la première carte du monde perdu fut dessinée. Tous les détails que j'avais grossièrement notés du haut de mon observatoire furent reportés à leurs emplacements respectifs. Challenger fit errer son crayon au-dessus du grand blanc qui figurait le lac.

– Comment l'appellerons-nous ? demanda-t-il.

– Pourquoi ne sauterions-nous pas sur l'occasion de perpétuer notre nom ? proposa Summerlee avec son acidité habituelle.

– Je crois, monsieur, que mon propre nom revendiquera d'autres créances sur la postérité, répondit sévèrement Challenger. N'importe quel ignorant peut imposer le souvenir inefficace de son nom sur une plaine ou sur un pic. Je n'ai pas besoin d'un tel monument.

Summerlee aiguisait son sourire pour lancer une nouvelle pointe. Mais lord John intervint.

– C'est à vous, bébé, de baptiser ce lac, me dit-il. Vous avez été le premier à le voir et, ma foi, si vous désirez l'appeler « lac Malone », personne n'y trouvera à redire !

– Très juste ! s'écria Challenger. A notre jeune ami de lui donner un nom !

– Alors, dis-je en rougissant, appelons-le lac Gladys.

– Vous ne pensez pas, observa Summerlee, que lac Central serait plus évocateur ?

– Je préférerais lac Gladys.

Challenger me lança un coup d'œil de sympathie, et secoua ironiquement sa grosse tête :

– Les enfants seront toujours des enfants ! Allons-y pour le lac Gladys.

12
C'était épouvantable dans la forêt !

J'ai raconté, ou peut-être ne l'ai-je pas dit, car ma mémoire n'est pas très fidèle ces jours-ci, que j'avais été extrêmement flatté quand mes trois compagnons m'avaient remercié d'avoir sauvé la situation (ou, du moins, de l'avoir grandement améliorée). J'étais le benjamin de l'équipe : le plus jeune sur les plans non seulement de l'âge mais aussi de l'expérience, du caractère, du savoir, de tout ce qui fait un homme. Aussi avais-je été quelque peu éclipsé au début. Mais maintenant j'entrais en possession de ma personnalité : cette idée me réchauffait le cœur. Hélas ! Ce contentement vaniteux accrut la confiance que je me portais, et il s'ensuivit la plus atroce aventure de ma vie, une commotion qui me soulève encore le cœur quand j'y pense.

Voilà les faits. J'avais été exagérément excité par mes découvertes au faîte de l'arbre, et le sommeil me fuyait. Summerlee était de garde ; il était assis auprès de notre petit feu, voûté, sec, pittoresque avec sa barbiche pointue qui s'agitait au moindre mouvement de sa tête. Lord John, enveloppé dans son puncho sud-américain, était allongé en silence. Challenger alternait le roulement du tonnerre avec une maigre crécelle : ses ronflements se répercutaient dans les bois. La pleine lune brillait ; l'air était frisquet ; quelle nuit idéale pour la marche ! Soudain une pensée me traversa l'esprit. Pourquoi pas ?... Si je sortais furtivement ? Si je descendais jusqu'au lac central ? Si je rentrais à l'heure du petit déjeuner avec un bon rapport sur les lieux ? Ne serais-je pas alors un associé valable ? définitivement valable ? Si Summerlee gagnait la bataille et si un moyen de descendre était trouvé, nous reviendrions à Londres avec une connaissance directe de tous les mystères du centre du plateau où moi seul, seul parmi tous les hommes, j'aurais pénétré. Je pensais à Gladys, à sa phrase : « Tout autour de nous des héroïsmes nous invitent. » Il me semblait encore l'entendre. Je songeai aussi à McArdle. Quel magnifique trois colonnes dans le journal ! Quel départ pour ma carrière ! Sûrement pour la prochaine guerre je serais désigné comme correspondant aux armées ! Je saisis un fusil, mes poches étaient pleines de cartouches, j'écartai les buissons épineux à la porte de notre zareba, et je me trouvai dehors. Mon dernier regard à l'intérieur me prouva que Summerlee était la plus négligente des sentinelles : mécaniquement il dodelinait de la tête au-dessus du feu, dans une inconscience totale.

Je n'avais pas franchi une centaine de mètres que je commençai à me repentir de mon audace. Je crois l'avoir déjà dit : je suis trop imaginatif pour être réellement courageux. Mais d'autre part ce que je redoute le plus, c'est de paraître avoir peur. Voilà la force qui me poussa à avancer malgré tout. Je ne pouvais plus rentrer au camp sans résultat. Même si mes camarades ignoraient tout de mes faiblesses, mon âme serait toujours ternie par le souvenir intolérable d'une lâcheté. Réflexions qui ne m'empêchaient pas de frissonner étant donné la position où je m'étais placé : j'aurais volontiers donné tout ce que je possédais pour m'être déjà acquitté de ma mission.

C'était épouvantable dans la forêt ! Les arbres poussaient si serrés, leurs feuillages s'étendaient sur une telle largeur et si haut que je ne voyais même plus le clair de lune, sauf par endroits où les branches légèrement écartées me permettaient d'apercevoir le ciel en filigrane. Quand les yeux s'habituent à l'obscurité, on apprend qu'il existe différentes formes, divers degrés dans le noir des arbres : certains de ceux-ci étaient confusément visibles ; entre eux je vis des plaques noires comme du charbon, qui pouvaient être des orifices de cavernes, et je m'en écartai avec horreur. Je me rappelai le cri désespéré de l'iguanodon mis à la torture, ce cri de mort dont l'écho avait ameuté les bois. Je pensais aussi à la vision que m'avait offerte la torche enflammée de lord John : un mufle bouffi, pustuleux, bavant le sang. J'arpentais maintenant son terrain de chasse. A tout instant il pouvait surgir de l'ombre et me sauter dessus, ce monstre horrible hors de toute classification zoologique ! Je m'arrêtai, pris une cartouche dans ma poche et ouvris la culasse de mon fusil. Lorsque je touchai le levier, mon cœur vacilla : c'était le fusil de chasse, et non un fusil d'armes, que j'avais emporté !

De nouveau je faillis revenir en arrière. N'avais-je pas là une excellente excuse pour ma défaillance ? Personne ne s'aviserait de me donner tort ! Et pourtant mon fol orgueil l'emporta : je ne pouvais pas, je ne devais pas reculer. Après tout, un vrai fusil ne m'aurait guère été plus utile en face des dangers qui me guettaient ! Si je revenais au camp pour changer d'arme, je ne pourrais pas entrer et sortir sans être vu. Je serais alors obligé de m'expliquer, et c'en serait fini de mes tentatives personnelles. Après une hésitation que chacun comprendra, je repris courage... et ma route, avec mon fusil inutile sous le bras.

L'obscurité de la forêt avait été épouvantable, mais pire était la blanche et fade lumière de la lune sur la clairière aux iguanodons. Caché derrière un buisson, je la regardai. Aucune des grandes brutes dont nous avions fait connaissance n'était en vue. Peut-être la tragédie qui s'était abattue sur l'un d'eux les avait-elle décidés à partir ailleurs ? Dans cette nuit brumeuse et argentée, rien ne donnait signe de vie. Je m'enhardis donc, traversai rapidement la clairière et suivis le ruisseau à travers la jungle. Le joyeux compagnon que j'avais là ! Il glougloutait, chantait, comme cette chère rivière à truites de mon pays où dans mon enfance j'avais si souvent pêché la nuit. En le suivant, j'arriverais sûrement au lac. Et en le suivant à mon retour, je retrouverais non moins sûrement le Fort Challenger. Souvent je le perdais de vue quand il courait sous les buissons et les fourrés, mais sa chanson cristalline me ramenait invinciblement vers lui.

Au fur et à mesure que je descendais la pente, les bois s'éclaircissaient, et les arbustes entourant occasionnellement de gros arbres avaient remplacé la forêt. Je progressai donc rapidement, car je pouvais voir sans être vu. En passant près du marais aux ptérodactyles, un grand battement d'ailes se fit entendre. L'un de ces grands animaux (son envergure pouvait avoir huit mètres) s'était envolé non loin et planait dans les airs. Il passa entre la lune et moi : la lumière de la lune brillait à travers ses ailes membraneuses : on aurait dit un squelette volant. Je m'accroupis parmi les buissons, car une expérience récente m'avait appris qu'un simple cri de cette brute rassemblerait une centaine de ses congénères maudits. J'attendis qu'il se fût éloigné pour poursuivre ma marche en avant.

La nuit jusqu'ici avait été extrêmement calme, mais je ne tardai pas à entendre quelque part devant moi un grondement sourd, un murmure continuel. Plus je m'avançais, plus ce bruit augmentait d'intensité. Lorsque je m'arrêtais, il ne cessait pas et demeurait constant : il semblait donc provenir d'une source immobile. J'essayai de lui trouver une comparaison : peut-être une casserole d'eau en ébullition… Bientôt je découvris ce dont il s'agissait. Au milieu d'une petite clairière je trouvai un lac, ou plutôt un étang, car il n'était pas plus grand que le bassin de la fontaine de Trafalgar Square : mais la matière qu'il contenait était noire, noire comme de la poix, et sa surface se soulevait, puis retombait sous forme de grosses bulles de gaz qui crevaient. Au-dessus l'air miroitait sous la chaleur, et tout autour la terre était brûlante : je ne pouvais même pas poser ma main dessus. Il était évident que la grande explosion volcanique qui avait soulevé ce singulier plateau il y avait si longtemps n'avait pas tout à fait épuisé ses forces. Des rocs noircis, des monceaux de lave nous étaient souvent apparus au milieu de la végétation luxuriante : mais cette mare de goudron dans la jungle était le premier symptôme que nous possédions de la persistance d'activité sur les pentes de l'ancien cratère. Je n'avais pas le temps de l'examiner plus attentivement, car je devais me hâter pour être dès l'aube de retour au camp.

Ce fut une promenade extraordinaire dont je conserverai le souvenir jusqu'à mon dernier jour. Lorsque je rencontrais des clairières baignées de lune, je les contournais en rampant dans l'ombre. Dans la jungle je marchais presque à quatre pattes, et stoppais le cœur battant quand j'entendais des bruits de branches cassées que provoquait sans doute le passage de grosses bêtes. De temps à autre, de grandes silhouettes surgissaient indistinctement dans la nuit et disparaissaient : des silhouettes massives, silencieuses, qui rôdaient pour leur chasse sans faire de bruit. Le nombre de fois où je m'arrêtai pour me répéter qu'aller plus avant serait une folie est incalculable. Cependant l'orgueil l'emporta sur la peur, et chaque fois je repartis en avant pour atteindre mon but.

Enfin (à ma montre il était une heure du matin) je vis de l'eau qui brillait à travers le bout de ma jungle ; dix minutes plus tard j'étais devant les roseaux qui ceinturaient le lac central. J'avais très soif ; je me penchai au-dessus de l'eau, et j'en bus plusieurs gorgées ; elle était glacée. A l'endroit où je me trouvais il y avait une sorte de piste large avec toutes sortes de traces et d'empreintes. Sans aucun doute j'étais devant l'abreuvoir naturel des hôtes terribles et mystérieux de ce plateau. Au bord du lac se dressait un gros bloc de lave isolé ; je l'escaladai et j'eus ainsi une vue très complète des environs.

La première chose que je distinguai me remplit de stupéfaction. Quand j'avais décrit le panorama que j'avais observé du haut de mon grand arbre, j'avais dit que sur l'escarpement j'avais repéré un certain nombre de taches noires que j'avais assimilées à des entrées de cavernes. Maintenant en regardant vers ces mêmes rochers, je voyais des disques lumineux orientés dans toutes les directions : comme les hublots d'un transatlantique, la nuit. Pendant un moment je crus qu'il s'agissait d'éclats de lave provenant d'une action volcanique quelconque ; mais c'était impossible. Une action volcanique se produirait dans un creux, et non à mi-hauteur de l'escarpement. Alors, quelle hypothèse hasarder ? Une seule, qui était merveilleuse, mais qui pouvait être vraie : ces taches rougeâtres devaient être des reflets de feux à l'intérieur des cavernes, de feux que seule la main de l'homme pouvait allumer. Y avait-il donc des êtres humains sur le plateau ? Ah, comme mon expédition s'en trouvait justifiée ! Que de nouvelles à rapporter à Londres !

Un bon moment je demeurai à contempler ces taches rouges, frissonnantes, de lumière. Je suppose qu'elles devaient se situer à une quinzaine de kilomètres de là. Mais même à cette distance je pouvais remarquer que, par intervalles, elles clignotaient ou s'occultaient comme si quelqu'un passait devant elles. Que j'aurais donc voulu pouvoir ramper jusque-là, jeter un œil indiscret par l'ouverture de ces cavernes, et faire à mes compagnons un rapport circonstancié sur l'aspect et le caractère de la race qui vivait dans un endroit aussi étrange ! Il n'en était pas question pour l'instant. Mais pouvions-nous quitter le plateau sans avoir éclairci ce point capital ?

Le lac Gladys – MON lac – s'étendait devant moi telle une nappe de mercure ; la lune s'y reflétait paisiblement en son centre. Il était peu profond, car plusieurs bancs de sable émergeaient au-dessus de l'eau. Partout sur sa surface calme des signes de vie apparaissaient : soit des anneaux ou des rides à la surface, soit le saut d'un grand poisson argenté, soit le dos arrondi et ardoisé de quelque monstre en promenade. Sur un banc de sable j'aperçus un animal que j'apparentai à un cygne géant, avec un corps lourd et un cou long et flexible, qui se traînait sur le bord. Il plongea bientôt ; sa tête au bout de son long cou ondulait sous l'eau ; puis il plongea plus profond et je ne le vis plus.

Mon attention dut se porter plus près, sous mes pieds. Deux animaux, de la taille de gros tatous, étaient descendus à l'abreuvoir ; accroupis au bord de l'eau, ils lapaient consciencieusement avec leurs langues rouges. Puis un cerf gigantesque avec des bois en rameaux, bête splendide qui avait le maintien d'un roi, s'approcha en compagnie de sa biche et de deux faons ; ils burent côte à côte avec les tatous. Je ne connais pas de cerf semblable : l'élan ou l'orignac lui serait venu à l'épaule. Il poussa un petit bramement d'alerte, et s'enfuit parmi les roseaux avec sa famille et les deux tatous : sans doute pour se mettre à l'abri. Car un nouvel arrivant, un animal extraordinaire, descendait à son tour la piste.

Pendant quelques instants je me demandai où j'avais pu voir cette forme lourde et dégingandée, ce dos voûté avec des franges triangulaires, cette étrange tête d'oiseau près du sol. Puis soudain j'eus un éclair : c'était le stégosaure. C'était l'animal même que Maple White avait dessiné dans son album de croquis, et qui avait tout de suite captivé l'attention de Challenger ! C'était lui ! Peut-être le même que celui que l'Américain avait rencontré. Sous son poids formidable le sol tremblait ; ses grandes lampées résonnaient dans le silence de la nuit. Pendant cinq minutes il se tint si près de mon roc de lave qu'en allongeant la main j'aurais pu toucher les hideuses écailles de son cou. Puis il s'écarta et se perdit parmi les rochers.

Je regardai ma montre : il était deux heures et demie, largement l'heure, par conséquent, à laquelle il me fallait reprendre ma marche pour réintégrer le camp. Pas de difficultés pour le parcours : j'avais suivi le ruisseau en le gardant sur ma gauche, et il m'avait conduit au lac central ; je savais qu'il était à un jet de pierre du roc de lave où j'étais assis. J'étais euphorique quand je pris le chemin du retour : n'avais-je pas fait du bon travail ? Ne ramenais-je pas un joli lot de nouvelles à mes compagnons ? Avant tout il y avait ces cavernes avec des feux, donc la certitude qu'elles étaient habitées par une race de troglodytes. Et puis je pourrais parler du lac central par expérience, témoigner qu'il abritait d'étranges créatures ; j'y avais vu plusieurs aspects de la vie primevale que nous n'avions pas encore aperçus. Je réfléchis, tandis que je marchais, que peu d'hommes au monde auraient pu passer une nuit plus passionnante et ajouter à la science humaine, en quelques heures, tant de connaissances nouvelles.

Je remontais la pente en remuant ces pensées dans ma tête, et j'avais atteint un point qui devait se trouver à mi-distance du camp quand un bruit bizarre derrière moi me ramena à ma situation présente. C'était quelque chose qui tenait l'intermédiaire entre un ronflement et un grognement : profond, grave, très menaçant. Il y avait assurément une bête non loin de moi, mais je ne vis rien, et je me hâtai d'avancer. J'avais franchi près d'un kilomètre quand brusquement le bruit se répéta : encore derrière moi, mais plus fort et plus redoutable. Mon cœur s'affola quand je réfléchis que cette bête, quelle qu'elle fût, me suivait. Ma peau se glaça, et mes cheveux se hérissèrent. Certes j'acceptais volontiers l'hypothèse que ces monstres se déchirent pour obéir à la dure lutte pour la vie ; mais la perspective qu'ils risquent de se tourner contre l'homme moderne, de le poursuivre et de le pourchasser était beaucoup moins réconfortante. Je me rappelai à nouveau le mufle bavant le sang qu'avait éclairé la torche de lord John... Mes genoux ployaient sous moi et tremblaient. Je m'arrêtai cependant, et fis face. Mon regard descendit le long du sentier que la lune éclairait : tout était aussi tranquille que dans un paysage de rêves. Des éclaircies argentées, les taches sombres des arbustes... je ne distinguai rien d'autre. Puis une fois encore retentit ce grognement, beaucoup plus fort, beaucoup plus proche qu'auparavant. Plus de doute : une bête était sur ma trace, et se rapprochait de moi !

Je demeurai comme un homme paralysé, les yeux fixés sur le terrain que j'avais franchi. Puis, tout à coup, je LA vis. A l'extrémité de la clairière que je venais de traverser les buissons remuaient ; une grande ombre foncée se dégagea pour sautiller à cloche-pied au clair de lune. Je dis « sautiller à cloche-pied » volontairement, car la bête se déplaçait comme un kangourou, sautant sur ses puissantes pattes postérieures et se tenant dressée verticalement, tandis qu'elle recourbait ses pattes antérieures devant elle. Elle était d'une taille énorme : aussi grande qu'un éléphant dressé. Ce qui ne l'empêchait pas de se mouvoir avec une grande agilité. Pendant un moment, je la pris pour un iguanodon étant donné son aspect formidable, et je me rassurai car je savais les iguanodons inoffensifs. Mais tout ignorant que je fusse, je compris vite qu'il s'agissait d'un animal différent. Au lieu de la tête gentille, semblable à celle d'un daim, du grand mangeur de feuilles à trois doigts, cette bête possédait une tête large, trapue, qui rappelait le crapaud et la bête qui nous avait alarmés dans notre campement. Son cri féroce et l'acharnement qu'elle avait mis à me suivre m'indiquaient plutôt qu'elle appartenait à l'espèce des grands dinosaures carnivores, les animaux les plus terribles qui aient jamais erré sur cette terre. Ce monstre énorme poursuivait ses bonds, baissait périodiquement ses pattes antérieures et promenait son nez sur le sol tous les vingt mètres à peu près. Elle flairait ma trace. Parfois elle se trompait. Mais elle la retrouvait vite et continuait d'avancer dans ma direction par petits bonds.

Même aujourd'hui, quand je revis cette scène, la sueur

perle à mes tempes. Que pouvais-je faire ? J'avais à la main mon arme pour gibier d'eau... Désespérément je cherchai du regard un rocher ou un arbre, mais j'étais dans une jungle broussailleuse, et d'ailleurs je savais que la bête pouvait arracher un arbre aussi facilement qu'un roseau. Ma seule chance résidait dans la fuite. Mais comment courir vite sur ce sol inégal, rude ? J'aperçus juste devant moi une piste bien dessinée, dont la terre était dure. Pendant nos expéditions nous en avions vu de semblables : c'étaient celles qu'empruntaient les bêtes sauvages. Peut-être là parviendrais-je à m'en tirer, car j'étais un coureur rapide dans une bonne condition physique. Je me débarrassai de mon fusil de chasse, et je courus le plus beau huit cents mètres de ma vie. Mes muscles étaient douloureux, j'étais à bout de souffle, il me semblait que mon gosier allait se rompre par manque d'air, et pourtant, sachant quelle horreur me pourchassait, je courus, courus, courus... Enfin je m'arrêtai, incapable de faire un pas de plus. Pendant quelques instants je crus que je l'avais semée. La piste s'étendait derrière moi, et je ne voyais rien. Puis tout à coup, dans un craquement et un déchirement terribles, le bruit sourd des foulées de cette bête géante ainsi que le halètement de poumons monstrueux rompirent le silence. Elle était sur mes talons, elle bondissait de plus en plus vite. J'étais perdu.

Fou que j'avais été de lambiner avant de fuir ! Lorsqu'elle ne m'avait pas encore vu, elle m'avait pisté à l'odeur, et elle s'était déplacée avec une certaine lenteur. Elle m'avait vu quand j'avais commencé de courir ; à partir de ce moment-là elle m'avait chassé à vue, car la piste lui avait indiqué par où j'avais bifurqué... Elle contourna un virage en sautillant avec une vélocité extraordinaire. Ses yeux saillants, immenses, brillaient sous la lumière de la lune ; ses énormes dents bien rangées se détachaient dans la gueule ouverte. Je poussai un cri de terreur et recommençai à dévaler la piste. Derrière moi le souffle de la bête se rapprochait ; je l'entendais de mieux en mieux. Sa foulée courait maintenant presque dans la mienne. A tout moment je m'attendais à sentir sa poigne s'abattre sur mon dos. Et puis soudain je tombai... Mais je tombai dans le vide ; tout autour de moi ce n'était plus qu'obscurité et silence.

Lorsque j'émergeai de l'inconscience (mon évanouissement n'avait pas duré sans doute plus de quelques minutes) je fus assailli par une odeur aussi pénétrante qu'atroce. J'avançai une main dans le noir et elle rencontra un gros morceau de chair, tandis que mon autre main se refermait sur un os de bonne taille. Au-dessus de ma tête se dessinait un cercle de ciel plein d'étoiles, dont la lumière obscure me montra que je gisais au fond d'une fosse. Avec lenteur je me mis debout et je me sentis contusionné de partout : j'avais mal de la tête aux pieds, mais mes membres remuaient, mes jointures fonctionnaient. Les circonstances de ma chute me revinrent confusément en mémoire ; alors je levai les yeux, redoutant avec terreur d'apercevoir la terrible tête de la bête se profiler sous le ciel blafard. Mais je ne vis et n'entendis rien. Je me mis en demeure de faire le tour de ma fosse, pour découvrir ce que pouvait contenir ce lieu où j'avais été précipité si opportunément.

Le fond avait sept ou huit mètres de large ; les parois étaient verticales. De grands lambeaux de chair, ou plutôt de charogne tant leur putréfaction était avancée, recouvraient presque complètement le sol et dégageaient une odeur abominable. Après avoir trébuché contre ces immondices, je heurtai quelque chose de dur : c'était un piquet qui était solidement enfoncé au centre de la fosse. Il était si haut que ma main ne put en atteindre le bout, et il me sembla couvert de graisse.

Je me souvins que j'avais dans ma poche une boîte d'allumettes-bougies. J'en frottai une et je pus me faire une opinion précise sur l'endroit où j'étais tombé. Je me trouvais bel et bien dans une trappe, et dans une trappe aménagée de main d'homme. Le poteau du milieu, qui

avait trois mètres de long, était taillé en pointe à son extrémité supérieure, et noirci par le sang croupi des animaux qui s'y étaient empalés. Les débris éparpillés tout autour étaient des lambeaux des bêtes qui avaient été découpées afin que le pieu fût libéré pour une prochaine prise au piège. Je me rappelai que Challenger avait affirmé que l'homme n'aurait pas survécu sur ce plateau, étant donné les faibles armes dont il disposait contre les monstres qui l'habitaient. Mais maintenant il était évident qu'il avait pu survivre! Dans leurs cavernes à orifices étroits les indigènes, quels qu'ils fussent, avaient des refuges où les gros sauriens étaient incapables de pénétrer ; et leurs cerveaux évolués avaient eu l'idée d'établir des trappes recouvertes de branchages en plein milieu des pistes fréquentées par les bêtes féroces ; de celles-ci la force et la violence se trouvaient donc vaincues.

La paroi n'était pas en pente si raide qu'un homme agile ne pût l'escalader. Mais j'hésitai longtemps avant de me risquer : n'allais-je pas retomber dans les pattes de l'ignoble bête qui m'avait poursuivi? N'était-elle pas tapie derrière quelque fourré, guettant une proie qui ne pouvait manquer de reparaître ? Je repris courage cependant, en me remémorant une discussion entre Challenger et Summerlee sur les habitudes des grands sauriens. Tous deux étaient tombés d'accord pour affirmer qu'ils n'étaient pas intelligents, que dans leurs cervelles minuscules il n'y avait pas de place pour la raison et la logique, et que s'ils avaient disparu du reste du monde, c'était surtout à cause de leur stupidité congénitale qui les avait empêchés de s'adapter à de nouvelles conditions d'existence.

Si la bête me guettait, autant dire qu'elle avait compris ce qui m'était arrivé, et qu'elle était donc capable de faire une liaison entre la cause et l'effet. Il était assez peu vraisemblable qu'une bête sans cervelle, inspirée uniquement par un instinct de férocité, se maintînt à l'affût après ma disparition ; sans doute avait-elle dû être étonnée, puis elle était partie ailleurs en quête d'une autre proie. Je grimpai jusqu'au bord de la fosse pour observer les environs. Les étoiles affadissaient leur éclat, le ciel blêmissait, et le vent froid du matin me souffla agréablement au visage. De mon ennemi je ne décelai aucun signe. Alors lentement j'émergeai de toute ma taille, sortis et m'assis sur le sol, prêt à sauter dans la trappe si un danger quelconque surgissait. Rassuré par le calme absolu et la lumière du jour qui se levait, je pris mon courage à deux mains et redescendis la piste que j'avais empruntée pour m'enfuir. Au passage, je ramassai mon fusil et trouvai bientôt le ruisseau qui m'avait servi de guide. Tout frémissant encore de mon horrible aventure, je repris le chemin du Fort Challenger... non sans lancer de temps à autre derrière moi un regard inquiet.

Et soudain un bruit me rappela mes compagnons absents : dans l'air paisible et clair du petit matin, j'entendis au loin le son aigu, brutal d'un coup de fusil. Je m'arrêtai pour écouter ; mais plus rien ne parvint à mes oreilles. Je me demandai si un danger subit n'avait pas fondu sur eux, mais une explication plus simple et plus naturelle me traversa la tête : l'aube était levée, et ils s'étaient imaginé que je m'étais perdu dans les bois ; aussi avaient-ils tiré ce coup de feu pour que je pusse repérer le camp. Certes nous avions pris la ferme résolution de nous abstenir d'user de nos armes, mais je réfléchis que s'ils m'avaient cru en danger ils n'auraient pas hésité. C'était donc à moi de me hâter, pour les rassurer le plus tôt possible.

Comme j'étais fatigué, je n'avançai pas aussi vite que je l'aurais souhaité ; du moins étais-je revenu dans des régions que je connaissais. Je revis le marais aux ptérodactyles, sur ma gauche ; en face il y avait la clairière aux iguanodons. Maintenant je me trouvais dans la dernière ceinture boisée qui me séparait du Fort Challenger. Je poussai un cri joyeux pour dissiper leurs craintes ; un silence de mauvais augure fut la seule réponse que j'obtins ; mon cœur s'arrêta de battre. Vite je pris le pas de course. La zareba était devant moi, telle que je l'avais laissée, mais la porte était ouverte. Je me précipitai à l'intérieur. Dans la froide lumière matinale ce fut un terrifiant spectacle qui s'offrit à mes yeux. Nos affaires étaient éparpillées sur le sol dans un désordre inexprimable. Mes compagnons avaient disparu. Auprès des cendres fumantes de notre feu, l'herbe était tachée de sang : une mare écarlate me fit dresser les cheveux sur la tête.

Je crois que pendant quelques instants je perdis littéralement la raison. Je me rappelle vaguement, comme on se rappelle un mauvais rêve, avoir couru tout autour du camp et fouillé les bois, en hurlant les noms de mes camarades. L'ombre ne m'apporta aucun écho. Le désespoir m'envahit : ne les reverrais-je jamais ? Étais-je donc abandonné à mon funeste sort sur cette terre maudite ? Puisqu'il n'existait aucun moyen de descendre dans le monde civilisé, allais-je devoir vivre et mourir dans ce pays cauchemardesque ? Ce fut seulement à cet instant que je réalisai combien j'avais pris l'habitude de me reposer sur mes compagnons, sur la sereine confiance en soi de Challenger, sur le sang-froid et l'humour de lord Roxton. Privé d'eux, j'étais comme un enfant dans le noir, impuissant et tremblant. Je ne savais ni quoi faire ni comment agir.

Tout de même je me mis à réfléchir ; qu'était-il donc arrivé à mes compagnons ? L'aspect désordonné du camp indiquait qu'une sorte d'attaque s'était produite, et le coup de fusil révélait sans doute l'heure à laquelle elle avait eu lieu. Qu'il n'y en eût qu'un de tiré, voilà qui prouvait que l'attaque avait réussi en quelques secondes. Les armes étaient demeurées sur le sol, et l'une d'elles (le fusil de lord John) avait une cartouche vide dans la culasse. Les couvertures de Summerlee et de Challenger à côté du feu suggéraient qu'au moment de l'attaque ils dormaient. Les caisses de munitions et de vivres gisaient éparses dans un fouillis incroyable (ainsi que nos pauvres caméras et leurs plaques), mais aucune ne manquait. D'autre part, toutes les provisions étalées à l'air (et je me rappelai qu'il y en avait une grande quantité) avaient disparu. Par conséquent, l'attaque avait été déclenchée par des animaux, et non par des indigènes qui auraient tout emporté.

Mais s'il s'agissait d'animaux, ou d'un seul terrible animal, qu'étaient donc devenus mes compagnons ? Une bête féroce les aurait sûrement dévorés et aurait abandonné leurs restes. Je voyais bien une hideuse mare de sang : seul un monstre comme celui qui m'avait poursuivi pendant la nuit aurait été capable de transporter une victime aussi facilement qu'un chat une souris. Et dans ce cas, les autres l'auraient poursuivi. Mais ils n'auraient évidemment pas oublié de prendre leurs fusils... Plus j'essayais de produire avec mon cerveau épuisé une hypothèse qui concordât avec les faits, moins je trouvais d'explication valable. Et dans la forêt je ne décelai aucune trace qui pût m'aider : je battis même si consciencieusement les environs que je me perdis, et que je ne revins au camp qu'après une heure de marche errante.

Tout à coup une pensée me vint qui ranima en moi l'espoir. Je n'étais pas absolument seul au monde : en bas de l'escarpement et à portée de voix, le fidèle Zambo devait attendre mes ordres. Je me rendis sur le rebord du plateau et regardai par-dessus le gouffre. Naturellement il était là, accroupi parmi des couvertures près de son petit camp. Mais à ma stupéfaction un autre homme était assis en face de lui. Mon cœur tressaillit de joie car je crus d'abord que c'était l'un de mes compagnons. Mais un second coup d'œil dissipa cette erreur. Le soleil levant éclaira le visage rouge de l'homme. C'était un Indien. J'appelai, j'agitai mon mouchoir. Zambo m'entendit, me fit signe de la main, et grimpa sur le piton rocheux. Quelques instants plus tard il était debout tout près de moi, et

il écouta avec un chagrin sincère l'histoire que je lui contai.

– C'est le diable qui les a emportés, massa Malone ! Vous avez pénétré dans le pays du diable, pardi, et c'est le diable qui s'est vengé. Vous voulez mon avis, massa Malone ? Descendez vite, sinon il vous aura à votre tour.

– Mais comment pourrais-je descendre, Zambo ?

– Sur les arbres il y a des lianes, massa Malone. Jetez-les moi ; je les lierai bien fort, et ainsi vous aurez un pont pour passer.

– Nous y avions pensé ; le malheur est qu'il n'y a pas de lianes assez solides.

– Il faut envoyer chercher des cordes, massa Malone.

– Envoyer qui, et où ?

– L'Indien. Les autres l'ont battu et lui ont volé sa paye. Il est revenu vers nous. Il est prêt à prendre une lettre, à aller chercher une corde, n'importe quoi !

Prendre une lettre ! Pourquoi pas ? Peut-être pourrait-il chercher du secours ; en tout cas il rapporterait l'assurance que nous n'avions pas donné nos vies pour rien ; la nouvelle que nous avions gagné une bataille pour la science parviendrait à nos compatriotes. J'avais déjà deux lettres qui attendaient. Je passerais la journée à en écrire une troisième, et l'Indien les ferait parvenir au monde civilisé. Je donnai donc l'ordre à Zambo de revenir le soir, et j'occupai ma misérable journée à rédiger le récit de mes aventures personnelles de la nuit. J'écrivis également une lettre à remettre à n'importe quel Blanc, marchand ou marin ; j'y exposais la nécessité absolue que l'on confiât des cordes à notre porteur, puisque nos vies dépendaient de ce secours. Je jetai ces documents à Zambo le soir même, ainsi que ma bourse qui contenait trois souverains anglais : l'Indien reçut la promesse qu'il en recevrait le double s'il revenait avec des cordes.

Et maintenant vous voici à même de comprendre, cher monsieur McArdle, comment cette communication a pu vous parvenir. Vous voici également au courant de tout, pour le cas où vous ne reverriez jamais votre infortuné correspondant. Ce soir je suis trop las et trop déprimé pour dresser des plans. Demain il faudra pourtant que je me mette sur la piste de mes malheureux compagnons tout en demeurant en contact avec le Fort Challenger : tel est le problème que je dois résoudre absolument.

13
Un spectacle que je n'oublierai jamais

Quand le soleil descendit sous l'horizon, je vis la silhouette de l'Indien solitaire se profiler sur la vaste plaine à mes pieds, et je la suivis longtemps du regard : n'était-elle pas notre suprême espoir de salut ? Elle disparut enfin dans les brumes vaporeuses du soir, qui s'étaient levées entre le plateau et la rivière lointaine.

Il faisait tout à fait nuit lorsque, laissant derrière moi la lueur rouge du feu de Zambo, je revins mélancoliquement à notre campement ; néanmoins je me sentis satisfait ; au moins le monde saurait ce que nous avions fait, et nos noms ne périraient pas avec nos corps : ils demeureraient au contraire associés pour la postérité au résultat de nos travaux.

Dormir dans ce camp cruellement marqué par le destin était impressionnant ; moins effrayant toutefois que la jungle. Et je n'avais le choix qu'entre ces deux endroits. Par ailleurs la prudence la plus élémentaire m'imposait de me tenir sur mes gardes ; tandis que la nature d'autre part, vu mon épuisement, réclamait que je me repose tout à fait. Je grimpai sur une branche du grand arbre à épices, mais je cherchai en vain un recoin où me percher en sécurité ; je me serais certainement rompu le cou car, en dormant, serais tombé. Je redescendis donc et refermai la porte de la zareba ; j'allumai trois feux séparés, en triangle, je me préparai un souper confortable, et je m'endormis comme une masse.

Mon réveil fut aussi inattendu qu'heureux. Au petit jour une main se posa sur mon épaule. Je sursautai, empoignai mon fusil, et tous mes nerfs se tendirent. Mais je poussai un cri de joie : lord John était agenouillé à côté de moi.

C'était lui, et ce n'était pas lui. Il avait perdu son calme, la correction de sa personne, son élégance dans le vêtement. Il était pâle, ses yeux élargis avaient le regard d'une bête sauvage, il haletait en respirant comme quelqu'un qui aurait couru vite et longtemps. Son visage maigre était égratigné, ensanglanté, ses habits ressemblaient à des haillons, il n'avait plus de chapeau. Je le contemplais, abasourdi, mais il ne me donna pas le temps de l'interroger. Tout en parlant il rassemblait nos provisions.

— Vite, bébé ! Vite ! cria-t-il. Chaque seconde compte. Prenez les fusils, ces deux-là. J'ai les deux autres. Maintenant, toutes les cartouches que vous pouvez réunir. Remplissez-en vos poches. A présent, quelques vivres. Une demi-douzaine de boîtes de conserve suffiront. Parfait ! Ne perdez pas de temps à m'interroger ni à réfléchir. Filons ou nous sommes pris !

Encore embrumé de sommeil, et bien incapable d'imaginer ce que tout cela pouvait signifier, je me mis à courir follement derrière lui à travers la forêt, avec un fusil sous chaque bras et des boîtes de conserve dans les mains. Lord John faisait quantité de crochets au plus épais des broussailles jusqu'à ce qu'il arrivât devant un fourré. Il s'y précipita sans se soucier des épines, et me jeta par terre à côté de lui.

— Ouf ! souffla-t-il. Je crois qu'ici nous sommes en sécurité. Ils iront au Fort Challenger, c'est aussi sûr que deux et deux font quatre. Ce sera leur première idée. Mais je pense que nous les avons déroutés.

— Qu'est-ce qui s'est passé ? demandai-je quand j'eus

repris une respiration normale. Où sont les professeurs ? Et qu'est-ce qui nous donne la chasse ?

– Les hommes-singes ! Seigneur quelles brutes ! Ne parlez pas trop fort car ils ont de longues oreilles, des yeux perçants, mais guère d'odorat pour autant que j'aie pu en juger ; c'est pourquoi je ne crois pas qu'ils nous dépistent. Où étiez-vous donc, bébé ? Vous vous en êtes bien tiré, hein ?

En quelques phrases je lui narrai mes aventures.

– Plutôt moche ! fit-il quand je parlai du dinosaure et de la trappe. Ce n'est pas tout à fait le pays rêvé pour une cure de repos, hein ? Je m'en doutais, mais je ne l'ai vraiment compris que lorsque ces démons-là nous ont sauté dessus. Les cannibales Papous m'ont eu une fois, mais par comparaison à cette armée, c'étaient des anges !

– Comment est-ce arrivé ?

– Au petit jour hier matin, répondit-il. Nos amis savants ouvraient les yeux. Ils n'avaient pas encore commencé à se disputer. Et puis tout à coup il a plu des hommes-singes : exactement comme une pluie de grosses pommes quand vous secouez un pommier. Ils avaient dû se rassembler dans l'obscurité, je pense, jusqu'à ce que le grand arbre à épices en fût complètement garni. J'en ai abattu un d'une balle dans le ventre ; mais avant que nous ayons eu le temps de nous retourner ils s'étaient jetés sur notre dos. Je les appelle des singes, mais ils avaient aux mains des gourdins et des pierres, il baragouinaient un langage incompréhensible, et ils nous ligotèrent les mains avec des lianes : ce sont donc des animaux bien au-dessus de tous ceux que j'ai fréquentés dans mes explorations. Des hommes-singes, voilà ce qu'ils sont. L'anneau manquant comme ils disent... Ma foi je préférerais qu'il ait continué de manquer ! Ils ont emporté leur camarade que je n'avais que blessé et qui saignait comme un porc, puis ils se sont assis autour de nous. Des vrais visages d'assassins ! Et des costauds : aussi grands qu'un homme, mais plus forts ! Ils ont de curieux yeux gris vitreux sous des touffes rouges. Ils étaient assis et ils rigolaient, rigolaient ! Challenger n'a pas un cœur de poulet, mais là il arborait une mine lamentable. Il sauta tout de même sur ses pieds et leur cria d'en finir. Je crois qu'il avait un peu perdu la tête, car il entra dans une fureur épouvantable et les injuria... comme s'ils étaient de vulgaires journalistes !

– Et ensuite ? Qu'ont-ils fait ?

J'étais captivé par cette histoire extraordinaire que me chuchotait à l'oreille mon compagnon dont les yeux vifs ne cessaient de fouiller les environs. Il avait gardé la main sur son fusil chargé.

– Je croyais que c'était la fin de tout ; mais non ! Ce fut simplement le début d'une nouvelle ambiance. Ils jacassaient tous ensemble, discutaient... Puis l'un d'entre eux alla se placer à côté de Challenger. Vous pouvez sourire, bébé, mais, ma parole, on aurait dit deux cousins germains : si je ne l'avais pas vu, je ne l'aurais pas cru ! Le vieil homme-singe (leur chef) était une sorte de Challenger rouge, à qui ne manquait aucun des signes distinctifs de la beauté de notre distingué camarade : il les avait plutôt plus marqués, voilà tout ! Un corps court, de larges épaules, le buste rond, pas de cou, une grande barbe rouge en fraise, des sourcils hérissés en touffes, dans les yeux le « Qu'est-ce que ça peut vous fiche ? Allez au diable ! », bref tout le répertoire. Quand l'homme-singe qui était venu se placer à côté de Challenger lui mit la patte sur l'épaule, c'était parfait ! Summerlee se laissa aller à une crise d'hystérie, et il rit aux larmes. Les hommes-singes se mirent à rire eux aussi – ou du moins ils émirent je ne sais quelle friture avec leurs bouches – puis ils se mirent en devoir de nous emmener dans la forêt. Ils ne se hasardèrent pas à toucher nos fusils non plus qu'à toutes les choses qui étaient enfermées : sans doute les jugeaient-ils trop dangereuses. Mais ils emportèrent toutes nos provisions visibles. Summerlee et moi-même fûmes plutôt malmenés en route (ma peau et mes vêtements sont là pour le prouver !) car ils nous firent passer à travers les ronces : eux s'en moquent, ils ont une peau comme du cuir. Challenger lui ne souffrit de rien : quatre hommes-singes le transportèrent sur leurs épaules, et il s'en alla comme un empereur romain. Qu'est-ce que c'est que ça ?

Dans le lointain nous entendîmes un bruit sec de cliquetis ; on aurait dit des castagnettes.

— Ils sont par là ! murmura mon camarade tout en glissant des cartouches dans le second canon de son Express. Chargez vos fusils, bébé ! Je vous jure que nous ne serons pas pris vivants. Ils font ce chahut-là quand ils sont furieux... Ma foi, nous avons quelque chose qui les rendra encore plus furieux s'ils nous attaquent ! Les entendez-vous à présent ?

— Très loin d'ici.

— Je m'attends à ce qu'ils poursuivent leurs recherches dans toute la forêt... En attendant, écoutez le récit de nos malheurs. Ils nous transférèrent dans leur cité. Imaginez un millier de huttes en branchages dans un grand bouquet d'arbres près du rebord de l'escarpement. A cinq ou six kilomètres du Fort Challenger. Ces animaux répugnants me palpèrent sur tout le corps : j'ai l'impression que je ne pourrai plus jamais redevenir propre. Ils nous attachèrent ; le type qui s'occupa de moi aurait pu ligoter une famille entière ! Et ils nous obligèrent à nous étendre, les orteils pointant vers le ciel, sous un arbre. Une grande brute, avec un gourdin à la main, montait la garde. Quand je dis « nous », il s'agit seulement de Summerlee et de moi-même. Le cher vieux Challenger avait été hissé sur un arbre, il mangeait des pommes de pin, il vivait la grande heure de sa vie. Je dois dire qu'il s'arrangea pour nous porter des fruits et que de sa propre main il défit nos liens. Si vous l'aviez vu assis sur son arbre accouplé avec son frère jumeau, et chantant à pleine voix : « Sonnez, sonnez, cloches de nos cathédrales », car sa voix de basse roulante avait le don de mettre nos geôliers de bonne humeur, vous auriez bien ri ! Mais nous n'étions guère en humeur de rire, vous le devinez ! Les hommes-singes avaient tendance, sous réserve, à le laisser agir comme bon lui semblait, mais autour de nous ils montaient une garde sévère. Notre seule consolation était de penser que vous n'aviez pas été pris et que vous aviez mis vos archives à l'abri.

« Eh bien, bébé, je vais maintenant vous dire quelque chose qui vous étonnera ! Vous dites que vous avez vu des traces d'humanité et des feux, des trappes, et bien d'autres choses. Mais nous, nous avons vu des indigènes en personne. Ce sont de pauvres diables, des petits bonshommes rabougris, et rien de plus. Il semble que les

hommes occupent un côté de ce plateau, là-bas où vous avez découvert les cavernes, et que les hommes-singes occupent ce côté-ci. Il semble également qu'ils se livrent les uns aux autres une guerre sanglante. Voilà la situation, jusqu'à nouvel avis. Bien. Hier les hommes-singes se sont emparés d'une douzaine d'hommes et les ont faits prisonniers. Jamais dans notre vie vous n'avez entendu un tel concert ! Les hommes étaient de petits types rouges qui avaient été mordus et griffés au point qu'ils pouvaient à peine marcher. Les hommes-singes en mirent deux à mort pour commencer. A l'une des victimes ils arrachèrent presque complètement le bras. C'était parfaitement ignoble ! Ces hommes sont de petits guerriers

courageux : ils ne poussèrent aucun cri. Mais ce spectacle nous rendit malades. Summerlee s'évanouit, et Challenger en eut plus qu'il ne put en supporter... Je crois qu'ils ont disparu, hein ?

Nous écoutâmes intensément, mais seuls les appels des oiseaux s'égrenaient dans la forêt paisible. Lord John reprit le cours de son récit.

– Je crois que vous avez eu la chance de votre vie, bébé ! C'est parce qu'ils étaient occupés avec ces Indiens qu'ils vous oublièrent. Sinon ils seraient retournés au camp, et ils vous y auraient cueilli. Certainement vous aviez raison quand vous affirmiez qu'ils nous surveillaient depuis le début, et ils savaient très bien qu'un de nous manquait à l'appel. Heureusement ils ne pensaient plus qu'à leur nouveau coup de filet ; voilà pourquoi c'est moi, et non les hommes-singes, qui vous ai mis le grappin dessus ce matin. Car j'aime mieux vous dire que nous avons vécu ensuite un horrible cauchemar ! Seigneur, vous rappelez-vous le champ de bambous pointus où nous avons trouvé le squelette d'un Américain ? Eh bien, il est situé juste au-dessous de la cité des hommes-singes, et c'est là qu'ils font sauter leurs prisonniers. Je suis sûr que si nous allions y regarder de près nous découvririons quantité d'ossements. Sur le rebord de l'escarpement ils se livrent à une sorte de parade, à toute une cérémonie. L'un après l'autre les pauvres diables doivent sauter ; pour le public le jeu consiste à regarder s'ils sont mis en pièces avant ou s'ils sont précipités vivants sur le pal de ces joncs. Ils nous convièrent à ce spectacle. Toute la tribu était rangée sur le rebord. Quatre Indiens sautèrent : les joncs les transpercèrent comme des aiguilles une motte de beurre. Rien d'étonnant à ce que les roseaux aient écartelé notre pauvre Américain ! C'était horrible, mais passionnant ! Nous étions tous fascinés quand ils plongeaient, car nous attendions notre tour.

« Eh bien, notre tour n'est pas venu. Ils ont conservé six Indiens pour aujourd'hui, du moins à ce que j'ai compris, mais ils nous réservaient la vedette américaine. Challenger pourra peut-être s'en tirer, mais Summerlee et moi figurions sur la liste. Ils s'expriment autant par signes que par paroles, et il n'est pas trop difficile de les comprendre. Alors je me suis dit que c'était le moment d'intervenir. J'avais vaguement échafaudé un plan et en tout cas j'avais quelques idées fort claires en tête. Tout reposait sur moi, car Summerlee n'était plus bon à rien, et Challenger ne valait guère mieux. La seule fois qu'ils se sont trouvés l'un près de l'autre, ils se sont chamaillés parce qu'ils ne pouvaient pas tomber d'accord sur la classification de ces démons à tête rouge qui nous tenaient captifs. L'un affirmait qu'ils relevaient du dryopithécus de Java, l'autre soutenait qu'ils appartenaient à la famille des pithécanthropes. Des fous, hein ! Des mabouls ! Mais moi, comme je vous l'ai dit, j'avais en tête une ou deux idées utiles. La première était que sur un terrain ouvert ces brutes ne couraient pas aussi vite qu'un homme : ils ont des jambes courtaudes, arquées, et des corps lourds ; Challenger lui-même pourrait leur prendre une dizaine de mètres dans un sprint, tandis que vous et moi battrions tous leurs records. Ma seconde idée était qu'ils ignoraient tout des armes à feu. Je ne crois pas qu'ils aient réalisé comment j'avais blessé leur camarade. Alors si nous pouvions récupérer nos fusils, tout changerait.

De bonne heure ce matin donc, je suis intervenu. J'ai asséné à mon gardien un direct à l'estomac qui l'a étendu pour le compte, et j'ai piqué un sprint jusqu'au Fort Challenger. Là je vous ai trouvé, j'ai pris les fusils, et nous voilà planqués ici en attendant mieux.

— Mais les professeurs ? m'écriai-je consterné.

— Eh bien, il nous reste à retourner les chercher. Je ne pouvais pas les emmener avec moi. Challenger était sur son arbre et Summerlee n'aurait pas tenu le coup. La seule chance consistait à récupérer les fusils d'abord et à tenter un sauvetage. Évidemment ils ont pu entre-temps les massacrer pour se venger. Je ne pense pas qu'ils toucheront à Challenger ; mais je ne réponds de rien pour Summerlee. De toute façon ils l'avaient à leur merci. Voilà pourquoi je ne crois pas que ma fuite ait aggravé la situation. Mais l'honneur nous commande de retourner, de les sauver, ou de voir ce qu'il est advenu d'eux. Donc, bébé, prenez votre courage à deux mains : car avant ce soir nous aurons vaincu ou péri !

J'ai essayé d'imiter ici la manière de parler de lord Roxton : ses phrases brèves et caustiques, le ton mi-ironique mi-insouciant qu'il prit pour me faire son récit. Mais c'était un chef-né. Plus le danger se précisait, plus sa désinvolture se donnait libre cours : il parlait avec une verve endiablée, ses yeux froids brillaient d'une vie ardente, sa moustache à la Don Quichotte frétillait d'excitation. Son amour du danger, son sens dramatique de l'existence, sa conviction qu'un péril était un sport comme un autre (un match entre vous et le destin, avec la mort comme enjeu) faisaient de lui un compagnon incomparable pour des moments pareils. Si nous n'avions pas eu à redouter le pire pour nos professeurs, j'aurais participé avec une vraie joie à l'affaire où il m'entraînait. Nous nous levions de notre fourré, quand je sentis sa main sur mon bras.

– Sapristi ! fit-il. Les voici !

De là où nous nous tenions, nous pouvions distinguer une sorte de nef brune, avec des arches de verdure, constituée par des troncs et des branches. Dans cette nef les hommes-singes défilaient l'un derrière l'autre, en tournant la tête de gauche à droite et de droite à gauche tout en trottant. Leurs mains touchaient presque le sol. Leur démarche accroupie les faisait paraître plus petits, mais ils avaient bien un mètre soixante, avec de longs bras et des torses énormes. La plupart portaient des gourdins. A distance ils ressemblaient à des êtres humains très déformés et très velus. Je pus les suivre quelque temps du regard, puis ils se perdirent dans les broussailles.

— Ce n'est pas pour cette fois ! dit lord John qui avait relevé son fusil. Nous ferions mieux d'attendre tranquillement qu'ils aient terminé leurs recherches. Ensuite nous verrons si nous pouvons revenir à leur cité et les frapper au plus sensible. Donnons-leur une heure, et nous nous mettrons en route.

Nous occupâmes nos loisirs en ouvrant une boîte de conserve et en prenant notre petit déjeuner. Depuis la veille au matin, lord Roxton n'avait mangé que quelques fruits, et il dévora avec l'appétit d'un homme affamé. Puis, nos poches étant bourrées de cartouches, nous partîmes avec un fusil dans chaque main pour notre opération de sauvetage. Avant de partir, toutefois, nous repérâmes soigneusement notre petite cachette dans les fourrés et sa position par rapport au Fort Challenger, afin que nous pussions y revenir en cas de besoin. Nous traversâmes les broussailles en silence jusqu'aux abords de notre vieux camp. Nous fîmes halte et lord John m'expliqua son plan.

— Tant que nous sommes au milieu de la forêt, ces bandits nous dominent, me dit-il. Ils peuvent nous voir, et nous, nous ne les voyons pas. Mais en terrain dégagé c'est différent. Là nous nous déplaçons plus vite qu'eux. C'est pourquoi nous devons nous maintenir le plus possible en terrain ouvert. Le bord du plateau possède moins de gros arbres que l'intérieur des terres. Nous le longerons de près. Marchez lentement, ouvrez vos yeux et tenez prêt votre fusil. Surtout ne vous laissez jamais capturer tant qu'il vous restera une cartouche ! Voilà, bébé, mon dernier mot.

Quand nous atteignîmes le rebord de l'escarpement, je me penchai et vis notre bon Zambo qui fumait paisiblement sur un rocher en dessous de nous. J'aurais donné beaucoup pour l'alerter et l'informer de notre situation, mais nos voix auraient pu donner l'alarme. Les bois semblaient regorger d'hommes-singes ; constamment nous entendions leur bizarre langage qui résonnait comme un cliquetis. Aussitôt nous plongions dans le fourré le plus proche et nous restions immobiles jusqu'à ce que tout bruit eût disparu. Autant dire que nous n'avancions que très lentement, et ce ne fut qu'au bout de deux heures que je compris d'après certains mouvements prudents de lord John que nous n'étions pas loin de la cité des hommes-singes. Il me fit signe de m'étendre, de ne pas bouger, et lui-même rampa en avant. Une minute plus tard il était de retour ; son visage était bouleversé.

– Venez ! dit-il. Venez vite ! Je prie Dieu pour que nous n'arrivions pas trop tard !

Je me mis à trembler d'excitation nerveuse tout en approchant à quatre pattes d'une clairière qui s'ouvrait derrière les buissons.

Alors je vis un spectacle que je n'oublierai jamais avant le jour de ma mort : si singulier, si incroyable que je me demande comment vous le représenter. Dans quelques années pourrai-je croire encore que je l'ai vu ? (Dans quelques années... à condition que je sois encore en vie et que je puisse retrouver le confort du Club des Sauvages !)

Je suis sûr que tout cela me paraîtra un cauchemar épouvantable, une sorte de délire dû à des fièvres... Pourtant je vais le décrire, puisque j'en ai le souvenir frais, et un homme au moins, celui qui gisait couché dans l'herbe humide à côté de moi, témoignera que je n'ai pas menti.

Un espace large, bien dégagé s'étendait devant nous sur plusieurs centaines de mètres : rien que du gazon vert et des fougères basses jusqu'au rebord de l'escarpement. Autour de cette clairière il y avait un demi-cercle d'arbres bourrés branche sur branche de curieuses huttes en feuillage. Qu'on imagine une rouquerie, chaque nid constituant une petite maison. Toutes les ouvertures des huttes et les branches des arbres étaient peuplées d'une foule compacte d'hommes-singes qui devaient être, vu leur taille, les femelles et les petits de la tribu. De ce tableau ils formaient l'arrière-plan, et ils regardaient avec un intérêt passionné une scène qui nous stupéfia.

Sur la pelouse, près du bord de l'escarpement, plusieurs centaines de ces créatures à poils rouges et longs étaient rassemblées. Il y en avait d'une taille formidable, mais tous étaient horribles à regarder. Une certaine discipline régnait parmi eux, car aucun n'essayait de déborder de la ligne qu'ils formaient. Devant se tenait un petit groupe d'Indiens aux muscles frêles et dont la peau était d'un brun tirant sur le rouge ; cette peau luisait au soleil comme du bronze bien astiqué. Un homme blanc, grand et maigre, était debout à côté d'eux ; il avait croisé les bras et baissé la tête ; toute son attitude exprimait l'horreur et le dégoût. Sans aucun doute c'était bien la silhouette anguleuse du professeur Summerlee.

Autour de ce groupe de prisonniers, il y avait plusieurs hommes-singes qui les gardaient de près et qui rendaient toute évasion impossible. Puis, nettement à part et tout près du rebord de l'escarpement, se détachaient deux créatures, si bizarres et, en d'autres circonstances, si grotesques, qu'elles attirèrent mon attention. L'une était notre compagnon le professeur Challenger ; les débris de sa veste pendaient encore à ses épaules, mais sa chemise avait été arrachée et sa grande barbe se confondait avec le fouillis noir des poils de sa poitrine ; il avait perdu son chapeau ; ses cheveux, qui avaient poussé fort longs depuis le début de nos aventures, se hérissaient en désordre sur sa tête. En un seul jour ce produit sensationnel de la civilisation moderne s'était métamorphosé en un sauvage de l'Amérique du Sud ! A son côté se tenait son maître, le roi des hommes-singes. Lord John ne s'était pas trompé en affirmant que le roi des hommes-singes ressemblait au professeur Challenger, avec cette unique différence qu'il avait la peau rouge : même charpente trapue et massive, mêmes épaules larges, même manière de laisser pendre les bras, même barbe frémissante tombant jusque sur le torse velu. Toutefois, au-dessus des sourcils, le front bas, oblique et le crâne voûté de l'homme-singe contrastaient avec le front haut et le crâne magnifiquement développé de l'Européen. Ceci mis à part, le roi était une caricature du Professeur.

Ce spectacle, que je décris bien longuement, se grava dans mon esprit en deux ou trois secondes. Et nous eûmes ensuite bien d'autres sujets de réflexion, car une action dramatique allait se jouer. Deux hommes-singes avaient empoigné un Indien, l'avaient sorti du groupe et conduit sur le rebord de l'escarpement. Le roi leva la main : c'était le signal. Ils prirent l'Indien par les bras et les jambes, le balancèrent à trois reprises avec une violence croissante, puis, de toutes leurs forces, ils le lancèrent par-dessus le précipice : ils y mirent tant de force que le pauvre diable dessina une courbe dans les airs avant de commencer à tomber. Toute la foule, sauf les

gardiens, se rua alors vers le rebord de l'escarpement, et une longue pose de silence absolu s'ensuivit, qu'interrompit brusquement un hurlement de joie sauvage : tous les hommes-singes se mirent à bondir dans une danse frénétique, levèrent leurs longs bras poilus, jusqu'à ce qu'ils se retirassent du rebord de l'escarpement pour se reformer en ligne et attendre la prochaine victime.

Cette fois, c'était Summerlee. Deux de ses gardiens le saisirent par les poignets et le tirèrent brutalement sur le devant de la scène. Il chancelait sur ses longues jambes maigres, tel un poussin qui sort de l'œuf. Challenger s'était tourné vers le roi et agitait ses mains désespérément en suppliant que fût épargnée la vie de son camarade. L'homme-singe le repoussa rudement et secoua la

tête : ce fut là son dernier geste conscient sur cette terre. Le fusil de lord John claqua : le roi s'effondra sur le sol ; le sang s'échappait de lui comme d'une vessie crevée.

– Tirez dans le tas ! Tirez ! Bébé, tirez !

Dans l'âme de l'homme moyen, il y a d'étranges replis couleur de sang. Je suis d'une nature tendre, et il m'est arrivé bien des fois d'avoir la larme à l'œil devant un lièvre blessé. Mais là j'étais assoiffé de meurtre. Je me surpris moi-même debout, vidant un chargeur, puis un autre, puis rechargeant un fusil, puis le vidant, puis rechargeant le second, puis tirant encore, tout en criant et riant : je n'étais plus que férocité et joie de tuer. Avec nos quatre fusils nous fîmes un horrible carnage. Les deux gardes qui tenaient Summerlee avaient été abattus, et le professeur vacillait comme un homme ivre, incapable de réaliser qu'il était libre. La foule des hommes-singes courait dans tous les sens, stupéfaite, cherchant à savoir d'où venait cette tempête de mort et ce qu'elle signifiait. Ils gesticulaient, hurlaient, trébuchaient sur les cadavres. Enfin, d'un seul mouvement, ils se précipitèrent tous ensemble dans les arbres pour y chercher un abri, laissant derrière eux le terrain couvert de je ne sais combien de leurs camarades. Les prisonniers demeurèrent seuls au milieu de la clairière.

Le cerveau de Challenger fonctionnait très vite : il ne tarda pas à comprendre la situation. Il saisit l'ahuri Summerlee par le bras et tous deux coururent vers nous. Deux de leurs gardiens bondirent pour les arrêter, mais lord John les expédia au paradis des hommes-singes. Nous nous précipitâmes au-devant de nos compagnons et nous leur remîmes à chacun un fusil. Hélas, Summerlee était à la limite de ses forces ! C'est à peine s'il pouvait se tenir debout. Et déjà les hommes-singes se ressaisissaient : ils redescendaient de leurs arbres, revenaient par les fourrés pour nous couper la retraite. Challenger et moi entraînâmes Summerlee en le soutenant chacun par un coude, tandis que lord John, tirant sans relâche sur les enragés qui surgissaient des buissons, couvrait notre retraite. Pendant deux kilomètres, ces brutes nous talonnèrent. Tout de même, ayant appris à connaître notre puissance de feu, ils abandonnèrent la poursuite pour ne plus avoir à affronter le fusil meurtrier de lord John. Quand nous regagnâmes le Fort Challenger, nous nous retournâmes : nous étions seuls.

Du moins nous le crûmes, mais nous nous trompions. A peine avions-nous refermé la porte épineuse de notre zareba que nous tombâmes dans les bras les uns des autres ; puis haletants et essoufflés nous nous allongeâmes sur le sol près de notre source ; mais nous n'avions pas encore commencé à nous rafraîchir que nous entendîmes des pas et de doux petits cris derrière notre clôture. Lord John se releva d'un bond, prit son fusil et ouvrit la porte : là, prosternés sur le sol, les quatre petits Indiens rouges qui avaient survécu au massacre venaient implorer notre protection : ils tremblaient de peur ; dans un geste expressif, l'un d'eux désigna du doigt les bois environnants pour nous annoncer qu'ils étaient pleins de périls ; après quoi, il se précipita vers lord John, enlaça ses jambes avec ses deux bras, et appuya la tête contre ses chevilles.

– Ça alors ! s'exclama lord John en tirant sur sa moustache avec perplexité. Dites donc... qu'est-ce que nous allons faire de ces gens-là ? Relève-toi, petit bonhomme ! Ote ta tête de dessus mes bottes !

Summerlee s'était mis sur son séant et il bourrait sa vieille pipe de bruyère.

– Nous ne pouvons les chasser, dit-il. Vous nous avez tous tirés des griffes de la mort. Ma parole, vous avez fait du beau travail !

– Du travail admirable ! renchérit Challenger. Admirable ! Non seulement nous, en tant qu'individus, mais toute la science européenne prise collectivement, nous vous devons une immense gratitude pour ce que vous avez fait ! Summerlee et moi-même, je n'hésite pas à le dire, aurions laissé un vide considérable dans l'histoire moderne de la zoologie si nous avions disparu ! Notre jeune ami et vous-même vous avez été merveilleux !

Il nous dédia son vieux sourire paternel, mais la science européenne aurait été plutôt surprise si elle avait pu voir l'élu de son cœur et son espoir de demain avec un visage sale et hirsute, un torse nu, des vêtements en lambeaux. Il avait une boîte de conserve entre ses genoux, et ses doigts tenaient un gros morceau de mouton froid. L'Indien le regarda, puis, avec un petit cri, il replongea vers le sol et se cramponna à la jambe de lord John.

— N'aie pas peur, mon enfant ! dit lord John en caressant la tête tressée de l'Indien. Il a du mal à supporter votre image, Challenger, et, ma foi, je ne m'en scandalise pas ! Tout va bien, petit homme ; c'est aussi un homme, un homme comme toi et moi.

— Réellement, monsieur !... protesta le Professeur.

— Hein ? Vous avez de la chance, Challenger, d'être un tant soit peu hors de l'ordinaire ! Si vous n'aviez pas ressemblé au roi...

— Sur mon honneur, lord John Roxton, vous vous permettez de grandes libertés !

— Hein ? C'est un fait !

— Je vous prierai, monsieur, de changer de sujet. Vos observations sont tout à fait déplacées et incompréhensibles. La question qui se pose est de décider ce que nous allons faire de ces Indiens. Il faut évidemment les escorter chez eux ; encore devons-nous pour cela savoir où ils habitent.

— Pas de difficultés sur ce point, dis-je. Ils habitent dans les cavernes qui sont de l'autre côté du lac central.

— Notre jeune ami sait où ils habitent. Je pense que c'est à une bonne distance ?

— Trente-cinq kilomètres à peu près.

Summerlee poussa un gémissement.

— Pour ma part, je ne pourrai jamais y arriver. D'ailleurs j'entends ces brutes qui sont encore sur nos traces.

En effet, du fond des bois jaillit le cri des hommes-singes. Les Indiens se relevèrent, tout tremblants.

– Il faut partir, et vite ! ordonna lord John. Vous, bébé, vous aiderez Summerlee. Les Indiens porteront nos provisions. Allons, filons avant que nous ne soyons repérés !

En moins d'une demi-heure nous avions gagné notre refuge parmi les fourrés, et nous nous y dissimulâmes. Toute la journée nous entendîmes les cris excités des hommes-singes ; ces cris venaient de la direction de notre vieux camp ; mais personne ne nous dépista et nous passâmes la nuit à dormir profondément : Rouges ou Blancs, nous étions épuisés. Dans la soirée j'étais déjà en train de sommeiller quand je me sentis tirer par la manche ; c'était Challenger, agenouillé auprès de moi.

– Vous tenez bien un journal des événements, et vous avez la ferme intention de le publier, n'est-ce pas, monsieur Malone ? me demanda-t-il d'un air solennel.

– Je ne suis ici qu'en qualité de journaliste, répondis-je.

– Très juste ! Vous avez pu entendre quelques observations assez sottes de lord John Roxton, et qui paraissaient conclure à je ne sais quelle... ressemblance... ?

– Oui, je les ai entendues.

– Je n'ai nul besoin d'insister sur ceci : toute publicité faite autour d'une pareille idée... en dehors d'un manque évident de sérieux qui réduirait la portée de votre récit, serait considérée par moi comme une offense très grave.

– Je resterai dans les limites de la vérité.

– Les remarques de lord John procèdent souvent de la fantaisie la plus haute ; ainsi est-il capable d'attribuer d'absurdes raisons au respect dont témoignent toujours les races non développées à l'égard du caractère et de la dignité. Vous voyez ce que je veux dire ?

– Très bien !

– Je laisse donc à votre discrétion le soin de traiter cette affaire...

Il s'interrompit, se tut, puis reprit :

— Le roi des hommes-singes était d'ailleurs une créature extrêmement distinguée... une personnalité très forte et d'une intelligence supérieure. Vous n'en avez pas été frappé ?

— Une créature très remarquable en effet ! dis-je.

Rassuré, le Professeur se recoucha et s'endormit paisiblement

14
Ces conquêtes-là valaient la peine!

Nous avions supposé que les hommes-singes n'avaient pas repéré notre cachette, mais nous ne tardâmes pas à découvrir que nous nous étions trompés. Les bois étaient silencieux, pas une feuille ne remuait sur les arbres, la paix semblait nous envelopper : il est extravagant que l'expérience ne nous ait pas incités à nous méfier davantage de la ruse et de la patiente ténacité de ces créatures qui savaient guetter et attendre leur chance. J'ignore tout du destin qui m'est réservé : cependant je suis sûr que je ne me trouverai jamais plus près de la mort que je ne le fus ce matin-là. Je vais vous conter les choses par le menu et dans l'ordre.

Après toutes nos émotions de la veille, nous nous réveillâmes très fatigués. Summerlee était encore si faible que pour se tenir debout il devait faire effort ; mais ce vieil homme possédait une sorte de courage acidulé qui lui interdisait d'admettre la défaite. Nous nous réunîmes en conseil, et il fut décidé d'un commun accord que nous attendrions tranquillement à l'endroit où nous nous trouvions, que nous prendrions un copieux petit déjeuner dont nous avions tous grand besoin, puis que nous nous mettrions en route vers le lac central que nous contournerions pour accéder aux cavernes où les Indiens, selon mes observations, habitaient. Nous nous basions sur la promesse que nous avaient faite les Indiens que nous avions sauvés : leurs compatriotes nous réserveraient un accueil chaleureux. Ensuite, notre mission se trouvant accomplie puisque nous serions entrés en possession de tous les secrets de la Terre de Maple White, nous nous préoccuperions de découvrir le moyen de quitter le plateau et de rentrer dans le monde civilisé. Challenger lui-même convint que nous avions fait tout ce qui était possible, et que notre premier devoir consistait à rapporter à la science moderne les étonnantes découvertes que nous avions accumulées.

Nous eûmes alors le loisir de considérer d'un peu plus près les Indiens qui nous accompagnaient. C'étaient des hommes petits, secs, nerveux, actifs, bien bâtis, dont les cheveux noirs et plats étaient réunis derrière la tête par un chignon tenu par une lanière de cuir ; leurs pagnes aussi étaient en cuir. Ils avaient un visage imberbe, bien dessiné et ouvert. Leurs oreilles avaient le lobe qui pendait, ensanglanté et déchiré : sans doute avait-il été percé pour porter des bijoux que leurs ravisseurs avaient arrachés. Ils s'exprimaient dans une langue incompréhensible pour nous, mais ils parlaient beaucoup : ils se désignaient les uns les autres en prononçant le mot « Accala » ; nous en inférâmes qu'il s'agissait du nom de leur nation. De temps à autre, leurs figures se révulsaient sous l'effet de la terreur et de la haine, ils agitaient leurs bras en direction des bois, et ils criaient : « Doda ! Doda ! » ; c'était sûrement ainsi qu'ils appelaient leurs ennemis.

– Qu'est-ce que vous pensez d'eux ? demanda au professeur Challenger lord John Roxton. Pour moi une chose est claire : le petit bonhomme qui a la tête rasée est un chef de leurs tribus.

Il était en effet patent que cet homme avait un rang à part, et que les autres ne s'adressaient à lui qu'avec les marques d'un profond respect. Il semblait le plus jeune ; et pourtant il était si fier, si indépendant, que lorsque Challenger posa sa grande main sur sa tête il sursauta et piaffa comme un pur-sang éperonné : ses yeux lancèrent des éclairs et il s'éloigna du Professeur ; à quelques pas il plaça sa main sur sa poitrine, et, fort dignement, prononça plusieurs fois le mot : « Maretas ». Le Professeur, sans se laisser démonter, s'empara de l'épaule de l'Indien le plus proche et commença une conférence à son sujet comme s'il se trouvait dans un amphithéâtre universitaire.

– Le type de cette race, dit-il d'une voix sonore, ne peut pas être considéré comme inférieur, à en juger par sa capacité crânienne, son angle facial, etc. Au contraire, nous devons le placer sur l'échelle bien plus haut que nombre de tribus sud-américaines que je pourrais mentionner. L'évolution d'une telle race en cet endroit ne s'explique par aucune supposition normale. De même il existe un fossé béant entre ces hommes-singes et les animaux primitifs qui ont survécu sur ce plateau. Il est impossible de croire qu'ils auraient pu se développer là où nous les avons découverts.

– Alors, d'où diable sont-ils tombés ? demanda lord John.

– Question qui donnera sans doute lieu à d'âpres discussions chez les savants des deux hémisphères ! repondit le Professeur. L'idée personnelle que je me fais de la situation... pour autant que cette idée soit valable, ajouta-t-il en bombant le torse et en jetant à la ronde des regards insolents, est que l'évolution a abouti, compte tenu des conditions particulières de ce pays, au stade vertébré, et que les vieux types ont survécu et ont coexisté avec les nouveaux. C'est ainsi que nous trouvons des animaux aussi modernes que le tapir (animal qui possède un pédigrée très long), le grand cerf et le fourmilier en compagnie des formes reptiliennes du type jurassique. Jusqu'ici c'est clair. Maintenant voici les hommes-singes, et voici les Indiens. Que peut penser l'esprit scientifique de leur présence ? Je ne peux pas envisager deux hypothèses ; une me suffit . ils ont envahi le plateau. Il est probable qu'il existait en Amérique du Sud un singe anthropoïde qui autrefois s'est frayé un chemin jusqu'ici et qu'il s'est développé sous la forme des créatures que nous avons vues, et dont quelques-unes (il me regarda fixement) étaient d'un aspect et d'une taille qui, accompagnées d'une intelligence correspondante, auraient fait honneur, je n'hésite pas à le dire, à n'importe quelle race humaine vivante. Quant aux Indiens, je suis persuadé qu'ils sont des immigrants récemment venus d'en bas. Sous la nécessité de la famine ou dans des buts de conquête ils sont arrivés sur le plateau. Devant les féroces créatures qu'ils n'avaient jamais vues auparavant ils se sont réfugiés dans des cavernes telles que les a décrites notre jeune ami, mais ils ont dû livrer de durs combats pour tenir le pays contre les bêtes sauvages, et spécialement contre les hommes-singes qui les ont considérés comme des intrus et qui ont dès lors engagé contre eux une guerre sans merci avec une intelligence rusée qui fait défaut à de plus grosses bêtes. D'où le fait qu'ils ne sont pas très nombreux. Eh bien, messieurs, l'énigme est-elle résolue ? ou y a-t-il encore quelques points à éclaircir pour votre gouverne ?

Une fois n'est pas coutume : le professeur Summerlee était trop épuisé pour discuter ; ce qui ne l'empêcha pas toutefois de secouer énergiquement la tête pour manifester son désaccord total. Lord John murmura que n'ayant pas la classe suffisante et ne faisant pas le poids, il n'avait pas à argumenter. Quant à moi je me cantonnai dans mon rôle habituel, c'est-à-dire ramener mes compagnons sur terre par une remarque prosaïque : je déclarai que l'un des Indiens était manquant.

— Il est allé chercher de l'eau, répondit lord John. Nous lui avons donné une boîte de conserve vide et il est parti.

— Vers le Fort Challenger ? demandai-je.

— Non, au ruisseau. Dans les arbres, tout près. Il n'y a pas plus de deux cents mètres. Mais il prend tout son temps, voilà tout !

– Je vais voir ce qu'il devient, dis-je.

Je pris mon fusil et marchai sans me hâter dans la direction du ruisseau. Il peut vous paraître surprenant que j'aie quitté le refuge de notre accueillant fourré ; mais rappelez-vous, s'il vous plaît, que nous étions à plusieurs kilomètres de la cité des hommes-singes, que nous n'avions aucune raison de supposer qu'ils avaient découvert notre retraite, et qu'avec un fusil en main je n'avais pas peur d'eux. Je ne connaissais pas encore toute leur ruse et toute leur force.

Quelque part devant moi le ruisseau gazouillait, mais entre lui et moi il y avait un fouillis d'arbres et d'arbustes. Je m'y aventurai et, juste à un endroit que de leur cachette mes compagnons ne pouvaient pas apercevoir, je remarquai une sorte de paquet rouge parmi les buissons. Je m'approchai : c'était le corps de l'Indien manquant. Il était couché sur le flanc, ses membres étaient tirés vers le haut, et sa tête faisait avec le corps un angle tout à fait bizarre : il donnait l'impression de regarder droit par-dessus son dos. Je poussai un cri pour alerter mes camarades, et je me penchai au-dessus du cadavre. Sûrement mon ange gardien me protégeait-il ! Est-ce une peur instinctive, ou un bruissement léger dans les feuilles, qui me fit lever les yeux en l'air ? Toujours est-il que du grand feuillage épais qui pendait au-dessus de ma tête, je vis descendre deux longs bras musclés couverts de poils rouges. Une demi-seconde plus tard ces deux mains énormes m'auraient serré la gorge. Je fis un saut en arrière ; mais malgré ma promptitude, ces mains furent encore plus promptes. Mon saut les empêcha de m'étreindre pour un coup mortel, mais l'une d'elles m'empoigna par la nuque et l'autre par le menton. Je levai les mains pour protéger ma gorge ; une patte gigantesque s'en empara. Tiré légèrement au-dessus du sol, je sentis une pression intolérable qui ramenait ma tête en arrière, toujours plus en arrière, jusqu'à ce que l'effort sur la première vertèbre cervicale fût trop violent pour que je pusse le supporter. Tout tourna autour de moi, mais j'eus la force de tirer sur la main qui emprisonnait les miennes et de l'ôter de mon menton. Je regardai en l'air et je vis un visage horrible, avec des yeux bleu clair, inexorables qui plongeaient dans les miens. Il y avait dans ce regard terrible une force hypnotique qui m'interdisait de lutter plus longtemps. Quand l'animal sentit que je m'amollissais sous sa prise, deux canines blanches brillèrent de chaque côté de sa bouche hideuse, et son étreinte se resserra sur mon menton, le forçant à remonter en arrière... Un brouillard mince, opalin se forma devant mes yeux, et j'entendis des clochettes tinter dans mes oreilles. A demi évanoui, je discernai pourtant un coup de fusil ; alors j'eus à peine conscience que je retombais lourdement sur le sol ; j'y demeurai immobile, sans connaissance.

Je repris mes sens sur l'herbe au milieu des fourrés qui nous servaient de refuge ; j'étais couché sur le dos ; quelqu'un avait été chercher de l'eau au ruisseau, et lord John m'en aspergeait la tête, tandis que Challenger et Summerlee me soutenaient ; leurs visages étaient dévorés d'anxiété. Pendant un moment ils consentirent à n'être que des hommes, à laisser tomber leurs masques de savants. C'était le choc qui m'avait étourdi plutôt qu'une véritable blessure, car au bout d'une demi-heure, en dépit d'une migraine et d'un torticolis, j'étais de nouveau assis et disposé à faire n'importe quoi.

— Mais là, bébé, il s'en est fallu d'un cheveu ! dit lord John. Quand je vous ai entendu crier, j'ai couru, j'ai vu votre tête à demi tordue, et vos chaussures qui gigotaient en l'air. Alors j'ai bien cru que vous étiez mort ! J'ai manqué votre singe dans ma précipitation, mais il vous a laissé retomber et il a filé comme un zèbre. Ah, si j'avais cinquante hommes avec des fusils ! Je débarrasserais la clairière de cette bande infernale, et je laisserais le pays un peu plus en paix que nous ne l'avons trouvé !

Quoi qu'il en fût il était certain que les hommes-singes

nous avaient découverts, et qu'ils nous épiaient de tous côtés. Nous n'avions pas grand-chose à craindre d'eux pendant le jour, mais la nuit ils nous attaqueraient sûrement. Donc plus tôt nous nous éloignerions, et mieux nous nous sentirions en sécurité. Sur trois côtés autour de nous la forêt multipliait ses embuscades. Mais le quatrième côté, qui descendait en pente douce vers le lac central, n'était garni que de broussailles ; il n'y avait que peu d'arbres, et séparés en tout cas par plusieurs clairières. C'était en fait la route que j'avais prise au cours de mon exploration solitaire : elle nous conduisait droit vers les cavernes des Indiens ; nous n'avions donc qu'à la suivre.

A notre grand regret nous tournâmes le dos au Fort Challenger : nous en étions fâchés non seulement à cause des provisions dont il était pourvu, mais parce que nous perdions ainsi le contact avec Zambo. Toutefois, nous étions munis de cartouches, nous avions nos fusils, et pendant un certain temps nous pourrions vivre sur des conserves. D'ailleurs nous espérions revenir bientôt et rétablir notre communication avec Zambo. Il nous avait loyalement promis de rester au pied du piton rocheux, et nous savions qu'il tiendrait parole.

Ce fut au début de l'après-midi que nous nous mîmes en marche. Le jeune chef avait pris la tête pour nous servir de guide, mais il s'était refusé avec indignation à porter le moindre fardeau. Derrière lui venaient les deux autres Indiens chargés de nos richesses. Nous quatre, les Blancs, marchions en file, le fusil armé à la main, et prêts à intervenir. Quand nous partîmes, des bois jusqu'ici silencieux s'éleva un long hurlement derrière nous : les hommes-singes manifestaient ainsi leur triomphe, ou leur mépris, devant notre fuite. En regardant dans les arbres, nous n'aperçûmes que des branches et des feuilles, mais à n'en pas douter derrière cet écran se dissimulait toute une armée hostile. Nous ne fûmes l'objet d'aucune poursuite, cependant, et nous nous trouvâmes bientôt à ciel découvert, hors de leur pouvoir.

Tout en marchant en queue de notre cortège, je ne pouvais m'empêcher de sourire à la vue de mes trois compagnons. L'Angleterre ne possédait certainement pas de chemineaux plus loqueteux ! Il n'y avait pourtant qu'une semaine que nous étions arrivés sur le plateau ; mais tous nos vêtements et notre linge de réserve étaient demeurés dans le camp d'en bas. Et cette semaine-là avait été exceptionnellement pénible, fertile en aventures ! Moi, par chance, j'avais échappé aux hommes-singes ; tandis que dans cette bagarre mes camarades avaient perdu entre autres choses leurs chapeaux, qu'ils avaient remplacés par des mouchoirs noués autour de leurs têtes, et leurs visages mal rasés étaient méconnaissables. Summerlee et Challenger boitaient. Je traînais les pieds, car j'étais encore mal remis de ma chute du matin, et j'avais le cou raide comme une planche. Nous formions vraiment une triste équipe, et je n'avais pas lieu d'être surpris des regards horrifiés ou étonnés qu'échangeaient parfois les Indiens en nous regardant.

Tard dans l'après-midi nous parvînmes au bord du lac. Quand nous émergeâmes des buissons et que nous aperçûmes la nappe d'eau qui s'étendait devant nous, les Indiens poussèrent un cri de joie et tendirent les bras devant eux. Le paysage était vraiment magnifique. Balayant toute la surface argentée, une grande flotte de canoës se dirigeait droit vers le rivage où nous nous trouvions. Ils étaient encore à quelques kilomètres quand nous les distinguâmes, mais ils avançaient avec une rapidité extraordinaire, et bientôt les rameurs furent en mesure de nous repérer. Immédiatement un formidable cri de joie s'éleva des embarcations : les indigènes se mettaient debout, agitaient leurs pagaies et leurs lances ; ce fut un moment de vrai délire collectif. Puis ils se courbèrent à nouveau pour reprendre leur tâche et les canoës foncèrent sur l'eau pour s'échouer sur le sable en pente. Les Indiens sautèrent alors à terre et coururent se prosterner devant leur jeune chef. Ils s'époumonaient à manifester leur allégresse. Finalement un homme âgé se précipita pour embrasser le plus tendrement du monde le jeune garçon que nous avions sauvé : ce vieillard portait un collier et un bracelet confectionnés tous deux de gros grains de cristal lumineux ; sur ses épaules était nouée la peau mouchetée, couleur d'ambre, d'un très bel animal. Il nous regarda et posa quelques questions ; après que les réponses lui furent faites, il s'avança vers nous avec une dignité pleine de noblesse et nous embrassa les uns après les autres. Puis il donna un ordre, et toute la tribu se prosterna devant nous pour nous rendre hommage. Personnellement je me sentais intimidé et mal à l'aise devant une telle adoration obséquieuse ; je lus des sentiments analogues sur les visages de lord John et de Summerlee ; mais Challenger s'épanouit comme une rose au soleil.

– Ce sont peut-être des hommes non développés, nous dit-il en pointant la barbe en avant, mais leur comportement en face d'hommes supérieurs, pourrait servir de leçon à quelques-uns de nos Européens si avancés. Les instincts de l'homme naturel sont décidément aussi corrects que bizarres !

Il nous apparut que les indigènes étaient sur le sentier de la guerre, car chacun était armé d'une lance (un long bambou terminé par un os pointu), d'un arc et de flèches, plus d'une sorte de gourdin ou de hache de pierre qui pendait à son côté. Ils regardaient avec colère les bois d'où nous étions venus, et ils répétaient sans cesse le mot « Doda ». Certainement c'était là une troupe de renfort destinée à sauver ou à venger le fils du vieux chef, car tout laissait supposer que le jeune homme était le fils du vieillard qui régnait sur la tribu. Celle-ci tint conseil aussitôt, tout entière assise en cercle. Nous regardions ces Indiens en essayant de suivre leurs débats. Deux ou trois guerriers parlèrent, puis notre jeune ami improvisa une harangue enflammée, avec de telles intonations et de tels gestes que nous le comprîmes aussi facilement que s'il s'était exprimé dans notre langue.

— Pourquoi retourner là-bas ? dit-il. Parce que tôt ou tard il faudra que la chose soit faite. Vos camarades ont été assassinés. Qu'importe que je sois revenu sain et sauf ? Les autres ont été tués. Il n'existe de sécurité pour aucun de nous. Nous sommes réunis ici et prêts...

Il nous désigna éloquemment :

— Ces étrangers sont nos amis. Ce sont de grands guerriers, et ils haïssent les hommes-singes autant que nous. Ils commandent au tonnerre et à la foudre. Quand aurons-nous donc une meilleure chance ? Allons-y, et sachons mourir tout de suite ou vivre pour un avenir paisible. Autrement comment reverrions-nous nos femmes sans rougir ?

Les petits guerriers étaient suspendus aux paroles de l'orateur. Quand il eut fini, ils éclatèrent en applaudissements et agitèrent leurs armes. Le vieux chef s'approcha et nous posa plusieurs questions en désignant lui aussi les bois. Lord John lui fit signe qu'il devait attendre une réponse et se tourna vers nous.

— Bon ! Maintenant, à vous de dire ce que vous voulez faire, expliqua-t-il. Pour ma part j'ai une seconde mi-temps à jouer avec cette bande de singes, et si cette partie se termine par la disparition d'une race sur la terre, je ne vois pas ce que la terre aurait à y perdre. Je vais donc accompagner nos petits camarades au visage rouge et je veux les voir dans la bagarre. Qu'est-ce que vous en dites, bébé ?

— Moi aussi je viens, naturellement !

— Et vous, Challenger ?

— Bien entendu je collabore !

— Et vous, Summerlee ?

— Il me semble que nous dérivons grandement du but de cette expédition, lord John ! Je vous assure que lorsque j'ai quitté ma chaire de professeur à Londres, je ne pensais pas du tout que ce serait pour me mettre à la tête d'un raid de sauvages contre une colonie de singes anthropoïdes !

- Nous arrivons à la question de base, dit lord John en souriant. Mais il nous faut l'affronter. Que décidez-vous ?

- Je pense que c'est là une entreprise plus que discutable, répondit Summerlee toujours prêt à argumenter. Mais si vous vous y enrôlez tous, je ne vois pas très bien comment je ne vous suivrais pas.

- C'est donc décidé, dit lord John qui se retourna vers le chef en faisant claquer son fusil.

Le vieillard serra nos mains, tandis que ses hommes applaudissaient de toutes leurs forces. Il était trop tard pour marcher sur la cité des hommes-singes, aussi les Indiens aménagèrent-ils un bivouac de fortune. De tous côtés les feux s'allumèrent et fumèrent. Quelques indigènes avaient disparu dans la jungle et revinrent en poussant devant eux un jeune iguanodon. Comme les autres il avait sur l'épaule un enduit de goudron, et ce fut seulement quand nous vîmes l'un des Indiens s'avancer avec un air de propriétaire pour donner son consentement à la mise à mort de cette bête que nous réalisâmes que ces grands animaux étaient propriété privée tout comme un troupeau de bœufs, et que ces signes qui nous avaient tant intrigués représentaient la marque du propriétaire. Inoffensifs, nonchalants, végétariens, avec leurs grands membres et leur minuscule cervelle, ils pouvaient être gardés et menés par des enfants. En quelques minutes la grosse bête fut dépecée, et de grands quartiers de sa chair furent aussitôt suspendus devant les feux de camp sur lesquels cuisaient déjà une quantité de poissons éperonnés dans le lac à coups de lance.

Summerlee s'était étendu sur le sable et dormait. Nous autres, nous vagabondions autour du lac pour chercher à en savoir davantage sur ce pays étrange. Deux fois nous trouvâmes des fosses d'argile bleue, semblables à celles que nous avions déjà vues dans le marais aux ptérodactyles : d'anciens orifices volcaniques qui, Dieu sait pourquoi, excitèrent beaucoup la curiosité de lord John Ce qui passionna Challenger ce fut un geyser de boue qui bouillonnait, glougloutait, et sur la surface duquel un gaz bizarre formait de grosses bulles qui crevaient. Il lança dedans un roseau creux et cria de ravissement comme un écolier quand, en le touchant d'une allumette enflammée, il déclencha une explosion et une flamme bleue à l'extrémité du roseau. Et sa joie ne connut plus de limite quand, ayant ajusté au bout du roseau une vessie de cuir qui se remplit de gaz, il l'expédia dans les airs.

— Un gaz inflammable, et qui est remarquablement plus léger que l'atmosphère. J'ose dire qu'il contient une proportion considérable d'hydrogène libre. Les ressources de G.E.C. ne sont pas encore épuisées, mon jeune ami ! Je vous démontrerai encore comment un grand cerveau discipline toute la nature à son service.

Il faisait allusion à une idée qui lui était venue, mais il ne voulut pas nous en dire davantage.

Rien ne nous sembla plus merveilleux que cette grande nappe d'eau devant nous. Notre nombre et notre bruit avaient effrayé toutes les créatures vivantes et, à l'exception de quelques ptérodactyles qui dessinaient des cercles loin au-dessus de nous, tout était calme autour du campement. Mais ce calme ne se retrouvait pas sur les eaux roses du lac central : elles frémissaient, elles se soulevaient comme sous l'effet d'une vie personnelle. De grandes échines couleur d'ardoise et des ailerons en dents de scie apparaissaient avec une frange argentée, puis disparaissaient à nouveau vers les grandes profondeurs. Au loin les bancs de sable étaient tachetés de formes rampantes : grosses tortues, sauriens bizarres, et même une grande bête, plate, comme un tapis-brosse qui aurait palpité, et noire avec une peau grasse, que nous vîmes couler lentement vers le lac. Ici et là des serpents projetaient leurs têtes hors de l'eau, dessinaient un petit collier d'écume devant eux et un long sillage incurvé derrière : ils se soulevaient, ils ondulaient aussi gracieusement que des cols de cygnes. Il fallut que l'un de ces animaux vînt se tordre sur l'un des bancs de sable proches de nous, exposant ainsi son corps en forme de barrique et d'immenses nageoires derrière son cou de serpent, pour que Challenger et Summerlee, qui nous avaient rejoints, explosent dans un duo admiratif :

– Le plésiosaure ! Un plésiosaure d'eau douce ! s'écria Summerlee. Dire que j'aurai vécu assez pour voir cela ! Nous sommes bénis, mon cher Challenger, bénis entre tous les zoologues depuis que le monde est monde !

Nos savants ne s'arrachèrent à la contemplation de ce lac primeval que lorsque la nuit fut tombée et que les feux de nos alliés furent autant de taches rouges dans l'ombre. Au sein de cette obscurité, nous entendions de temps à autre les ébrouements et les plongeons de grands animaux.

Dès les premières lueurs de l'aube le camp fut levé et nous nous ébranlâmes pour notre mémorable expédition. J'avais souvent rêvé d'être un jour correspondant de guerre ; mais dans mes songes les plus audacieux, aurais-je pu concevoir la nature de la campagne à laquelle j'allais aujourd'hui participer ? Voici donc mon premier reportage écrit d'un champ de bataille.

Notre troupe avait été renforcée pendant la nuit par une réserve fraîche d'indigènes venus des cavernes ; nous fûmes bien cinq cents à prendre le départ. Une avant-garde d'éclaireurs précédait une forte colonne qui progressa méthodiquement à travers les broussailles jusqu'aux abords de la forêt. Là, les guerriers s'étendirent en ligne ; les lanciers alternaient avec les archers. Roxton et Summerlee prirent position sur le flanc droit, Challenger et moi sur le flanc gauche. C'était une armée de l'âge de pierre équipée pour le combat par les derniers perfectionnements de l'industrie de guerre de St. Jame's Street et du Strand.

Notre ennemi ne se fit pas attendre longtemps. Une clameur sauvage, aiguë, s'éleva de la lisière de la forêt. Tout à coup une brigade d'hommes-singes s'élança avec

des pierres et des gourdins pour enfoncer le centre de la ligne indienne. C'était une opération courageuse, mais téméraire, car les hommes-singes n'avancent pas vite sur leurs jambes arquées. Leurs adversaires se révélèrent au contraire agiles comme des chats. Nous fûmes horrifiés à la vue de ces brutes féroces, l'écume aux lèvres et la rage dans les yeux, manquant constamment leurs ennemis, et se faisant transpercer les uns après les autres par des flèches bien ajustées. Un grand homme-singe passa près de moi en hurlant de douleur : il avait bien une douzaine de flèches fichées entre ses côtes. Par pitié je lui décochai une balle dans le ventre et il s'écroula parmi les aloès. Mais ce fut le seul coup de feu, car l'attaque avait été dirigée contre le centre de la ligne, et les Indiens n'eurent pas besoin de nous pour la repousser. De tous les assaillants qui s'étaient rués sur le terrain découvert, je n'en vis pas un seul regagner son camp.

Mais l'affaire se corsa quand nous avançâmes sous les arbres. Pendant une heure au moins un combat farouche développa ses actions diverses, et nous fûmes sur le point d'être débordés. Les hommes-singes surgissaient des fourrés avec de gros gourdins, qu'ils cassaient sur le dos des indiens ; souvent ils en mirent trois ou quatre hors de combat avant de pouvoir être transpercés à la lance. Ils assenaient des coups terribles : le fusil de Summerlee vola en éclats, et l'instant d'après ç'aurait été son crâne, si un Indien n'avait poignardé la bête en plein cœur. D'autres hommes-singes juchés dans les arbres nous lançaient des pierres et des grumes ; parfois ils tombaient parmi nos rangs et se battaient avec fureur jusqu'à la mort. A un moment donné nos alliés reculèrent sous la pression formidable des hommes-singes ; si nos fusils n'étaient pas entrés dans la danse, ils auraient été reconduits jusque chez eux ! Heureusement nous étions là. Il serait injuste de ne pas mentionner le courage du vieux chef qui rallia ses hommes et les fit repartir à l'assaut avec une telle impétuosité qu'à leur tour les hommes-singes commencèrent à se replier. Summerlee était sans armes, mais je vidais mes chargeurs aussi vite que je le pouvais, et sur l'autre flanc nous entendions tirer nos camarades. Puis déferla la panique et la défense des hommes-singes s'effondra. Criant, hurlant, ces grands animaux s'éparpillèrent dans toutes les directions, tandis que nos alliés manifestaient leur joie par des clameurs d'une violence égale et leur faisaient la chasse. Toutes les inimitiés remontant à d'innombrables générations, toutes les haines et les cruautés de leur histoire limitée, tous les souvenirs des mauvais traitements et des persécutions furent purgés ce jour-là. Enfin l'homme triomphait, et la bête-homme recevait le traitement qu'elle méritait. Les fuyards étaient trop lents pour échapper aux indigènes ; de chaque coin des bois jaillissaient des cris excités, des sifflements de flèches, et le bruit mat des corps qui tombaient des arbres.

J'allais suivre nos alliés, quand lord John et Summerlee me rejoignirent.

— Terminé ! dit lord John. Je pense que nous pouvons leur laisser le soin de nettoyer le terrain conquis. Peut-être que moins nous en verrons et mieux nous dormirons.

Les yeux de Challenger étincelaient d'un appétit meurtrier.

— Nous avons été privilégiés ! cria-t-il en se pavanant comme un coq de combat. Songez qu'il nous a été donné d'assister à l'une des batailles décisives les plus typiques de l'histoire : de ces batailles qui déterminent le destin d'un monde. Qu'est-ce que c'est, mes amis, que la conquête d'une nation par une autre nation ? Rien d'important. Une conquête sans signification : toutes ces conquêtes-là aboutissent aux mêmes résultats ! Mais ces batailles féroces, par exemple celles où à l'aurore des âges les hommes des cavernes se sont maintenus sur la terre contre les grands fauves, ou encore celles au cours desquelles l'éléphant a trouvé son maître, voilà les vraies conquêtes, voilà les victoires qui comptent ! Par un étrange détour du destin nous avons assisté à l'une de ces luttes, et nous avons aidé à la décision. Désormais sur ce plateau l'avenir appartient à l'homme !

Il fallait avoir une foi robuste dans la fin pour trouver justifiés les moyens employés ! Quand nous traversâmes les bois, nous découvrîmes des hommes-singes mis en tas et transpercés de lances et de flèches : c'était pour marquer les lieux où les anthropoïdes avaient vendu leur vie le plus chèrement. Devant nous retentissaient toujours les cris et les hurlements qui montraient dans quelle direction s'était engagée la poursuite. Les hommes-singes avaient été refoulés dans leur cité ; là ils avaient tenté une suprême résistance qui avait été brisée ; nous assistâmes à la tragique apothéose de la victoire des Indiens.

Quatre-vingts ou cent mâles, les derniers survivants, avaient été conduits à la petite clairière qui bordait l'escarpement, à l'endroit même où deux jours plus tôt nous avions réussi notre exploit. Quand nous arrivâmes, les lanciers indiens s'étaient formés en demi-cercle autour d'eux : en une minute tout fut fini. Une quarantaine d'hommes-singes moururent sur place. Les autres, râlant de terreur, furent précipités dans le vide et se brisèrent les os sur les bambous deux cents mètres plus bas supplice qu'ils avaient infligé à leurs propres prisonniers. Challenger l'avait dit ; le règne de l'homme était assuré pour toujours sur la Terre de Maple White !... La cité des hommes-singes fut détruite, les mâles furent exterminés jusqu'au dernier, les femelles et les petits furent emmenés en esclavage ; la longue rivalité qui durait depuis des siècles et dont l'histoire n'avait jamais été contée venait d'être couronnée de sa fin sanglante.

A nous-mêmes la victoire apporta beaucoup d'avantages. De nouveau nous pûmes nous transporter au Fort Challenger et récupérer nos provisions. Et nous rentrâmes en communication avec Zambo, encore terrifié par le spectacle d'une avalanche d'hommes-singes tombant de l'escarpement.

— Partez, Massas ! nous cria-t-il les yeux hors de la tête. Partez, sinon le diable vous attrapera !

— C'est la voix de la sagesse, assura Summerlee. Nous avons eu suffisamment d'aventures qui ne conviennent ni à notre caractère ni à notre situation. Je m'en tiens à votre parole, Challenger A partir de maintenant vous allez concentrer toute votre énergie à une seule tâche : nous permettre de sortir de ce pays horrible afin que nous puissions réintégrer la civilisation.

15
Nos yeux ont vu de grandes merveilles

J'écris ceci au jour le jour, mais j'espère pouvoir vous annoncer, avant la fin, que la lumière luit dans nos ténèbres. Nous sommes retenus ici parce que nous n'avons pas encore trouvé le moyen de nous évader, et notre irritation va grandissant. Pourtant j'imagine aussi qu'un jour viendra où nous serons heureux d'avoir été retenus contre notre volonté, parce que nous aurons vu d'un peu plus près les merveilles de ce singulier pays, ainsi que les créatures qui l'habitent.

La victoire des Indiens et l'anéantissement des hommes-singes ont été dans notre jeu des atouts décisifs. A partir de ce jour nous avons été réellement les maîtres du plateau : les indigènes nous considéraient avec un mélange de frayeur et de reconnaissance puisque nous les avions aidés, par une puissance mystérieuse, à se débarrasser de leurs ennemis héréditaires. Sur le plan de leur propre paix ils auraient été, sans doute, ravis de voir partir des gens aussi formidables et aussi terribles. Mais ils se gardaient bien de nous suggérer un moyen pour quitter le plateau et atteindre la plaine au-dessous. Il y avait eu, pour autant que nous puissions comprendre leurs signes, un tunnel par où l'accès avait été possible : c'était celui que nous avions vu bouché. Par cette voie à travers les rochers, les hommes-singes et les Indiens avaient à différentes reprises atteint le plateau. Maple White et son compagnon l'avaient également empruntée. Mais l'année précédente il s'était produit un terrible tremblement de terre : la partie supérieure du tunnel avait été ensevelie par un éboulement qui l'avait complètement submergée. Les Indiens ne savaient que secouer la tête et hausser les épaules quand nous leur indiquions par signes que nous voulions descendre. Peut-être ne pouvaient-ils pas nous aider, mais assurément ils n'y tenaient pas.

A l'issue de la campagne contre les hommes-singes, les vaincus survivants furent menés par le plateau (leurs gémissements avaient été horribles à entendre !) jusqu'auprès des cavernes des Indiens. Ils serviraient de bêtes de somme à leurs nouveaux maîtres. C'était en quelque sorte une version rude et primitive de la captivité des Juifs à Babylone ou des Israélites en Égypte. La nuit nous entendions les plaintes qu'ils poussaient sous les bois : invinciblement nous pensions à quelque Ézéchiel se lamentant sur la grandeur perdue et évoquant la gloire passée de la cité des hommes-singes. Des bûcherons, des porteurs d'eau, voilà le destin qui leur serait dorénavant réservé.

Deux jours après la bataille nous avions retraversé le plateau avec nos alliés et établi notre camp au pied des escarpements qu'ils habitaient. Ils auraient volontiers partagé leurs cavernes avec nous, mais lord John s'y refusa : il considérait que nous serions entièrement en leur pouvoir, et comment dès lors nous garantir contre d'éventuelles dispositions traîtresses ? Nous conservâmes donc notre indépendance, en tenant nos armes prêtes sans pour cela porter atteinte au caractère amical de nos rapports. Nous visitions régulièrement leurs cavernes, très bien disposées, et nous étions incapables d'y déterminer la part de l'homme et celle de la nature. Elles reposaient toutes sur une seule strate creusée sur un roc tendre, intermédiaire entre le basalte volcanique dont était constituée la partie supérieure de l'escarpement et le dur granit du dessous.

Les ouvertures étaient situées à trente mètres à peu près au-dessus du sol : on y accédait par de longs escaliers de pierre, suffisamment étroits et raides pour qu'aucune grosse bête ne pût s'y engager. A l'intérieur il faisait chaud et sec ; les cavernes se décomposaient en couloirs droits de longueur variable sur le flanc de l'escarpement, leurs murs gris étaient décorés de très bons dessins au charbon de bois, qui représentaient les divers animaux habitant le plateau. Si toutes les créatures vivantes étaient un jour supprimées de ce pays, l'explorateur découvrirait sur les murs de copieux témoignages sur la faune extraordinaire (dinosaures, iguanodons, lézards de mer) qui aurait vécu tout récemment encore sur la terre.

Depuis que nous avions appris que les gros iguanodons formaient des troupeaux apprivoisés et qu'ils constituaient en somme des réserves de viande ambulantes, nous avions cru que l'homme, même doté d'armes primitives, avait établi son règne sur le plateau. Nous ne tardâmes pas à découvrir que ce n'était pas exact, et que l'homme n'y était que toléré. Une tragédie survint en effet, au troisième jour qui suivit notre arrivée. Challenger et Summerlee étaient partis pour le lac et ils avaient embauché des indigènes dans le dessein de harponner quelques spécimens de grands lézards. Lord John et moi nous étions restés au camp. Un certain nombre d'Indiens étaient éparpillés sur la pente herbeuse devant leurs cavernes. Soudain retentit un cri d'alerte, et le mot « Stoa » surgit sur des centaines de langues. De tous côtés des hommes, des femmes et des enfants se mirent alors à courir follement pour chercher un abri : ils dévalaient les escaliers, se ruaient dans les cavernes, totalement pris de panique.

Nous les voyions agiter leurs bras des rochers du dessus, et nous faire signe de les rejoindre dans leur refuge. Nous avions au contraire empoigné nos fusils et nous étions sortis pour savoir de quel danger il s'agissait. Brusquement, de la ceinture proche des arbres, douze ou quinze Indiens s'échappèrent ; ils couraient et ils fuyaient si vite que c'était apparemment pour eux une question de vie ou de mort. Sur leurs talons s'avançaient deux des monstres qui avaient tenté de forcer notre camp et m'avaient poursuivi pendant mon exploration solitaire. Ils avaient l'aspect d'horribles crapauds, ils progressaient par sauts, mais leur taille dépassait celle des plus formidables éléphants. Jamais nous ne les avions vus en plein jour : en fait ce sont des nocturnes, qui ne sortent de leurs repaires que quand ils sont dérangés, ce qui était le cas. Nous les contemplions avec étonnement, car leur peau pustuleuse et mouchetée avait l'iridescence des poissons, et la lumière du soleil projetait sur elle, quand ils se déplaçaient, l'épanouissement d'un arc-en-ciel.

Nous n'eûmes pas beaucoup de temps pour les admirer, cependant, car en une minute ils avaient rattrapé les fugitifs ; ce fut un véritable carnage. Leur méthode d'assaut consistait à tomber sur leurs proies et à les écraser à tour de rôle de tout leur poids. Les malheureux Indiens hurlaient de terreur mais ils étaient impuissants, aussi rapides qu'ils fussent, contre l'agilité infatigable de ces animaux monstrueux. Avant que mon camarade et moi-même eussions eu le temps d'intervenir, il n'y avait plus qu'une demi-douzaine d'Indiens en vie. Mais notre secours était mince ; en fait, il nous apporta le même péril. A deux cents mètres nous vidâmes nos chargeurs, et nos balles pénétrèrent dans les animaux, mais sans plus d'effet que si nous les avions chatouillés avec des plumes. Leur nature reptilienne ne se souciait aucunement des blessures : aucune arme moderne ne pouvait atteindre leurs nœuds vitaux, qui n'étaient rassemblés dans aucun centre ; le cordon médullaire, qui était en quelque sorte le réceptacle de leurs sources de vie, se répandait à travers tout l'organisme. Nous n'obtînmes pour tout résultat que de détourner leur attention par nos coups de fusil, ce qui permit aux indigènes et à nous-mêmes d'atteindre les marches qui nous mettaient

en sûreté. Mais là où les balles explosives de notre vingtième siècle ne pouvaient rien, les flèches empoisonnées des indigènes, trempées dans le jus de strophantus et plongées ensuite dans de la charogne en putréfaction, réussirent. De telles flèches étaient inefficaces entre les mains du chasseur puisque leur action dans cette circulation au ralenti était lente ; avant que leur pouvoir fît effet, la bête avait tout le temps d'abattre le chasseur. Mais à présent c'était autre chose : les deux monstres bondirent sur les escaliers ; de tout l'escarpement une volée de flèches siffla à leur adresse, et en moins de quelques secondes ils en furent lardés ; ils s'acharnèrent néanmoins à griffer et à mordre les marches qui menaient à leurs proies. Devant la vanité de leurs efforts, ils remontèrent lourdement, puis s'affalèrent sur le sol : le poison faisait enfin son œuvre. L'un d'eux poussa un grognement déchirant et posa sa grosse tête aplatie par terre. L'autre se coucha en cercle et hurla sur une note aiguë ; il s'agita désespérément, puis il se détendit pour agoniser paisiblement. Avec des cris de triomphe les Indiens sortirent de leurs cavernes et dansèrent une ronde frénétique autour des deux cadavres : ils étaient fous de joie à l'idée que deux de leurs plus farouches ennemis avaient été tués. La nuit ils découpèrent les corps (non pour les manger car le poison était encore actif), et les éloignèrent pour éviter une épidémie. Les cœurs des grands reptiles, cependant, chacun aussi large qu'un oreiller, demeurèrent là : ils continuèrent à battre lentement et régulièrement dans une horrible vie indépendante. Ce ne fut qu'au troisième jour que cessèrent ces pulsations effroyables.

Un jour, quand je disposerai d'un meilleur pupitre qu'une boîte de conserve, et d'instruments de travail plus parfaits qu'un crayon rabougri et un dernier cahier de notes tout déchiré, j'écrirai une relation plus complète des Indiens Accala, sur notre passage parmi eux, et les étranges conditions de vie réunies dans cette merveilleuse Terre de Maple White. Son souvenir, j'en suis sûr, demeurera gravé dans ma mémoire aussi fidèlement que s'impriment dans la mémoire vierge des enfants leurs premières impressions sortant de l'ordinaire. Rien ne peut effacer ce qui a été profondément gravé ! Le moment venu je décrirai les splendeurs de certains clairs de lune, quand par exemple un jeune ichthyosaure (étrange créature, mi-veau marin, mi-poisson, avec des yeux membrés de chaque côté du mufle, et un troisième œil juché au sommet de la tête) s'empêtra dans un filet indien, et faillit basculer notre canoë avant que nous pussions le remorquer jusqu'au rivage ; quand, une autre nuit, un grand serpent d'eau jaillit des joncs et emporta dans ses anneaux le timonier du canoë de Challenger. Je parlerai également de cette grande chose blanche nocturne (jusqu'ici nous ignorons si elle est une bête ou un reptile) qui vivait dans un affreux marécage à l'est du lac et qui se promenait auréolée d'un éclat faiblement phosphorescent au sein de l'obscurité. Les Indiens en avaient si peur qu'ils n'approchaient jamais de ce marécage. Quant à nous, nous hasardâmes deux expéditions, et nous l'aperçûmes les deux fois, mais nous nous enlisions et ne parvenions pas à avancer. Tout ce que je peux dire c'est qu'elle nous parut plus grosse qu'une vache et qu'elle répandait une étrange odeur de musc. J'évoquerai encore le gros oiseau qui s'attaqua à Challenger, lequel dut chercher refuge dans une caverne : un oiseau courant, beaucoup plus gros qu'une autruche, pourvu d'un cou de vautour et d'une tête si cruelle qu'on aurait dit la mort ambulante. Pendant que Challenger opérait sa retraite dans les rochers, un coup de bec arracha le talon de sa botte comme s'il avait été découpé par un couteau. En cette occasion au moins, les armes modernes se révélèrent efficaces, et la grande bête qui mesurait quatre mètres de la tête aux pattes (notre professeur essoufflé mais très excité le baptisa phororachus) fut abattue par le fusil de lord Roxton ; elle tomba dans un déluge de plumes et de membres disloqués, avec deux yeux jaunes qui nous fixaient effrontément. J'espère vivre assez pour voir son crâne aplati dans une niche parmi les trophées de l'Albany. Enfin je ne manquerai pas de décrire le toxodon, ce cochon d'Inde géant de trois mètres, muni de dents saillantes en ciseaux, que nous tuâmes alors qu'il buvait dans le lac aux premières lueurs de l'aube.

A tout ceci j'accorderai l'ampleur méritée. De même que je n'oublierai pas de peindre avec une touche de tendresse les merveilleuses soirées de l'été qui terminaient des journées souvent passionnantes. Sous le ciel d'un bleu profond nous étions allongés près du bois sur l'herbe haute, et nous contemplions le gibier d'eau qui s'ébattait non loin de nous ainsi que les animaux anachroniques qui de leurs terriers rampaient pour nous regarder. Les branches des buissons se courbaient sous le poids des fruits savoureux. Sur les prés, d'étranges fleurs adorables tordaient leurs tiges, elles aussi pour mieux nous voir. Et que dire de ces nuits poétiques que nous passions sur les eaux frémissantes du grand lac à attendre les sauts et les plongeons de quelque monstre fantastique ? Ou à nous émerveiller d'un rayon vert, surgi du plus profond de l'onde, qui trahissait la présence d'un animal mystérieux aux confins de la nuit subaquatique ? Oh, je suis sûr qu'un jour ou l'autre ma mémoire et ma plume retraceront ces scènes !

Mais, me demanderez-vous, pourquoi ces expériences et pourquoi ce retard, alors que vos camarades et vous auriez dû consacrer vos nuits et vos jours à mettre au point les moyens de faire votre rentrée dans le monde extérieur ? Je répondrai que tous nous avions œuvré dans ce but, mais sans succès. Nous avions rapidement découvert que les Indiens ne nous aideraient pas. De toutes les manières ils étaient nos amis (je pourrais presque dire nos dévoués esclaves) mais quand il leur était suggéré qu'ils pourraient nous aider à fabriquer et à transporter une planche qui traverserait le gouffre, ou lorsque nous désirions obtenir d'eux des lanières de cuir ou des lianes afin de tisser des cordes, nous nous heurtions à un refus aussi aimable qu'obstiné. Ils souriaient, il clignaient de l'œil, ils secouaient la tête, et c'était tout. Le vieux chef nous opposait lui aussi une fin de non-recevoir. Il n'y eut que Maretas, le jeune homme que nous avions sauvé, pour nous exprimer par gestes sa désolation de voir nos vœux repoussés. Depuis leur triomphe sur les hommes-singes, ils nous considéraient comme des surhommes qui détenaient les secrets de la victoire dans d'étranges tubes, et ils s'imaginaient que tant que nous resterions avec eux la prospérité les comblerait. A chacun d'entre nous fut offerte une petite femme à peau rouge et une caverne, à la condition que nous habitions pour toujours ce plateau. Jusqu'ici tout s'était passé gentiment, en dépit de la divergence de nos vœux. Mais nous étions persuadés que tout projet de descente devait demeurer secret, car au besoin ils nous empêcheraient par la force de le réaliser.

Malgré le danger que représentaient les dinosaures (danger qui n'est à redouter que la nuit) je retournai deux fois au Fort Challenger pour voir notre Nègre qui continuait à monter la garde et à nous attendre au bas de l'escarpement. Mon regard cherchait au loin dans la plaine si une espérance ne se concrétisait pas à l'horizon. Mais comme sœur Anne je ne voyais rien venir.

– Ils vont être là bientôt, massa Malone ! Avant huit jours l'Indien sera de retour et apportera la corde. Vous pourrez redescendre.

Tels étaient les encouragements de l'excellent Zambo.

En revenant de ma seconde visite, une nuit, je fis une curieuse rencontre. J'avais atteint un endroit situé à quinze cents mètres environ du marais aux ptérodactyles quand j'aperçus un objet extraordinaire qui s'approchait de moi : un homme marchait à l'intérieur d'un cadre fait de bambous courbés ; il était littéralement enfermé dans une cage en forme de cloche. Je fus stupéfait en reconnaissant lord John Roxton. Quand il me vit il se glissa hors de sa bizarre forteresse et il arriva vers moi en riant ; mais je devinai qu'il était vaguement confus.

– Tiens, bébé, qui aurait pensé vous rencontrer par ici ?

– Que diable êtes-vous en train de faire ? demandai-je.

– Je vais rendre visite à mes amis, les ptérodactyles.

– Mais pourquoi ?

– Des gens intéressants, vous ne trouvez pas ? Mais peu sociables. Plutôt désagréables avec des étrangers, si vous vous rappelez. Alors j'ai construit ce cadre qui les empêche de venir me voir de trop près.

– Mais qu'est-ce que vous cherchez dans le marais ?

Il me regarda avec un œil vif, et je lus une certaine hésitation dans son regard.

– Vous croyez qu'il n'y a que les professeurs pour s'intéresser à certaines choses ? dit-il enfin. J'étudie ces jolis petits chéris. Que cela vous suffise !

– Il n'y a pas de mal ! lui dis-je.

Sa bonne humeur reparut et il éclata de rire.

– Il n'y a pas de mal, en effet, jeune bébé. Je vais essayer d'attraper un poulet du diable pour Challenger. C'est mon affaire. Non, je ne tiens pas à votre compagnie : moi, je suis en sécurité dans cette cage, et pas vous. Au revoir. Je serai de retour au camp au lever du jour.

Il se détourna et me quitta ; je le vis s'avancer dans les bois sous la protection de sa cage extraordinaire.

Si à cette époque le comportement de lord John était bizarre, celui de Challenger l'était encore davantage. Je peux dire qu'il fascinait extraordinairement les femmes indiennes ; mais il se promenait toujours avec une grosse branche de palmier, et il les chassait comme des mouches quand leurs attentions devenaient trop pressantes. Le voir marcher comme un sultan d'opéra-comique, avec son sceptre à la main, précédé par sa grande barbe hérissée et par ses orteils qu'il relevait à chaque pas, suivi par tout un essaim de jeunes Indiennes vêtues seulement d'un mince pagne d'écorce, voilà l'une des images les plus grotesques que je rapporterai de ce voyage. Quant à Summerlee il était absorbé par l'étude de la vie des insectes et des oiseaux sur le plateau, et il passait tout son temps (à l'exception de celui, fort long, qu'il consacrait à accabler Challenger de reproches parce qu'il ne nous avait pas encore fait descendre) à nettoyer et à ranger ses spécimens.

Challenger avait pris l'habitude de faire un tour tout seul le matin, et il lui arrivait de rentrer chargé de solennité comme quelqu'un qui porterait sur ses épaules la pleine responsabilité d'une entreprise formidable. Un jour, sa branche de palmier à la main et suivi du cortège habituel de ses dévotes, il nous emmena à son atelier secret et nous initia à ses plans.

L'endroit était une petite clairière au centre d'un bois de palmiers ; dans cette clairière il y avait un geyser de boue en ébullition ; tout autour de ce geyser étaient éparpillées plusieurs lanières de cuir taillées dans de la peau d'iguanodon ; il y avait aussi une grande vessie dégonflée, laquelle était l'estomac séché et gratté de l'un des lézards-poissons du lac. Ce sac avait été cousu à l'une des extrémités, mais à l'autre subsistait un orifice étroit. Dans cette ouverture plusieurs cannes de bambou avaient été enfoncées. Challenger adapta le bout de ces cannes à des entonnoirs coniques en terre, lesquels collectaient le gaz qui faisait des bulles dans la boue du geyser. La vessie flasque commença à se gonfler lentement et à témoigner une telle fringale d'évasion que Challenger attacha les lanières qui la retenaient aux troncs des arbres environnants. Au bout d'une demi-heure un sac de gaz d'une bonne taille avait été constitué, et la manière dont il tirait sur ses cordes en disait long sur sa puissance ascensionnelle. Challenger, tel un père satisfait de son premier-né, se tenait immobile et souriait ; il caressait silencieusement sa barbe ; il était fier de son œuvre. Summerlee rompit le charme.

– Vous n'avez pas l'intention de nous faire monter

dans cet objet-là, Challenger ? demanda-t-il d'une voix aigre.

— J'ai l'intention, mon cher Summerlee, de procéder à une si éclatante démonstration de ses possibilités, qu'après y avoir assisté vous n'hésiterez plus à leur faire confiance.

— Vous pouvez tout de suite abandonner cet espoir, déclara Summerlee avec une grande décision. Rien au monde ne me persuaderait de commettre une telle imbécillité ! Lord John, j'espère que vous n'encouragerez pas cette folie ?

— Rudement ingénieux ! fit notre pair. J'aimerais bien voir comment fonctionne cette machine.

— Vous allez voir ! dit Challenger. Depuis quelques jours j'ai concentré tout mon cerveau sur le problème de notre descente. Il est hors de question que nous puissions la réaliser par l'alpinisme, ni au moyen d'un tunnel. Nous sommes également incapables de construire un pont qui nous relierait au piton rocheux d'où nous sommes venus. Quel moyen nous reste-t-il donc ? J'avais récemment fait remarquer à notre jeune ami que de l'hydrogène libre était émis par le geyser. Tout naturellement l'idée d'un ballon m'est venue. J'ai été, je l'avoue, embarrassé par la difficulté de découvrir une enveloppe pouvant contenir le gaz, mais la contemplation des immenses entrailles de ces reptiles m'a fourni la solution du problème. Regardez le résultat !

Il plaça une main sur sa poitrine vêtue de haillons, et de l'autre nous désigna fièrement le sac à gaz qui avait pris une confortable rotondité, et tirait fortement sur ses amarres.

— Le soleil lui a tapé sur la tête ! ricana Summerlee.

Lord John était enchanté :

— Pas bête ce vieux-là, hein ? me chuchota-t-il à l'oreille. Et la nacelle ? demanda-t-il à haute voix.

— La nacelle sera l'objet de mon prochain travail, répondit Challenger. Mais déjà j'ai prévu comment la construire et l'attacher. Aujourd'hui je veux simplement vous prouver que mon appareil peut supporter le poids de chacun d'entre nous.

– De nous tous, voulez-vous dire ?

– Non. Mon plan est que chacun à tour de rôle descende comme en parachute, et que le ballon soit chaque fois remonté. S'il supporte le poids d'un homme et s'il le pose doucement à terre, il aura accompli la tâche à laquelle je le destine. Maintenant je vais vous montrer quelles sont dans ce domaine ses capacités.

Il apporta une roche basaltique d'un volume assez considérable, et dont le milieu permettait qu'une corde y fût facilement attachée. Cette corde était celle qu'il avait apportée sur le plateau et dont nous nous étions servis pour faire l'ascension du piton rocheux. Elle avait plus de quarante mètres de long et malgré sa finesse elle était solide. Il avait préparé une sorte de collier en cuir avec de nombreuses courroies. Il plaça le collier sur le dôme du ballon, rassembla par-dessus les courroies qui pendaient de façon que la pression d'un poids quelconque se répandît sur une grande surface. Puis il attacha la roche aux courroies, en laissant pendre la corde qu'il enroula autour de son bras.

– Et maintenant, lança Challenger avec un sourire d'anticipation satisfait, je vais vous démontrer la puissance porteuse de mon ballon.

Il coupa les amarres.

Jamais notre expédition ne fut plus proche de l'anéantissement ! La vessie gonflée bondit dans les airs avec une rapidité terrifiante. En un instant Challenger fut arraché du sol et entraîné. J'eus juste le temps de le ceinturer, mais à mon tour je fus tiré par une force ascensionnelle invincible. Lord John m'agrippa les jambes ; cela ne suffit pas : lui aussi s'éleva dans les airs. Pendant un moment j'eus la vision de quatre explorateurs flottant comme un chapelet de saucisses au-dessus de la terre qu'ils avaient conquise. Heureusement, il y avait des

255

limites à l'effort que la corde pouvait supporter, mais il ne paraissait pas y en avoir à la puissance ascensionnelle de cette machine infernale. Un craquement aigu se fit entendre, et nous retombâmes en tas sous un amas de cordages. Quand nous nous remîmes debout, nous aperçûmes, très loin dans le ciel bleu, une tache sombre : la roche basaltique continuait sa promenade aérienne.

– Merveilleux ! s'écria l'indomptable Challenger en frottant son bras endolori. Voilà une démonstration éclatante, satisfaisante à tous points de vue ! Je n'avais pas prévu une telle réussite. Dans moins d'une semaine, messieurs, je vous promets qu'un second ballon sera prêt ; vous pouvez absolument compter sur la sécurité et le confort de ce moyen de transport pour accomplir la première étape de notre voyage de retour.

Jusqu'ici j'ai conté les événements dans leur ordre chronologique. Maintenant je suis en train de l'achever à notre camp de base : là où Zambo nous attendait depuis si longtemps. Toutes nos difficultés, tous nos dangers sont à présent derrière nous ; je les revis comme un rêve qui se serait déroulé dans le décor de ces escarpements rougeâtres. Nous sommes descendus sains et saufs, quoique de la manière la plus imprévue, et tout va bien. Dans six semaines ou deux mois nous serons de retour à Londres, et il est possible que cette lettre ne vous parvienne pas beaucoup plus tôt que votre correspondant. Déjà nos cœurs soupirent, et nos pensées s'envolent vers la grande ville, notre mère, qui nous est si chère.

Notre fortune changea le soir même du jour où Challenger faillit nous entraîner dans une périlleuse aventure avec son ballon artisanal. J'ai dit que la seule personne qui témoignait de la sympathie à nos efforts pour quitter le plateau était le jeune chef que nous avions sauvé. Lui au moins n'avait aucun désir de nous retenir contre notre gré : il nous l'avait fait comprendre par des gestes tout à fait expressifs. Ce soir-là, donc, la nuit était presque tombée, il se rendit à notre campement, et il me tendit (c'était toujours vers moi qu'il se tournait, sans doute parce que mon âge était davantage en rapport avec le sien) un petit rouleau d'écorce, me désigna solennellement la ligne de cavernes au-dessus de nous, posa un doigt sur ses lèvres pour nous recommander le secret, puis s'envola vers son peuple.

J'approchai de la lumière du feu le rouleau d'écorce, et nous l'examinâmes ensemble. A l'intérieur il y avait un bizarre dessin que je reproduis ici :

Les lignes étaient nettement dessinées au charbon de bois sur la surface claire : à première vue, je les pris pour un arrangement musical étrange.

— En tout état de cause, dis-je, je jurerais bien que ceci est important pour nous : je l'ai lu sur son visage quand il me l'a remis.

— A moins que nous n'ayons affaire à un plaisantin primitif, suggéra Summerlee. Je pense que les jeux font partie du développement élémentaire de l'homme.

— C'est une sorte d'écriture ! déclara Challenger.

— On dirait un puzzle, fit lord John en se tordant le cou pour l'examiner.

Tout à coup il étendit le bras et me prit le puzzle.

— Voilà ! cria-t-il. Je crois que j'ai résolu le problème. Regardez ! Combien y a-t-il de traits sur cette écorce ? Dix-huit. Or il y a dix-huit ouvertures de cavernes sur le flanc de l'escarpement au-dessus de nous.

— Il a fait un geste pour nous montrer les cavernes quand il m'a donné son rouleau, rappelai-je.

— Bien sûr ! C'est une carte des cavernes. Hein ! Il y en a dix-huit en ligne : quelques-unes peu profondes, d'autres profondes, certaines avec des embranchements. Nous les avons bien vues, hein ? Et la croix indique la plus profonde.

– Celle qui aboutit de l'autre côté, à l'extérieur ! m'exclamai-je.

– Je crois que notre jeune ami a déchiffré l'énigme, réfléchit Challenger. Si la caverne ne traverse pas l'escarpement, je ne comprends pas pourquoi cette personne, qui ne nous veut que du bien, aurait attiré spécialement notre attention sur elle. Mais si réellement elle traverse et sort à une hauteur correspondante de l'autre côté, nous aurons encore près de quarante mètres à franchir en descente.

– Quarante mètres ! grogna Summerlee.

– Et alors ? m'écriai-je. Notre corde n'a-t-elle pas plus de quarante mètres de long ? Nous pouvons certainement descendre par là !

– Et les Indiens qui habitent dans la caverne ? objecta Summerlee.

– Il n'y a pas d'Indiens dans les cavernes au-dessus de nous, répondis-je. Elles sont toutes utilisées comme entrepôts ou granges. D'ailleurs pourquoi ne pas y aller voir tout de suite ?

Sur le plateau pousse un bois sec, bitumineux, que nos botanistes appellent araucaria, et dont les Indiens font des torches. Nous en prîmes tous un fagot et nous nous dirigeâmes vers la caverne marquée d'une croix. Comme je l'avais annoncé, elle était inhabitée, sauf par une colonie d'énormes chauves-souris qui voletaient autour de nous tandis que nous nous y enfoncions. Ne tenant pas à éveiller l'attention des Indiens sur cette visite, nous titubâmes dans le noir jusqu'à ce que nous eussions contourné une quantité d'angles que nous estimâmes suffisante. Alors nous allumâmes nos torches : c'était un tunnel magnifiquement sec, avec des parois grises très lisses recouvertes de symboles par les indigènes et un toit cintré qui formait une arche au-dessus de nos têtes. Nous marchions sur du sable blanc qui miroitait sous nos pieds. Nous nous hâtions fébrilement, mais, à notre grande déception, nous dûmes nous arrêter : un mur de rocs s'élevait devant nous, et il ne présentait même pas une fissure par où une souris aurait pu passer. Rien à faire pour s'évader par là.

Avec de l'amertume plein le cœur nous observâmes cet obstacle inattendu. Il ne provenait pas d'un bouleversement quelconque : il formait, et il avait toujours formé un cul-de-sac.

— N'importe, mes amis ! déclara Challenger qui ne se laissait pas abattre pour si peu. Vous avez ma promesse pour le ballon.

Summerlee gémit.

— Peut-être sommes-nous dans une mauvaise caverne ? hasardai-je. Ne nous sommes-nous pas trompés ?

— Pas la peine, bébé ! fit lord John en posant son doigt sur la carte. La dix-septième sur la droite, la seconde sur la gauche. Nous sommes dans la bonne caverne.

Je regardai le dessin, et je poussai soudain un cri de joie.

— Je crois que ça y est. Suivez-moi ! Suivez-moi !

Je revins sur nos pas, la torche à la main.

— Ici, dis-je en montrant quelques allumettes sur le sol. Voilà l'endroit où nous avons allumé nos torches.

— Exactement.

— Eh bien, cette caverne est dessinée comme une fourchette à deux branches. Dans le noir nous avons dépassé l'embranchement. Sur notre droite nous devrions trouver la branche la plus longue.

J'avais raison. Nous n'avions pas fait plus de trente mètres en arrière qu'une grande ouverture noire se dessina sur la paroi. Nous nous précipitâmes dedans : le couloir était beaucoup plus large. Nous courions presque. A bout de souffle, nous nous enfonçâmes de plusieurs centaines de mètres, fous d'impatience, d'espoir. Alors tout

d'un coup dans l'obscurité profonde de l'arche, brilla une lumière rouge sombre. Nous stoppâmes pour nous concerter. On aurait dit qu'un drap enflammé bouchait le passage. Nous reprîmes notre course : il fallait savoir. Aucun son, aucune chaleur, aucun mouvement n'étaient perceptibles, n'émanaient de ce grand écran lumineux qui brillait devant nous, qui inondait la caverne d'une lumière argentée, qui transformait le sable en une poudre de joyaux... En approchant, nous aperçûmes une arête circulaire.

– La lune, ma parole ! hurla lord John. Nous avons traversé, les enfants ! Nous sommes de l'autre côté !

Eh oui, c'était la lune, la pleine lune qui brillait directement sur l'orifice qui ouvrait sur l'autre face de l'escarpement. Oh, il n'était pas grand ! A peine plus large qu'une fenêtre, mais suffisant tout de même pour que nous puissions accomplir notre rêve. En allongeant le cou, nous constatâmes que la descente n'offrait pas de trop grosses difficultés et que le sol n'était pas loin. Ne soyez pas étonné si d'en bas nous ne l'avions pas vu : à cet endroit l'escarpement formait un surplomb et il paraissait tellement impossible de l'escalader que nous n'avions guère songé à l'inspecter de près. Avec notre corde nous pourrions parvenir à terre sans difficultés. Aussi rentrâmes-nous au camp, parfaitement contents, pour faire immédiatement nos préparatifs en vue de notre départ le lendemain soir.

Ce que nous avions à faire, nous le fîmes rapidement et en secret, car même à la dernière minute les Indiens pouvaient nous retenir. Nous avions décidé d'abandonner nos provisions de bouche, et de n'emporter que nos fusils et nos cartouches. Mais Challenger avait en outre quelque chose de lourd qu'il voulait ramener à Londres : un paquet peu maniable dont je ne suis pas autorisé à parler ; ses exigences nous donnèrent beaucoup de mal ! Le jour s'écoula avec une lenteur pesante. Quand l'obscurité se répandit sur le plateau nous étions prêts à partir. Péniblement nous transportâmes nos affaires au haut des marches, et nous jetâmes un dernier coup d'œil sur ce pays des merveilles. Je pensais qu'il allait être ouvert bientôt à la curiosité universelle, qu'il deviendrait la proie des chasseurs et des prospecteurs. Mais pour nous il demeurerait toujours un paysage de rêve, féerique et d'un éclat incomparable ; une terre où nous avions osé beaucoup, souffert beaucoup, appris beaucoup ; notre terre, comme nous l'appelions amoureusement... Sur la gauche les cavernes projetaient leurs feux rouges qui trouaient l'obscurité. Sur la pente qui descendait vers le lac, fusaient les voix des Indiens : ils riaient, ils chantaient. Au-delà, la forêt s'étendait, immense. Au centre, miroitant au clair de lune, le lac étalait ses eaux paisibles qui paradoxalement avaient enfanté tant de monstres. Pendant que nous admirions une dernière fois cet univers à part du monde, l'appel aigu d'un animal mystérieux résonna dans la nuit : c'était la voix même de la Terre de Maple White qui nous disait adieu. Nous nous détournâmes, et nous nous enfonçâmes dans la caverne qui nous ouvrait la porte du retour.

Deux heures plus tard, nous, nos bagages, et tous nos biens, étions arrivés au pied de l'escarpement. Nous n'eûmes à vaincre, en fait de difficultés, que l'encombrement du colis auquel tenait tant le professeur Challenger. Nous laissâmes le tout sur place et nous partîmes aussitôt pour le camp de Zambo. Nous y arrivâmes à l'aube, mais à notre stupéfaction nous y découvrîmes au lieu d'un feu unique une douzaine dispersés sur la plaine. Le groupe de secours nous avait rejoints : il y avait une vingtaine d'Indiens de la rivière, avec des pieux, des cordes, bref tout ce qu'il aurait fallu pour franchir le gouffre... Au moins nous n'aurons pas trop de difficultés pour le transport de nos paquets, quand demain nous nous mettrons en route vers l'Amazone !

Là-dessus, avec humilité et gratitude, je clos le chapitre de nos aventures. Nos yeux ont vu de grandes merveilles, et nos âmes sont épurées par ce que nous avons enduré. Tous, nous sommes devenus meilleurs et plus graves. Peut-être serons-nous obligés de nous arrêter à Para pour radouber notre bateau. Dans ce cas, cette lettre sera d'une poste en avance sur nous. Sinon j'espère, cher monsieur McArdle, avoir très bientôt le plaisir de vous serrer la main.

16
En cortège ! En cortège !

Je désirerais rappeler ici notre gratitude à l'égard de tous nos amis de l'Amazone ; ils nous ont témoigné une extrême gentillesse et leur hospitalité a été magnifique pendant notre voyage de retour. Tout spécialement je voudrais remercier signor Penalosa et les autres officiers du gouvernement brésilien pour les dispositions qu'ils prirent afin de nous aider, et signor Pereira de Para à la prévoyance de qui nous devons une réapparition décente dans le monde civilisé. Ce sont de médiocres actions de grâces comparativement à la courtoisie que nous avons rencontrée. D'autant plus que nous décevrons nos hôtes et nos bienfaiteurs : mais étant donné les circonstances nous n'avons réellement pas le choix. Dès à présent je leur déclare que s'ils essaient de suivre nos traces ils perdront leur temps et leur argent. Dans mon récit les noms ont été altérés, et je suis sûr que personne, même après l'avoir soigneusement étudié, ne pourrait parvenir à moins d'un millier de kilomètres de notre terre inconnue.

La frénésie qui s'empara des régions de l'Amérique du Sud que nous dûmes traverser n'était pas spécifiquement locale, comme nous l'imaginions. Je puis assurer nos amis d'Angleterre que nous n'avions aucune idée de l'écho que la simple révélation de nos expériences avait suscité dans toute l'Europe. Ce ne fut que lorsque l'*Iver*-

nia se trouva à huit cents kilomètres au large de Southampton que les messages par sans-fil des journaux et des agences, nous offrant des sommes folles pour la moindre communication touchant les résultats que nous avions obtenus, nous apprirent à quel point l'opinion mondiale s'était passionnée pour notre tentative. D'un commun accord cependant nous décidâmes de ne faire aucune déclaration précise à la presse avant d'avoir soumis notre rapport aux membres de l'Institut de Zoologie : puisque nous étions des délégués, n'était-il pas de notre devoir de rendre compte d'abord à l'organisme de qui nous avions reçu un mandat d'enquête ? Donc, et bien qu'ayant trouvé Southampton bondé de journalistes, nous nous refusâmes systématiquement à leur donner des renseignements : ce silence eut pour effet naturel de concentrer toute l'attention publique sur la réunion qui fut annoncée pour le 7 novembre au soir. En prévision de la foule annoncée, le Zoological Hall où s'était déroulée la scène de nos investitures fut trouvé trop petit, et ce fut au Queen's Hall dans Regent Street que l'assemblée fut convoquée. Il est établi à présent que les organisateurs auraient pu louer l'Albert Hall : il se serait révélé lui aussi trop étroit.

La réunion avait été prévue pour le lendemain soir de notre arrivée. La première soirée avait été consacrée, naturellement, à nos affaires privées. Des miennes je ne puis encore parler. Peut-être que, quand elles auront pris du recul, j'aurai la force de les évoquer avec une émotion moins vive. J'ai au début indiqué au lecteur les mobiles de mon action. Il sera juste, par conséquent, que je poursuive mon récit jusqu'à son terme et que je ne dissimule pas les résultats. Le moins que je puisse dire est que j'ai été poussé à prendre part à une aventure merveilleuse, et que je ne saurais être que reconnaissant envers la force qui m'a poussé.

Pour l'instant je reviens au dénouement de notre histoire. Et au lieu de me triturer la cervelle pour essayer de vous le dépeindre au mieux, je vais transcrire le complet et excellent compte rendu qui a paru dans mon propre journal sous la signature de mon ami et confrère MacDona. Je confesse que ce papier peut choquer par son exubérance, et que notre journal s'est félicité indiscrètement d'avoir envoyé un correspondant spécial... Mais les autres quotidiens ne furent guère moins enthousiastes. Voici donc le compte rendu de mon ami Mac.

UN MONDE NEUF
GRAND MEETING AU QUEEN'S HALL
SCÈNES DE TUMULTE
UN INCIDENT EXTRAORDINAIRE
ÉMEUTE NOCTURNE DANS REGENT STREET
(Reportage spécial)

« Hier soir dans le grand Queen's Hall s'est tenue la réunion si attendue de l'Institut de Zoologie, convoquée aux fins d'entendre le rapport de la commission d'enquête nommée l'année dernière et partie pour l'Amérique du Sud afin d'y vérifier les allégations du professeur Challenger relatives à la permanence de la vie préhistorique sur ce continent, et il est normal d'écrire que cette réunion fera date dans l'histoire de la science, car les débats furent si remarquables et même sensationnels qu'aucun assistant ne les oubliera jamais... »

(Oh, MacDona, mon frère dans le journalisme, quel exorde monstrueux par sa longueur et son défaut de grâce !)

« ... Les billets étaient en théorie réservés aux membres de l'Institut et à leurs invités, mais " invité " est un terme élastique : bien avant l'ouverture de la séance, fixée à huit heures, tous les coins et recoins du grand Hall étaient archi-bourrés. Le public populaire cependant, mécontent d'avoir été exclu, enfonça les portes à huit heures moins le quart, et il s'ensuivit une mêlée prolongée au cours de laquelle plusieurs personnes furent blessées, dont l'inspecteur Scoble de la section H qui eut une jambe brisée. Cette invasion ayant été couronnée de succès, il ne resta plus aucune place dans les passages et couloirs, et la tribune de la presse eut même à souffrir d'une intrusion enthousiaste. On estime à cinq mille spectateurs au moins le nombre des Londoniens qui attendaient dans le Hall l'arrivée des voyageurs. Quand ils apparurent ils prirent place au premier rang de l'estrade sur laquelle étaient déjà massés les plus grands noms de la science, non seulement de ce pays, mais aussi de France et d'Allemagne. La Suède était également représentée en la personne du professeur Sergius, le célèbre zoologue de l'université d'Upsala. L'entrée des quatre héros déclencha une remarquable manifestation de bienvenue : toute l'assistance se leva et éclata en applaudissements pendant plusieurs minutes. Un observateur attentif aurait pu toutefois détecter quelques signes de désaccord, et prévoir que les débats seraient plus animés qu'harmonieux. Pourtant nul n'aurait pu prophétiser la tournure extraordinaire qu'ils allaient prendre.

Il n'y a pas grand-chose à dire sur l'apparition des quatre voyageurs, puisque leurs photographies ont été publiées par tous les journaux. Ils portent peu de marques des heures pénibles qu'ils affirment avoir traversées. Il est possible que la barbe du professeur Challenger soit plus hirsute, les traits du professeur Summerlee plus ascétiques, le visage de lord John Roxton plus décharné ; tous trois sont plus hâlés que lorsqu'ils quittèrent notre pays, mais ils paraissent en excellente santé. Quant à notre représentant personnel, l'athlète célèbre, l'international de rugby E.D. Malone, il est tiré à quatre épingles et contemple la foule avec bonne humeur ; un sourire de contentement de soi se répand discrètement sur sa figure franche mais banale... »

(Très bien, Mac ! Attendez que je vous attrape seul à seul !)

« ... Quand le calme est rétabli, et que l'assistance s'est

assise après l'ovation qu'elle a adressée aux voyageurs, le président, le duc de Durham, prononce quelques mots : il ne voudrait pas s'interposer plus d'une minute entre cette vaste assemblée et le plaisir qui l'attend, dit-il. Ce n'était pas à lui d'anticiper sur ce que le professeur Summerlee, qui allait parler au nom du comité, avait à annoncer, mais le bruit courait généralement que leur expédition avait été couronnée par un succès extraordinaire (applaudissements). Apparemment l'époque de l'aventure n'était pas morte, et il existait un terrain commun sur lequel pouvaient se rencontrer les imaginations les plus débridées des romanciers et les investigations actuelles des chercheurs scientifiques. Il désirait seulement ajouter avant de s'asseoir qu'il se réjouissait hautement – et tous les assistants s'en réjouissaient également – que ces gentlemen soient rentrés sains et saufs d'une tâche difficile et dangereuse ; indéniablement si cette expédition s'était terminée par un désastre, une perte irréparable aurait été infligée à la cause de la science zoologique (grands applaudissements, auxquels se joignit le professeur Challenger).

« Quand le professeur Summerlee se leva, une formidable ovation déferla sur tous les rangs, et elle se répéta plusieurs fois avec un enthousiasme rarement égalé dans cette salle. Nous ne publierons pas son message *in extenso* dans nos colonnes pour la simple raison qu'un compte rendu complet de toutes les aventures de l'expédition sera publié en supplément sous la signature de notre envoyé spécial en Amérique du Sud. Nous nous bornerons pour l'instant à quelques indications. Le professeur Summerlee commença par décrire la genèse du voyage et à payer un tribut fort bien tourné à son ami le professeur Challenger ; ce tribut s'accoupla avec des excuses touchant l'incrédulité avec laquelle avaient été accueillies les affirmations du professeur Challenger, aujourd'hui pleinement vérifiées ; il retraça ensuite le cours de leur voyage, tout en se gardant bien de donner les précisions capables de faire localiser par le public ce plateau extraordinaire. Après avoir décrit, en termes généraux, leur randonnée depuis le fleuve principal jusqu'à leur arrivée devant la base des escarpements, il captiva ses auditeurs par le récit des difficultés rencontrées par l'expédition pour escalader ces escarpements, et finalement il raconta comment ils avaient réussi dans un suprême effort qui coûta la vie à deux de leurs dévoués serviteurs métis... »

(Cette surprenante narration de l'affaire correspondait au désir de Summerlee de ne soulever aucune discussion lors de la réunion.)

« ... Ayant ainsi conduit par l'imagination son assistance jusqu'au sommet du plateau, et l'ayant abandonnée là après la chute du pont, le professeur entreprit de dépeindre à la fois les horreurs et les attraits de ce pays remarquable. Il effleura à peine les aventures personnelles, mais il s'étendit longuement sur la riche moisson récoltée par la science après les observations faites sur la vie des bêtes sauvages, des oiseaux, des insectes, et des plantes sur le plateau particulièrement riche en coléoptères et en lépidoptères : quarante-six nouvelles espèces des premiers et quatre-vingt-quatorze des seconds ont été découvertes en quelques semaines. Ce fut, cependant, sur les plus gros animaux, et spécialement sur les gros animaux dont on supposait que la race était éteinte depuis longtemps, que l'intérêt du public se concentra davantage. Il en fournit une longue liste, et il ajouta qu'elle n'était qu'un début et qu'elle s'allongerait encore notablement quand le plateau aurait été exploré à fond. Lui et ses compagnons ont vu au moins une douzaine de créatures, le plus souvent de loin, qui ne correspondaient à rien d'actuellement connu par la science, et qui devraient être classées et répertoriées attentivement. Il cita en exemple un serpent dont la peau arrachée, de couleur rouge foncé, avait dix-huit mètres de longueur ; il mentionna aussi un animal blanc, probablement un mammifère, qui la nuit projetait une nette phosphorescence ; il parla encore d'un grand papillon noir dont la piqûre était, aux dires des Indiens, très venimeuse. En dehors de ces formes de vie tout à fait nouvelles, le plateau abondait en aspects préhistoriques connus, dont la date remontait aux premiers âges jurassiques. Parmi eux, il cita le gigantesque et grotesque stégosaure, que M. Malone eut l'occasion de voir boire dans le lac et qui avait été dessiné par l'aventureux Américain qui avait le premier pénétré dans ce monde inconnu. Il décrivit également l'iguanodon et le ptérodactyle, les deux premières merveilles qu'ils aient rencontrées. Il fit frémir l'assemblée en évoquant le terrible dinosaure carnivore qui avait une fois poursuivi des membres de leur groupe, et qui était de loin l'animal le plus formidable qu'ils avaient vu. De là il passa à cet oiseau, immense et féroce, le phororachus, et aux grands cerfs qui vagabondent encore sur ce haut lieu. Mais ce fut quand il décrivit les mystères du lac central que l'enthousiasme de l'assistance fut à son comble. On avait envie de se pincer pour être sûr qu'on était éveillé quand ce professeur à l'esprit sain et pratique parla en termes froids, mesurés, des lézards-poissons monstrueux à trois yeux et des serpents aquatiques géants qui habitent cette nappe d'eau enchantée. Puis il traça un portrait des Indiens et des hommes-singes, ceux-ci pouvant être considérés comme en avance sur le pithecanthropus de Java, et, étant donné qu'ils sont la forme connue la plus proche de cette créature hypothétique, comme l'anneau manquant. Enfin il décrivit, au milieu de la bonne humeur générale, l'invention aéronautique, aussi ingénieuse que périlleuse du professeur Challenger, et il termina son si mémorable compte rendu par le détail des procédés grâce auxquels la commission d'enquête put rentrer dans le giron de la civilisation.

On avait espéré que la séance prendrait fin là-dessus, et qu'une motion de remerciements et de félicitations, mise aux voix par le professeur Sergius, de l'université d'Upsala, serait votée d'enthousiasme. Mais il devint vite évident que le cours des événements ne serait pas aussi simple. Au cours de la séance, des symptômes très nets d'opposition s'étaient manifestés de temps à autre, et le docteur James Illingworth, d'Édimbourg, se leva au centre de la salle. Le docteur Illingworth demanda si un amendement ne pouvait pas être déposé avant le vote de la résolution.

« Le président : – Si, monsieur, pour le cas où il y en aurait un de présenté.

« Le docteur Illingworth : – Votre Grâce, je dépose un amendement.

« Le président : – Alors, étudions-le tout de suite.

« Le professeur Summerlee, sautant sur ses pieds :

– Pourrai-je vous indiquer, Votre Grâce, que cet homme est mon ennemi personnel depuis notre controverse dans le *Journal de la Science* sur la véritable nature de Bathybius ?

« Le président : – J'ai peur de ne pouvoir faire entrer en ligne de compte des affaires personnelles. Poursuivez.

« Le docteur Illingworth ne fut qu'imparfaitement entendu tout d'abord, car il se heurta à la vigoureuse opposition qui rassemblait tous les amis des explorateurs. Certains voulaient même le faire descendre de la tribune. Mais étant extrêmement robuste, et doué d'une voix tonnante, il domina le tumulte et alla jusqu'à la fin de son discours. A partir du moment où il se leva, il devint clair qu'il avait dans la salle des amis et des sympathisants, toutefois en minorité. L'attitude de la majorité de l'assistance pourrait se résumer ainsi : une neutralité vigilante.

« Le docteur Illingworth commença ses observations par un hommage élevé à l'œuvre scientifique accomplie par les professeurs Challenger et Summerlee. Il insista longuement sur le fait que les remarques qu'il allait développer ne seraient dictées par aucun motif personnel, mais qu'elles seraient inspirées exclusivement par son souci de la vérité scientifique. En fait sa position présentait de fortes analogies avec celle qu'avait prise le professeur Summerlee lors de la dernière séance. Au cours de cette dernière séance le professeur Challenger avait fait certaines déclarations qui avaient été mises en doute par son collègue. Maintenant ce même collègue se faisait le porte-parole de ces mêmes déclarations et il s'attendait à ce qu'elles ne fussent pas mises en doute. Était-ce raisonnable ? (" Oui ! ", " Non ! ", et toute une série d'interruptions prolongées, au cours desquelles les journalistes entendirent le professeur Challenger demander au président de l'autoriser à jeter à la rue le docteur Illingworth.) Il y a un an, un homme a dit certaines choses. Aujourd'hui quatre hommes en disent d'autres et de plus surprenantes encore. Est-ce que cette surenchère pouvait constituer une preuve finale, alors que le sujet exposé présentait un caractère révolutionnaire et incroyable ? Récemment les exemples de voyageurs débarquant de pays inconnus et racontant des histoires qui avaient été trop facilement écoutées n'avaient pas manqué. L'Institut de Zoologie de Londres allait-il se placer dans cette situation ? Il admettait que les membres du comité étaient des hommes de caractère. Mais que la nature humaine était donc complexe ! Les professeurs eux-mêmes pouvaient être égarés par le désir de devenir célèbres. Semblables à des papillons, nous préférons voler près de la lumière. Le chasseur de gros gibier aime se trouver en mesure d'éclipser les récits de ses rivaux, et le journaliste ne déteste pas le sensationnel, même au prix d'un effort d'imagination. Tous les membres de la commission d'enquête avaient en somme un motif personnel pour se vanter d'un maximum de résultats. (" C'est une honte ! Une honte ! ") Il ne songeait nullement à être offensant... (" Vous êtes un insulteur ! " Nombreuses interruptions.) Mais comment prouver la véracité de ces contes merveilleux ? Avec quoi les corroborer ? Les preuves étaient minces : tout juste quelques photographies. Serait-il possible, à l'âge des manipulations les plus ingénieuses, que des photographies fussent acceptées comme des preuves ? Quoi d'autre ? Nous avons une histoire d'un vol en ballon et d'une descente par cordes qui interdit la production au public de preuves plus importantes. Idée ingénieuse, mais non convaincante ! Lord Roxton a annoncé, paraît-il, qu'il avait le crâne d'un phororachus. Le docteur Illingworth voudrait bien voir ce crâne.

« Lord John Roxton : – Est-ce que ce type, par hasard, me traiterait de menteur ? (Grand vacarme.)

« Le président : – A l'ordre ! A l'ordre ! Docteur Illingworth, je me vois dans l'obligation de vous prier de conclure et de déposer votre amendement.

« Le docteur Illingworth : – Votre Grâce, j'aurais encore beaucoup à dire. Mais je me plie à votre décision. Je demande donc : 1°) que le professeur Summerlee soit remercié pour sa si intéressante communication ; 2°) que toute cette affaire soit considérée comme non prouvée ; 3°) qu'elle soit renvoyée à une commission d'enquête plus nombreuse et, si possible, plus digne de confiance.

« Il est difficile de décrire la confusion qu'engendra le dépôt de cet amendement. Une grande partie de l'assistance manifesta son indignation devant un tel affront infligé aux voyageurs. Des cris de protestation jaillirent bruyamment orchestrés, et on entendit de nombreux : " Non ! Ne le mettez pas aux voix ! ", " Retirez-le ! ", " A la porte ! " D'autre part les mécontents, dont on ne peut nier qu'ils étaient plusieurs, applaudirent à l'amendement en criant : " A l'ordre " et " Jouez le jeu ! " Une bagarre éclata dans les derniers rangs, et des coups furent échangés entre étudiants en médecine qui occupaient le fond de la salle. Une bataille rangée ne fut évitée que grâce à l'influence modératrice due à la présence de nombreuses dames. Soudain, pourtant, le silence se rétablit miraculeusement ; il y eut des chut ! impératifs. C'est que

le professeur Challenger se levait à son tour. Son aspect et ses manières avaient de quoi freiner les plus enragés. De sa main levée il réclama que cesse le désordre. Immédiatement toute l'assistance se rassit pour l'écouter.

« – Beaucoup de spectateurs se rappelleront, déclara le professeur Challenger, que des scènes aussi indécentes et aussi imbéciles se sont produites au cours de la dernière séance où j'ai pris la parole. Ce jour-là, le professeur Summerlee fut mon insulteur N° 1, et il a beau s'être radouci et avoir battu sa coulpe, je ne l'ai pas tout à fait oublié. Ce soir j'ai entendu des choses aussi pénibles, mais encore plus offensantes, de la part de la personne qui vient de se rasseoir. Bien qu'un effort volontaire d'effacement de soi soit nécessaire pour descendre jusqu'au niveau mental de cette personne, je consens à le tenter, ne serait-ce que pour dissiper les doutes raisonnables qui pourraient se faire jour dans quelques esprits. (Rires et interruptions.) Je n'ai pas besoin de rappeler à cette assistance que, bien que le professeur Summerlee en qualité de président de la commission d'enquête eût été désigné pour parler ce soir, c'est tout de même moi qui suis le véritable animateur de cette affaire, et que c'est surtout à mon crédit que tout résultat positif doit être inscrit. J'ai conduit à bon port ces trois gentlemen, et je les ai convaincus, ainsi que vous avez pu en juger, de la véracité de mon premier rapport. Nous avions espéré découvrir à notre retour que personne ne serait assez obtus pour discuter nos conclusions communes. Averti toutefois par une expérience précédente, je ne suis pas revenu sans les preuves capables de convaincre n'importe quel individu doté de raison. Comme l'a expliqué le professeur Summerlee, nos caméras ont été brisées par les hommes-singes qui ont mis à sac notre campement, et la plupart de nos négatifs ont été détruits... »

« (Huées, rires, et : " Parlez-nous d'autre chose ! " au fond de la salle.)

« – ... J'ai évoqué les hommes-singes ; mais je ne puis

m'empêcher de dire que quelques-uns des bruits qui chatouillent mes oreilles me remettent vigoureusement en mémoire certaines expériences que j'ai vécues avec ces intéressantes créatures (rires). En dépit de la destruction de négatifs inestimables, il reste dans notre collection un certain nombre de photographies corroboratives qui montrent quelques-unes des conditions de la vie sur le plateau. Nous accuse-t-on d'avoir truqué ces photographies ?...

« (Une voix crie : " Oui ! ". Il s'ensuit une interruption prolongée. Plusieurs spectateurs sont expulsés de la salle.)

« ... Les négatifs sont à la disposition des experts. Mais quelle autre preuve avons-nous ? Étant donné les conditions de notre départ du plateau, nous n'avons naturellement pas pu emporter beaucoup de bagages, mais nous avons sauvé les collections de papillons et de coléoptères du professeur Summerlee, qui contiennent beaucoup d'espèces nouvelles. Est-ce que ce n'est pas une preuve, cela ?...

« (Plusieurs voix : " Non ! ")

« – ... Qui a dit non ?

« Le docteur Illingworth, debout : – Notre opinion est qu'une semblable collection a pu être réunie dans un tout autre endroit que sur un plateau préhistorique. (Applaudissements.)

« Le professeur Challenger : – Sans doute, monsieur, devons-nous nous incliner devant votre autorité scientifique, quoique je doive avouer que votre nom ne m'est guère familier. Passant, donc, sur les photographies et sur la collection entomologique, j'en viens à l'information variée et précise que nous rapportons sur des sujets qui jusqu'ici n'avaient jamais été élucidés. Par exemple, sur les habitudes domestiques du ptérodactyle...

« Une voix : " C'est de la blague ! " (Grand chahut.)

« – ... Je répète : sur les habitudes domestiques du ptérodactyle nous sommes en mesure de projeter une vive lumière. Je puis vous montrer une image de cet animal, prise sur le vif, qui est de nature à vous convaincre...

« Le docteur Illingworth : – Aucune image ne nous convaincra de rien !

« Le professeur Challenger : – Vous désireriez voir l'original lui-même ?

« Le docteur Illingworth : – Sans aucun doute !

« Le professeur Challenger : – Vous l'accepteriez comme preuve ?

« Le docteur Illingworth, riant : – Naturellement !

« Ce fut à ce moment-là que la sensation de la soirée se produisit : une sensation d'un caractère si dramatique qu'elle n'a pas de précédent dans l'histoire des assemblées scientifiques. Le professeur Challenger dressa une main comme pour donner un signal : aussitôt notre confrère M. E.D. Malone se leva et se dirigea vers le fond de l'estrade. Un instant plus tard il reparut en compagnie d'un Noir gigantesque ; tous deux portaient une grande caisse carrée. Elle pesait évidemment très lourd. Elle fut lentement portée devant le professeur Challenger. Le silence tomba d'un coup sur l'assistance. Le professeur Challenger écarta le côté supérieur de la caisse (c'était un couvercle à glissière), regarda à l'intérieur, claqua des doigts plusieurs fois. De la tribune de la presse, nous l'entendîmes appeler d'une voix câline : " Allons, viens ! Viens, petit ! " Presque sur-le-champ, avec un bruit de crécelle, un animal parfaitement horrible et répugnant apparut et se posa sur le bord de la caisse. Même la chute imprévue du duc de Durham dans la fosse d'orchestre ne détourna pas l'attention du public pétrifié. La gueule de cette créature ressemblait à la plus affreuse gargouille qu'une imagination médiévale eût pu concevoir dans une heure de folie. Elle était méchante, horrible, avec deux petits yeux rouges qui luisaient comme du charbon en combustion. Ses épaules étaient voûtées ; autour d'elles était drapé quelque chose qui rappelait un châle gris défraîchi. C'était en personne le diable de notre enfance.

Et soudain toute l'assistance fut envahie d'un grand trouble : des gens hurlèrent, deux dames du premier rang tombèrent évanouies de leur fauteuil, et sur l'estrade un mouvement général se dessina pour suivre le président dans la fosse d'orchestre. Pendant quelques instants on put craindre une panique folle. Le professeur Challenger leva les mains pour apaiser l'émotion, mais son geste alarma l'animal qui se tenait à côté de lui. Son châle étrange se développa, se déplia, s'étendit et battit comme une paire d'ailes en cuir. Son propriétaire voulut le plaquer aux pattes, mais trop tard. La bête s'était envolée de son perchoir et décrivait de lents cercles au-dessus de la salle en battant des ailes (trois mètres cinquante d'envergure), tandis qu'une odeur putride, insinuante se répandait. Les cris des spectateurs des galeries, que la proximité de ces yeux brûlants et du bec meurtrier affolait, excitèrent la bête et la rendirent furieuse. Elle volait de plus en plus vite, elle se cognait contre les murs et les candélabres. " La fenêtre ! hurla de l'estrade le Professeur qui dansait d'un pied sur l'autre et se tordait les mains plein d'appréhension. Pour l'amour du ciel, fermez la fenêtre ! " Hélas, son avertissement vint trop tard ! En une seconde l'énorme bête qui rebondissait contre le mur comme un papillon dans un manchon à gaz se trouva face à l'ouverture, recroquevilla à travers la fenêtre son épaisse masse, et disparut. Le professeur Challenger retomba sur sa chaise, le visage enfoui dans les mains ; mais l'assistance poussa un long soupir de soulagement quand elle réalisa que tout danger était écarté.

« Et alors... Oh ! Comment décrire ce qui se produisit alors ?... Toute l'exubérance de la majorité et toute la réserve de la minorité s'unirent, se fondirent dans une seule grande vague d'enthousiasme, qui roula du fond du Hall, grossit de rang en rang, déferla sur l'orchestre, submergea l'estrade et emporta sur sa crête écumante nos quatre héros... »

(Un bon point pour vous, Mac ! Il vous sera beaucoup pardonné à cause de ceci.)

« ... Si l'auditoire avait manqué à la justice, il fit amplement amende honorable. Tout le monde était debout. Tout le monde s'agitait, gesticulait, criait. Une foule serrée se pressa autour des quatre voyageurs. " En triomphe ! En triomphe ! " hurlèrent cent voix. A l'instant quatre silhouettes apparurent au-dessus de la foule. En vain nos triomphateurs cherchaient-ils à remettre pied à terre. Ils demeurèrent solidement maintenus à leur place d'honneur. D'ailleurs il y avait tellement de monde que si leurs porteurs avaient eu envie de les déposer sur le plancher ils ne l'auraient pas pu. " Regent Street ! Regent Street ! " scandèrent les voix. La multitude tourbillonna sur elle-même, et un formidable courant, avec nos quatre hommes toujours sur de solides épaules, se rua vers la porte. Dehors dans la rue le spectacle était prodigieux. Il n'y avait pas moins de cent mille personnes qui attendaient. Une masse compacte s'étendait de l'autre côté du Langham Hotel jusqu'à Oxford Circus. Un tonnerre d'acclamations salua les quatre explorateurs quand ils apparurent au-dessus des têtes, bien éclairés par les lampadaires électriques. " En cortège ! En cortège ! " criait-on. Sous la forme d'une armée très dense qui bloquait toute la largeur des rues, la foule s'ébranla et prit la route de Regent Street, de Pall Mall, de St-Jame's Street, et de Piccadilly. Toute la circulation était arrêtée dans le centre de Londres. Il paraît que de nombreuses collisions se produisirent entre les fanatiques d'une part, la police et les chauffeurs de taxi de l'autre. Finalement ce ne fut pas avant minuit que nos quatre voyageurs furent autorisés à descendre des épaules de leurs admirateurs devant l'appartement de lord John Roxton à l'Albany. La foule en liesse entonna en chœur : " *They are Jolly Good Fellows* " et elle conclut le programme par le traditionnel : " *God Save the King* ". Ainsi se termina l'une des soirées les plus passionnantes que Londres ait vécues depuis bien longtemps. »

Parfait, ami MacDona ! Ce compte rendu peut être

tenu pour un récit exact, quoique un peu haut en couleur, de la séance. En ce qui concerne l'incident à sensation, il constitua pour l'assistance une surprise bouleversante, mais pas pour nous, bien sûr ! Le lecteur se rappelle que j'avais rencontré lord John Roxton le soir même où, vêtu de sa crinoline protectrice, il était allé chercher pour le professeur Challenger un « poulet du diable », comme il l'avait appelé. J'avais fait allusion également à l'encombrement provoqué par les bagages volumineux du Professeur quand nous quittâmes le plateau. Quand j'ai décrit notre voyage de retour, j'aurais pu révéler aussi le mal que nous eûmes à assouvir l'appétit de notre répugnant compagnon avec du poisson pourri. Si je n'en ai pas soufflé mot, c'était parce que le Professeur voulait garder le secret d'un argument irréfutable pour confondre nos ennemis.

Un mot sur le destin du ptérodactyle londonien ? Rien de certain ne peut être affirmé. Deux femmes épouvantées ont témoigné l'avoir vu perché sur le toit du Queen's Hall : il serait resté là pendant plusieurs heures comme une statue diabolique. Le lendemain les journaux du soir rapportèrent que Privates Miles, des Coldstream Guards, en service devant Marlborough House, avait déserté sa faction sans permission, et qu'il était traduit en conseil de guerre. La version de Privates Miles, selon laquelle il avait laissé tomber son fusil et pris dans le Hall ses jambes à son cou parce qu'en levant les yeux il avait soudainement vu le diable qui s'interposait entre la lune et lui, ne fut pas retenue par le tribunal. Peut-être n'est-elle pas cependant sans rapport avec l'affaire. Le seul autre témoignage dont je puisse faire état est tiré du carnet de bord du vapeur *Friesland,* un paquebot de la ligne Hollande-Amérique, qui relata que le lendemain matin à neuf heures le navire fut dépassé par un animal d'un type indéterminé intermédiaire entre une chèvre volante et une chauve-souris monstrueuse, qui se dirigeait à une allure prodigieuse vers le sud-ouest. Si son instinct ne l'a réellement pas trompé, le dernier ptérodactyle européen a trouvé la mort quelque part au-dessus des espaces de l'Atlantique.

Et Gladys ? Oh, ma Gladys ! Gladys du lac mystérieux... Lac qui continuera de s'appeler lac Central, car ce ne sera pas par moi que Gladys atteindra à l'immortalité... N'avais-je pas toujours prétendu qu'elle avait une fibre de dureté ? N'avais-je pas senti, même dès l'époque où j'étais fier d'obéir à son commandement, qu'il n'y avait qu'un pauvre amour pour conduire ainsi son amoureux à la mort ou à tous les dangers de la mort ? Est-ce que je n'avais pas discerné au fond de moi-même les ombres jumelles de l'égoïsme et de l'inconstance qui se détachaient sur la perfection du visage ? Aimait-elle l'héroïque et le spectaculaire en eux-mêmes, ou bien les aimait-elle pour la gloire qui pouvait, sans sacrifice, en rejaillir sur sa personne ?... A moins que ces pensées ne soient l'effet de la vaine sagesse qui se déclare après l'événement !

Ce fut le choc de ma vie. Pendant quelque temps je devins un vrai cynique. Mais déjà, tandis que j'écris, une semaine a passé, et nous avons eu notre entretien capital avec lord John Roxton, et... après tout, les choses auraient pu être pires.

Permettez-moi de les raconter en peu de mots. Aucune lettre, aucun télégramme ne m'attendait à Southampton. J'atteignis la petite villa de Streatham vers dix heures du soir, fébrilement inquiet. Était-elle morte, ou en vie ? Où étaient mes beaux rêves de bras ouverts, d'un sourire rayonnant, de louanges envers l'homme qui avait risqué sa vie pour obéir à son caprice ? Ah, j'étais loin des hautes cimes à présent : j'avais les deux pieds sur terre ! Peut-être de bonnes raisons m'auraient-elles projeté une fois encore dans les nuages... Bref, je fonçai dans le jardin, martelai la porte de mes poings, entendis la voix de Gladys à l'intérieur, bousculai la servante ébahie, et me ruai dans le salon. Elle était assise sur un bas tabouret à la lumière de la lampe habituelle près du piano. En trois bonds j'avais traversé la pièce et je m'étais emparé de ses mains.

– Gladys ! criai-je. Gladys !

Elle leva les yeux, surprise. Je lus sur son visage une altération subtile. L'expression durcie du regard et le pincement des lèvres étaient nouveaux. Elle libéra ses mains.

– Que me voulez-vous ? demanda-t-elle.

– Gladys ! m'exclamai-je. Qu'est-ce qui se passe ? Vous êtes ma Gladys, n'est-ce pas, petite Gladys Hungerton ?

– Non, fit-elle. Je suis Gladys Potts. Permettez-moi de vous présenter à mon mari.

Comme la vie est absurde ! Je me surpris m'inclinant mécaniquement devant un petit bonhomme aux cheveux poivre et sel recroquevillé dans le grand fauteuil qui m'était autrefois réservé. Je lui serrai la main. Nous échangeâmes même un sourire.

– Papa nous permet de demeurer ici en attendant que notre maison soit achevée, dit Gladys.

– Ah oui !

– Vous n'avez donc par reçu ma lettre à Para ?

– Non.

– Oh, quel dommage ! Elle vous aurait informé...

– Je suis parfaitement informé, dis-je.

– J'ai tout dit à William à votre sujet, poursuivit-elle. Nous n'avons pas de secrets l'un pour l'autre. Je suis désolée. Mais votre sentiment n'était pas trop profond, n'est-ce pas, puisque vous êtes parti pour l'autre extrémité du monde et que vous m'avez laissée seule. Vous ne m'en voulez pas, dites ?

– Non. Non. Pas du tout. Je crois que je vais m'en aller.

– Vous prendrez bien quelque chose ? dit le petit bonhomme qui ajouta sur le mode confidentiel : c'est toujours comme ça, hé ! Et ça sera toujours comme ça, tant que vous ne serez pas polygame. La polygamie, c'est le seul moyen de s'en sortir.

Il éclata de rire comme un idiot, tandis que je me dirigeais vers la porte.

J'étais sur le seuil, quand une soudaine impulsion me domina : alors je revins vers mon heureux rival, qui loucha nerveusement vers la sonnette.

— Voudriez-vous répondre à une question ? demandai-je.

— Si c'est une question raisonnable...

— Comment avez-vous réussi ? Avez-vous cherché un trésor caché, ou découvert un pôle, ou pourchassé un pirate, ou traversé la Manche à pied sec, ou quoi ? Quel est l'éclat de votre aventure ?

Il me regarda avec une expression désespérée sur son visage vide, honnête, bien lavé.

— Ne pensez-vous pas que cette question soit un peu trop personnelle ?

— Bien ! m'écriai-je. Alors une autre question. Qui êtes-vous ? Quelle est votre profession ?

— Je suis le secrétaire d'un homme de loi, me répondit-il. Le deuxième homme chez Johnson & Merivale's, 41, Chancery Lane.

— Bonne nuit !

Là-dessus je disparus, comme tous les héros au cœur brisé, dans la nuit : le chagrin, la rage et le rire bouillonnaient en moi comme dans une marmite.

Encore une petite scène, et j'en aurai fini. Hier soir nous avons tous soupé dans l'appartement de lord John Roxton. Ensuite nous avons fumé en bons amis et nous avons évoqué une fois encore nos aventures. C'était étrange de voir dans un décor nouveau ces vieilles figures que je connaissais si bien. Il y avait Challenger avec son sourire condescendant, ses paupières lourdes, ses yeux insolents, sa barbe agressive, son torse bombé ; et il se gonflait, il soufflait tout en exposant ses idées à Summerlee. Et Summerlee, aussi, était là avec sa courte pipe de bruyère entre sa moustache mince et son bouc gris, et sa tête décharnée saillait au-dessus du cou pendant qu'il débattait les propositions de Challenger. Enfin notre hôte, avec ses traits aquilins et ses yeux froids, bleus, toujours nuancés d'humour dans leurs profondeurs. Nous étions rassemblés dans son sanctuaire (la pièce aux éclairages roses et aux trophées innombrables) et lord John Roxton avait quelque chose à nous dire. D'une armoire il avait tiré une antique boîte à cigares et il l'avait posée devant lui sur la table.

– Il y a une chose, dit-il, dont peut-être j'aurais dû parler auparavant, mais je voulais savoir un peu plus clairement où j'en étais. Inutile de faire naître des espoirs pour qu'ils s'effondrent ensuite. Mais à présent, il y a des faits, et pas seulement des espoirs. Vous rappelez-vous le jour où nous avons découvert la colonie de ptérodactyles dans le marais, hein ? Eh bien, dans le sol, j'avais remarqué quelque chose. Peut-être cela vous a-t-il échappé, aussi je vais vous le dire. C'était un cratère volcanique plein d'argile bleue.

Les professeurs acquiescèrent d'un signe de tête.

– Bon. Eh bien, dans le monde entier je n'ai vu qu'un endroit où il y avait un cratère volcanique d'argile bleue : la grande mine de diamants de Kimberley ; la mine de Beers, hein ? Alors, vous voyez, j'avais en tête une idée de diamants. J'ai construit un dispositif pour me tenir hors de portée de ces bêtes collantes, et j'ai passé une bonne journée là avec une petite bêche. Voici ce que j'en ai tiré.

Il ouvrit sa vieille boîte à cigares et la renversa : vingt ou trente pierres brutes, dont la forme variait entre celles d'un haricot et d'une noisette, roulèrent sur la table.

– Peut-être pensez-vous que j'aurais dû vous en parler. Oui, j'aurais dû. Seulement je sais qu'il existe quantité d'attrapes pour les imprudents : ces pierres, en dépit de leur taille, pouvaient ne pas valoir grand-chose : cela dépend de la couleur, de la consistance. Alors je les ai rapportées. Et dès mon arrivée ici, je suis allé faire un tour chez mon joaillier et je lui ai demandé d'en tailler une et de l'évaluer.

Il tira de sa poche une boîte à pilules, d'où il sortit un magnifique diamant qui étincelait : l'une des plus belles pierres que j'eusse jamais vues.

— Voilà le résultat, dit-il. Il estime le lot à un minimum de deux cent mille livres. Bien entendu, nous nous le partageons entre nous. Je ne voudrais pas entendre l'ombre d'une protestation... Dites, Challenger, qu'est-ce que vous allez faire de vos cinquante mille livres ?

— Si vous persistez dans votre générosité, répondit le Professeur, je fonderai un musée privé, dont je rêve depuis toujours.

— Et vous, Summerlee ?

— J'abandonnerai ma chaire, et je trouverai ainsi le temps de classer mes fossiles.

— Moi, ajouta lord Roxton, j'emploierai mes cinquante mille livres à organiser une expédition bien montée et à jeter un nouveau coup d'œil sur ce cher vieux plateau. Et vous, bébé, vous, naturellement, vous les dépenserez pour votre mariage ?

— Pas encore, dis-je avec un triste sourire. Je crois que si vous voulez bien de ma société, je préférerais aller avec vous.

Lord Roxton ne me répondit pas ; mais par-dessus la table, une main brunie se tendit vers moi.

TABLE

Tout autour de nous, des héroïsmes... 9
Essayez votre chance
avec le professeur Challenger ! 18
Un personnage parfaitement impossible 28
La chose la plus formidable du monde 39
Au fait ! 59
J'étais le fléau du seigneur... 75
Demain, nous disparaissons dans l'inconnu 88
Aux frontières du monde nouveau 101
Qui aurait pu prévoir ?... 117
Au pays des merveilles 146
Pour une fois je fus le héros 164
C'était épouvantable dans la forêt ! 186
Un spectacle que je n'oublierai jamais 205
Ces conquêtes-là valaient la peine ! 225
Nos yeux ont vu de grandes merveilles 243
En cortège ! En cortège ! 264

FOLIO JUNIOR ÉDITION SPÉCIALE

Sir Arthur Conan Doyle

Le monde perdu

Supplément réalisé par
Christian Biet
et Jean-Paul Brighelli

Illustrations de Jean-Philippe Chabot

SOMMAIRE

ÊTES-VOUS DIPLODOCUS OU TYRANNOSAURUS REX?

1. AU FIL DU TEXTE

PREMIÈRE PARTIE (p. 291)

Quinze questions pour commencer
L'Angleterre des explorateurs
Le professeur Challenger
Le style McArdle - Les évolutionnistes
Mots-valises - Quel animal!
Biologistes et garagistes
Prise de bec - Cartographie
Des objets parlants - Encres sympathiques

DEUXIÈME PARTIE (p. 298)

Quinze questions pour continuer
Une forêt cathédrale
Totem et tabou - Flash-back
Version originale - Des espaces vierges
Parlez-vous indien? - Écologiste, mais jusqu'où?

ÉPILOGUE (p. 303)

Cinq questions pour conclure
Journalisme

2. JEUX ET APPLICATIONS (p. 304)

Conan Doyle dans ses œuvres
Anatomie d'un monstre
L'horloge du progrès - Une kyrielle de monstres
Le mot en plus: le dinosaure englouti
La grande hypothèse - herbivores et carnivores

3. LES CHOCS DE CIVILISATION DANS LA LITTÉRATURE (p. 309)

La Guerre du feu, J. H. Rosny aîné
Pourquoi j'ai mangé mon père, Roy Lewis
Tristes tropiques, Claude Lévi-Strauss

4. SOLUTIONS DES JEUX (p. 315)

ET TOUT D'ABORD, UN TEST !

ÊTES-VOUS DIPLODOCUS OU TYRANNOSAURUS REX ?

Il y avait deux sortes de dinosaures, nous dit Conan Doyle. De grands herbivores, pacifiques, et des carnivores, plus petits, très féroces. Êtes-vous de Ceux-qui-mangent-de-l'herbe, ou appartenez-vous à l'espèce bien plus redoutables de Ceux-qui-mangent-de-la-chair ?

Pour le savoir, cochez dans le test suivant les réponses qui vous semblent correspondre le mieux à votre personnalité, puis reportez-vous à la page des solutions.

1. *Dans vos relations avec vos camarades, vous seriez plutôt :*
A. Un bagarreur
B. Un arbitre
C. Un mouton de Panurge

2. *Pour vous, la chasse est :*
A. Une manifestation de cruauté
B. Un sport
C. Une occasion de faire de longues balades, au petit matin

3. *Un repas sans salade, c'est :*
A. Antihygiénique
B. Un scandale
C. La règle

4. *Vous auriez plutôt tendance :*
A. A envisager de suivre, un jour, un régime
B. A être trop maigre, bien que vous dévoriez sans cesse
C. A vider sans complexe le réfrigérateur familial

5. *Votre sport préféré:*
A. La course à pied
B. La pétanque
C. Les échecs, sport cérébral…

6. *Vos relations avec vos proches sont:*
A. Tendues
B. Harmonieuses
C. Variables

7. *Votre couleur préférée?*
A. Le vert
B. Le rouge
C. Le noir

8. *Si vous étiez un animal domestique, vous seriez:*
A. Un chien
B. Un chat
C. Un lapin

9. *Si vous étiez un animal sauvage, vous seriez:*
A. Une panthère
B. Un buffle
C. Un éléphant

10. *Vous aimez la viande:*
A. Cuite à point
B. Bleue
C. Dans l'assiette du voisin vous préférez les légumes

11. *Lequel de ces trois menus choisiriez-vous?*
A. Assiette de charcuterie, steak au poivre, camembert
B. Crudités variées, flan de légumes, fruits
C. Germes de soja, poisson bouilli, riz blanc, yaourt

12. *Ce soir, vous allez au cinéma. Votre programme*
A. « La Chevauchée fantastique »
B. « Autant en emporte le vent »
C. « Annie Hall »

13. *Voici trois romans. Si vous ne les avez pas lus, par lequel commenceriez-vous, en vous fiant à la promesse du titre?*
A. « L'Herbe verte du Wyoming »
B. « La Moisson rouge »
C. « Le Scarabée d'or »

14. *Dans votre famille, les « dents de sagesse » sont-elles:*
A. Rares
B. Absentes
C. Fréquentes

15. *Le ptérodactyle vient de s'envoler dans la salle de conférences ! Quelle est votre réaction?*
A. Vous vous enfuyez le plus vite possible
B. Vous essayez de photographier l'animal en vol
C. Vous vous demandez avec intérêt si la bête va attaquer d'abord la grosse dame blonde ou le petit monsieur chauve

Solutions page 315

1
AU FIL DU TEXTE

PREMIÈRE PARTIE (chap. 1 à 7)

Quinze questions pour commencer

Répondez à ces questions... sans consulter le livre, bien sûr. Puis rendez-vous à la page des solutions. Vous procéderez de même pour chacune des trois séries de questions qui vous seront posées. Vous saurez, alors, si vous avez été un bon lecteur et si vous méritez de participer aux expéditions futures de lord John Roxton et du journaliste Malone.

1. *Gladys, la jeune fille aimée du narrateur, est :*
A. Une Anglaise typique, blonde aux yeux bleus
B. Une Anglaise bien peu typique, brune, le teint mat
C. Une Irlandaise, rousse aux yeux verts

2. *Lorsque Gladys dit au narrateur, dans les premières pages : « Je suis amoureuse de quelqu'un d'autre », cela signifie :*
A. Qu'elle en aime effectivement un autre
B. Qu'elle s'est fait, de l'homme qu'elle aimera, une image idéale
C. Qu'elle veut retenir près d'elle le jeune journaliste en piquant sa jalousie

3. *Quel âge a le narrateur ?*
A. 26 ans
B. 28 ans
C. 23 ans

4. *A quoi le narrateur compare-t-il l'écriture de Challenger ?*
A. A un réseau de fils de fer barbelés
B. A un entrelacs de lances et de flèches
C. A des brins de paille balayés par le vent

5. *Malone compare Challenger, lorsque celui-ci se lève, à :*
A. Un nabot surdimensionné
B. Un Hercule rabougri
C. Un géant atrophié

6. *Quel sport pratique Malone, et à quelle place?*
A. Il est trois-quarts centre, au rugby
B. Il est avant-centre, au football
C. Il est passeur au volley-ball

7. *« Porcus ex grege diaboli ». Cette définition du journaliste d'après Challenger signifie:*
A. Un porc sorti d'un diable grec
B. Un démon qui écrit comme un cochon
C. Un porc du troupeau du diable

8. *Challenger devine les origines ethniques du narrateur en observant:*
A. La forme de son crâne
B. Son nez
C. Ses réactions

9. *Laquelle de ces trois affirmations est vraie?*
A. Challenger a recueilli les dernières confidences de Maple White
B. Quand Challenger est arrivé à son chevet, Maple White venait de mourir
C. Le professeur Challenger a réussi à guérir Maple White

10. *Maple White était:*
A. Américain
B. Anglais
C. Irlandais

11. *Pourquoi Maple White s'est-il représenté aux côtés du stégosaure?*
A. Pour que l'on sache qu'il l'avait abattu
B. Pour donner l'échelle de l'animal
C. Pour économiser les pages de son album

12. *Curupuri est:*
A. L'esprit des forêts
B. Une tribu indigène
C. Un arbre

13. *La pièce à conviction qui emporte l'adhésion de Malone au récit de Challenger est:*
A. Une aile de chauve-souris
B. Un os de tapir géant
C. Un fragment d'aile de ptérodactyle

14. *Quelle affirmation du professeur Waldron amène invariablement une intervention ironique de Challenger?*
A. L'homme a exterminé les dinosaures
B. Les dinosaures ont disparu bien avant l'apparition de l'homme
C. L'homme descend du dinosaure

15. *Lord John est bien familier avec le narrateur. Il l'appelle:*
A. « Bébé »
B. « Petit »
C. « Mon mignon »

Solutions page 316

AU FIL DU TEXTE

L'Angleterre des explorateurs

1. Gladys est une jeune personne éprise d'idéal! Au début du roman, elle envie les épouses de sir Richard Burton et de Stanley. (p. 13)
Composez la fiche signalétique de chacun de ces deux hommes (dates, lieux, relations, etc.). Votre fiche devra obligatoirement comporter les renseignements suivants:
1. Quelles découvertes sont attachées aux noms de Burton et de Stanley?
2. A chacun de ces deux hommes est également associé un autre explorateur. Lequel?
3. Stanley passe pour avoir prononcé, au fond de la jungle africaine, une phrase célèbre, en rencontrant un Blanc. Quelle était cette phrase, et en quelles circonstances?
4. Comme Malone, le narrateur du *Monde perdu*, Stanley travaillait pour un journal (américain). Lequel?

Un peu plus loin (p. 16), Gladys évoque le nom de Clive, conquérant des Indes.

2. Qui était-il? A quelle époque a-t-il vécu?

3. Enfin, il est plusieurs fois fait référence à un certain professeur Münchhausen. (p. 60) Quels furent ses exploits?

Solutions page 316

Le professeur Challenger

Sur le même modèle, établissez la fiche du professeur Challenger en vous appuyant sur les renseignements que vous pourrez glaner dans le livre.
Pour plus de commodité, on supposera que l'action se situe lors de la rédaction du livre (1911-1912).

Pensez à établir:
- son identité complète, avec tous ses prénoms
- sa date de naissance
- celle de son mariage (identité de sa femme?)

- ses études, diplômes (des facultés anglaises, mais aussi européennes – plusieurs sont citées dans le livre), et publications (il faudra bien sûr que ces publications aient des titres bien savants)
- son adresse à Londres
- ses précédents voyages

Le style McArdle

Aux pages 20-21, McArdle, le rédacteur en chef, résume ce qu'il sait de Challenger d'une manière particulièrement concise, en style télégraphique.

1. Quelles sont les caractéristiques de ce style ?

2. Reprenez ce paragraphe : quels mots pourriez-vous encore économiser, dans un vrai télégramme (où l'on vous fait payer chaque mot), tout en restant compréhensible ?

3. Mais le progrès est en marche, vous pouvez à présent envoyer vos notes sur Challenger par fax. Inutile de condenser, vous pouvez écrire des phrases complètes, à la syntaxe rigoureuse : que devez-vous ajouter au texte de McArdle ?

Les évolutionnistes

Weismann contre Darwin : tel est le titre de l'article que lit le narrateur (p. 25) pour se mettre au courant des recherches en biologie.

1. Qui étaient Weismann et Darwin ? Que savez-vous de leurs découvertes ?

2. Le nom de Darwin est évoqué à nouveau par le professeur Challenger. (p. 71) Il le compare à Galilée – et à lui-même... Quels problèmes particuliers ont connu ces deux grands savants ? Comment leurs découvertes ont-elles été accueillies ?

3. En vous inspirant de l'accueil fait à Challenger, imaginez les réactions d'un homme ordinaire, apprenant vers 1860 qu'il descend du singe – et même du poisson !

Solutions page 317

Mots-valises

L'ami de Malone, Tarp Henry, lui conseille l'emploi de la *cuticura*, un produit nouveau contre les blessures. (p. 29)
Ce produit n'existe pas. Son nom est un « mot-valise », fabriqué à partir de l'anglais *To cut* (couper), et du latin *cura*, le soin.

Sur ce modèle (en mélangeant un préfixe et un suffixe appartenant à des langues différentes), quels mots nouveaux proposeriez-vous pour:

- un épluche-tomate
- un plumeur à poulets
- une machine à laver les lunettes
- un dénombreur de chiens errants

Ce ne sont là que quelques exemples possibles: à vous d'en imaginer d'autres.

Quel animal!

Au chapitre 3, le professeur Challenger est plusieurs fois comparé à un animal.

1. Lequel? Relevez tous les mots qui renvoient à cette métaphore à la pages 32. A partir de quels détails du physique exceptionnel du professeur cette métaphore s'impose-t-elle?

2. En fait, chacun des quatre héros de cette histoire pourrait être comparé à un animal. A quoi compareriez-vous Summerlee, lord John et Malone?

3. Cherchez autour de vous: à quels animaux compareriez-vous vos parents, amis, professeurs? Et vous-même?

Solutions page 317

Biologistes et garagistes

Pour tester les connaissances de son interlocuteur, le professeur Challenger émet quelques propositions totalement dénuées de sens. (p. 34)
Imaginez un dialogue entre n'importe quel spécialiste (un garagiste, un médecin, un sportif...) et une personne qui n'y connaît rien. Quelles tournures pourraient employer ces spécialistes pour tester le niveau de connaissances de leur interlocuteur ?

Prise de bec

A la page 66, l'auteur nous présente le discours du conférencier, monsieur Waldron, selon la technique du discours indirect libre.

Quelles transformations principales permettraient de transformer ce texte en discours direct ?

On peut de même transformer le discours du docteur Illingworth, p. 271-275.
Pourquoi l'auteur, à votre avis, utilise-t-il, à 200 pages d'intervalle, la même technique ?

Cartographie

1. Voici une carte du bassin de l'Amazone. En vous appuyant sur les renseignements donnés par le professeur Challenger (p. 72), par lord John (p. 82 et 92) et par le narrateur (p. 92 à 108), dans quelle zone situez-vous le théâtre de l'aventure ?

2. Quels arbres poussent dans cette forêt ? Certains sont nommés par le narrateur (p. 103 à 105). Pouvez-vous en trouver d'autres ?
Quels animaux y prolifèrent ? Malone en cite quelques-uns (p. 110). Citez-en au moins deux autres.

3. Il est fait également allusion aux tribus indiennes de l'Amazonie. Quel est leur sort aujourd'hui ? (référez-vous, par exemple, au texte de Claude Lévi-Strauss, p. 312-314).

4. Toute cette zone du bassin de l'Amazone est occupée

par la forêt, dense, humide. Quelles menaces pèsent aujourd'hui sur elle ? Et sur nous ? Vous pouvez, en classe, constituer un dossier sur ce sujet.

Solutions page 317

Des objets parlants

Au début du chapitre 6, Malone nous offre une description précise de l'appartement de lord John.

1. Quels traits de caractère pouvez-vous déduire de chacun des éléments de ce bric-à-brac?

2. Imaginez, sur le même modèle, l'appartement ou la maison de chacun des protagonistes de cette aventure. Quels meubles ou objets révéleraient le mieux la personnalité de chacun?

Encres sympathiques

Malone évoque la possibilité que Challenger se soit servi d'une encre invisible. (p. 95).
Connaissez-vous des procédés simples qui permettent d'écrire de façon invisible? Et surtout, quel autre procédé permet-il de décrypter le message?

Solutions page 318

DEUXIÈME PARTIE (chap. 8 à 15)

Quinze questions pour continuer

1. *Le narrateur évoque dès le chapitre 8 le nom du docteur Illingworth:*
A. Il en reparlera chaque fois que les deux professeurs de l'expédition se querelleront
B. Il apparaîtra dans les derniers chapitres
C. Il appuiera de tout son poids les déclarations de Summerlee

2. *Laquelle de ces trois affirmations est exacte?*
A. Le professeur Challenger mène l'expédition d'un bout à l'autre sur le bon chemin
B. C'est lord John qui trouve la voie vers le plateau
C. L'instinct des Indiens est supérieur aux renseignements de la boussole et à la mémoire du professeur Challenger

3. *Malone trouve une solution pour que le chapitre 8 arrive entre les mains de McArdle:*
A. Il le confie à un pigeon voyageur
B. Il le confie à l'un des métis qui s'est blessé
C. Il le confie à l'un des métis qui est malade

4. *La première manifestation de vie sur le plateau est:*
A. L'attaque du ptérodactyle
B. Une nuée d'oiseaux
C. L'apparition d'un python

5. *L'arbre dont les explorateurs vont faire un pont est:*
A. Un hêtre
B. Un peuplier
C. Un micocoulier

6. *Le premier animal que les explorateurs ont tout le loisir d'examiner est:*
A. Une tique.
B. Une puce
C. Un pou

7. *En quelle saison commence l'expédition?*
A. En été
B. Au début du printemps
C. En hiver

8. *Le narrateur compare le marais des ptérodactyles à:*
A. L'Enfer du poète italien Dante
B. L'Enfer du poète latin Virgile
C. L'Enfer du poète grec Homère

9. *Ce qui a le plus frappé lord John dans le marais des ptérodactyles, c'est:*
A. Le mode de combat de ces animaux
B. Leur mode de reproduction
C. L'argile bleue qui tapisse le marais

10. *Les couleurs primitives des fleurs étaient, d'après Challenger et Summerlee:*
A. Le rouge et le bleu
B. Le blanc et le jaune
C. L'orange et le bleu

11. *Les dimensions approximatives de la Terre de Maple White sont:*
A. 10 x 15 km
B. 30 x 45 km
C. 20 x 40 km

12. *Malone veut appeler le lac central de la Terre de Maple White:*
A. Le lac McArdle
B. Le lac Gladys
C. Le lac Central

13. *Les Européens n'arrivent pas à abattre les grands reptiles carnivores à coups de fusil parce que:*
A. Leur peau est trop dure et imperméable aux balles
B. Ils n'atteignent pas leurs centres vitaux
C. Ces bêtes n'ont pas de centres vitaux localisés

14. *En se promenant, Malone aperçoit quelque chose d'insolite près du marais des ptérodactyles :*
A. Lord John dans une cage de roseaux
B. Challenger recueillant du gaz
C. Des diamants

15. *Dans le schéma des cavernes que Maretas remet à Malone, l'une est marquée d'une croix :*
A. La deuxième
B. La troisième
C. La dernière

Solutions page 318

Une forêt cathédrale

A la page 103, Malone nous communique son sentiment à son premier contact avec la forêt vierge. Pour cela, il file une métaphore qui utilise le champ lexical de la religion.
Quels mots expriment ce sentiment ?

Solutions page 318

Totem et tabou

Curupuri (p. 110) est l'esprit de la forêt (un esprit malfaisant, assurément). Certaines zones sont donc tabou.
Qu'est-ce qu'un tabou ?
Les indigènes sont-ils les seuls à avoir des tabous ? En connaissez-vous d'autres, typiques d'autres civilisations ? Ou de la nôtre ?

Solutions page 318

Flash-back

Sur cet axe sont situés les principaux événements du chapitre 9.

1. Énumérez-les en vous aidant du croquis ci-dessus.

2. A quel moment se situe la rédaction, par le narrateur, de ce chapitre ?

3. Quel est l'effet de ce procédé ? Mettez-vous à la place de McArdle (et de ses lecteurs). Quel est leur état d'esprit au cinquième paragraphe du chapitre ?

Solutions page 319

Version originale

1. Que signifie *challenger* en anglais ? Quel renseignement cela nous donne-t-il sur la personnalité du héros ?

2. Plusieurs expressions anglaises traduites ici sont passées en anglais dans le vocabulaire scientifique. Ainsi, *la lutte pour la vie* (p. 172) traduit une expression chère à Darwin.
Quelle est cette expression ?
a) *Struggle for life*
b) *Fight for life*
c) *War for life*

3. Les hommes-singes sont, nous dit le traducteur, *l'anneau manquant.* (p. 184)
Quelle est, plus communément, la traduction de l'anglais *missing link* ?
Quelle est sa signification ?

Solutions page 319

Des espaces vierges

A la page 114, le narrateur nous propose une carte de la Terre de Maple White, sur laquelle il situe les lieux des principaux événements qu'il évoque, tout au long de son récit.
Mais cela laisse bien des espaces inexplorés.

Choisissez un point (ou plusieurs) et imaginez quels événements ont pu s'y dérouler (par exemple, lors du deuxième voyage de Malone et de lord John, tel qu'il est évoqué à l'avant-dernière phrase du roman).
Quels animaux, encore plus étranges, ont-ils rencontrés ? Quelles plantes bizarres ont-ils vues ?

Quelles aventures nouvelles ont-ils vécues ?
Vous pouvez vous inspirer des aventures qui sont à peine évoquées (dans quel but ?) aux pages 249-250.

Parlez-vous indien ?

Le jeune chef indien tient à ses compatriotes un discours éloquent dont le narrateur prétend nous donner la traduction. (p. 234)

Essayez d'écrire son discours dans une langue indienne de votre invention. N'oubliez pas qu' *Accala* est le nom des hommes-singes, et que le locuteur s'appelle, apparemment, *Maretas*. (p. 226-227)
Leur langage est probablement *polysynthétique*, (p. 107) c'est-à-dire que le même mot, selon son préfixe ou son suffixe, peut devenir nom, verbe, adjectif, phrase complète.
Si vous présentez votre discours à l'écrit, traduisez ligne à ligne (attention : un seul mot indien peut signifier une longue phrase française, et vice versa).

Écologiste, mais jusqu'où ?

A la place des explorateurs, qui n'ont guère d'hésitations (p. 234-235), qu'auriez-vous fait ? Auriez-vous participé à une expédition punitive visant à détruire complètement une race ?
Comment expliquez-vous que Conan Doyle n'éprouve aucun scrupule à lancer ses héros à l'assaut de la civilisation des hommes-singes ? Quels sont les arguments pour et contre ?

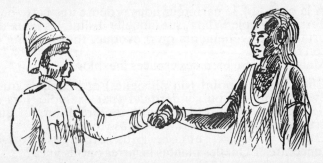

ÉPILOGUE

Cinq questions pour conclure

1. *D'après McDona, les héros apparaissent :*
A. Épuisés par leurs épreuves
B. À peine marqués par leur aventure
C. Frais comme des roses

2. *Dans son compte rendu de l'expédition, le professeur Summerlee :*
A. Raconte, dans le détail, tout ce qui est arrivé
B. Embellit l'histoire
C. En reste uniquement à des considérations scientifiques

3. *Lord John a rapporté le crâne d'une bête préhistorique. Il s'agit :*
A. D'un ptérodactyle
B. D'un phororachus
C. D'un dimorphodon

4. *« Un effort volontaire d'effacement de soi est nécessaire pour descendre jusqu'au niveau mental du docteur Illingworth », affirme Challenger. Cela signifie :*
A. Qu'il admire le docteur Illingworth
B. Qu'il se refuse à le contredire
C. Qu'il le méprise

5. *William Potts, le rival heureux de Malone auprès de Gladys, est, dans la vie :*
A. Adjoint d'un homme de loi
B. Professeur
C. Ce n'est pas précisé

Solutions page 319

Journalisme

L'article de McDona (p. 266-279) est précédé de cinq titres. (p. 266)

1. Ces titres correspondent-ils exactement à l'ordre de l'article ?
Si vous les utilisiez comme intertitres, à quels moments de l'article les intercaleriez-vous ?

2. Quelle est l'opinion de Malone sur l'article de son confrère ? Si vous étiez le rédacteur en chef d'un grand quotidien, publieriez-vous un tel article ? Si non, pourquoi ?

2
JEUX ET APPLICATIONS

Conan Doyle dans ses œuvres

Conan Doyle n'est pas uniquement l'auteur du *Monde perdu* : il est également le « père » de l'un des plus grands détectives jamais créé.

1. De qui s'agit-il?

2. Voici, dans le désordre, des auteurs, des héros et des titres d'œuvres à thème policier. Saurez-vous attribuer à chaque auteur son héros et son titre?

Auteurs : Edgar Poe - Balzac - Émile Gaboriau - Ponson du Terrail - Conan Doyle - Maurice Leblanc - Gaston Leroux - Agatha Christie

Héros : Rouletabille - Arsène Lupin - Rocambole - Hercule Poirot - Dupin - Corentin - Lecoq - Sherlock Holmes

Œuvres : *Le Meurtre de Roger Ackroyd - L'Aiguille creuse - Étude en rouge - Une ténébreuse affaire - Le Mystère de la chambre jaune - L'Affaire Lerouge - La Lettre volée - Les Drames de Paris*

Solutions page 319

Anatomie d'un monstre

Malone manque de points de repère pour décrire la créature dessinée sur l'album de Maple White : (p. 48) oiseau, lézard, dindon. En fait, il s'agit d'un stégosaure. A votre tour, dessinez une créature fantastique, qui empruntera ses traits à plusieurs animaux très différents.

Puis trouvez-lui un nom.

JEUX ET APPLICATIONS

L'horloge du progrès

Les plus anciens outils façonnés par l'homme remontent à 2 800 000 années. Si on ramène ces 2 800 000 années à une seule, en supposant que l'outil apparaît le 1er janvier, le feu est maîtrisé entre le 1er et le 16 octobre. Le 22 décembre apparaissent les premiers rites funéraires. Le 28... naissance de l'art. L'agriculture (aux temps néolithiques) commence à être pratiquée le 30 décembre à 17 heures. La machine à vapeur est maîtrisée le 31 décembre à 23 heures 20 minutes, l'énergie nucléaire à 23 heures 54 minutes et 35 secondes.

1. En ramenant encore ce calcul à une seule journée (24 heures = 3 000 000 d'années), saurez-vous répartir sur l'horloge les principales étapes des progrès de l'humanité ?

2. Si l'on suppose que les hommes-singes du *Monde perdu* ne maîtrisent pas encore le feu, quel intervalle de temps les sépare des Indiens des cavernes ?

Solutions page 319

Une kyrielle de monstres

Bien des légendes mettent en scène des monstres aussi incroyables que ceux dessinés par Maple White.
Curieusement, ces animaux maléfiques sont souvent proches des lézards ou des serpents.
Est-ce un hasard? Vous pouvez laisser libre cours à votre faculté d'interprétation.
Mais saurez-vous faire coïncider ces deux séries?

1. Hydre - 2. Tarasque - 3. Centaure - 4. Minotaure - 5. Coquecigrue - 6. Sirène - 7. Catoblépas - 8. Chimère - 9. Dragon

A. Coq et grue mélangés - B. Taureau (ou cheval) à tête d'homme - C. Femme à corps de poisson (ou oiseau à tête de femme) - D. Buffle à tête de cochon - E. Tête de lion, pattes d'ours, queue de serpent, crinière de cheval - F. Le devant d'un lion, le milieu d'une chèvre et l'arrière-train d'un serpent - G. Crocodile avec les ailes d'un aigle, les griffes d'un lion et la queue d'un serpent - H. Chien à neuf têtes de serpent - I. Homme à tête de taureau

Solutions page 319

Le mot en plus : le dinosaure englouti

Tout au fond d'un lac écossais se cache, paraît-il, une créature gigantesque, qui a tous les traits d'un dinosaure aquatique.
Comment s'appelle cette créature?
Pour trouver son nom, caché ici dans l'axe vertical, trouvez tous les mots horizontaux correspondant à divers personnages du *Monde perdu*. Pour vous aider, nous vous proposons, pour chacun, une définition.

1. Baroudeur
2. Son nom sonne comme un défi
3. L'entomologiste de l'expédition
4. S'est noyée dans le lac!
5. L'indicateur de l'au-delà
6. Sans lui, une histoire peut-être, mais point de récit

JEUX ET APPLICATIONS

Solutions page 320

La grande hypothèse

La disparition des dinosaures n'est, aujourd'hui encore, pas très bien expliquée. On a supposé qu'un refoidissement très brutal de la Terre, dû à un nuage de poussière soulevé par la chute d'une météorite géante ou de multiples éruptions volcaniques, a modifié de façon radicale leur environnement.

Un auteur de science-fiction américain, Fredric Brown, a imaginé dans sa nouvelle *Paradoxe perdu* qu'ils ont été éliminés par des chasseurs du futur disposant de machines à explorer le temps et désireux, comme lord John, d'acquérir de beaux tableaux de chasse.

Quelles autres hypothèses, peut-être plus farfelues encore, imagineriez-vous ?

Herbivores et carnivores

Voici une collection de dinosaures. Saurez-vous les identifier ?
Lesquels étaient carnivores ? Lesquels étaient herbivores ?
1. Ptéranodon - 2. Tyrannosaure - 3. Tricératops - 4. Dimétrodon - 5. Iguanodon - 6. Brontosaure

Solutions page 320

3
LES CHOCS DE CIVILISATIONS DANS LA LITTÉRATURE

La guerre du feu

Naoh, le grand guerrier de la tribu des Oulhamr, est parti à la conquête du Feu. Après bien des aventures, le voici l'hôte d'une tribu étrange, qui lui semble presque dégénérée, mais qui a des ressources étonnantes et provoque son admiration et son effroi....

« Cependant, le fils du Léopard, après le pansement, retourna vers l'arête granitique pour reprendre les cages. Il les retrouva intactes; leurs petits foyers rougeoyaient encore. En les revoyant, la victoire lui parut plus complète et plus douce. Ce n'est pas qu'il craignît l'absence du Feu; Les Hommes-sans-Épaules lui en donneraient sûrement. Mais une superstition obscure le guidait; il tenait à ces petites flammes de la conquête; l'avenir aurait paru menaçant si elles étaient toutes trois mortes. Il les ramena glorieusement auprès des Wah.

Ils l'observaient avec curiosité et une femme, qui conduisait la horde, hocha la tête. Le grand Nomade montra, par des gestes, que les siens avaient vu mourir le Feu et qu'il avait su le reconquérir. Personne ne paraissant le comprendre, Naoh se demanda s'ils n'étaient pas de ces races misérables qui ne savent pas se chauffer pendant les jours froids, éloigner la nuit ni cuire les aliments. Le vieux Goûn disait qu'il existait de telles hordes, inférieures aux loups, qui dépassent l'homme par la finesse de l'ouïe et la perfection du flair. Naoh, pris de pitié, allait leur montrer comment on fait croître la flamme, lorsqu'il aperçut, parmi des saules, une femme qui frappait l'une contre l'autre deux pierres. Des étincelles jaillissaient, presque continues, puis un petit point rouge dansa le long d'une herbe très fine et très sèche; d'autres brins flambèrent, que la femme entretenait doucement de son souffle. le Feu se mit à dévorer des feuilles et des ramilles.

Le fils du Léopard demeurait immobile. Et il songea, pris d'un grand saisissement : "Les Hommes-sans-Épaules cachent le Feu dans des pierres!" S'approchant de la femme, il cherchait à l'examiner. Elle eut un geste instinctif de méfiance. Puis, se souvenant que cet homme les avait sauvés, elle lui tendit les pierres. Il les examina avidement et, n'y pouvant découvrir aucune fissure, sa surprise fut plus grande. Alors, il les tâta : elles étaient froides. Il se demandait avec inquiétude : "Comment le Feu est-il entré dans ces pierres... et comment ne les a-t-il pas chauffées?" Il rendit les pierres avec cette crainte et cette méfiance que les choses mystérieuses inspirent aux hommes. »

J.H. Rosny aîné,
La Guerre du feu,
© Robert Borel-Rosny

Pourquoi j'ai mangé mon père

Ce récit humoristique met en scène le « chaînon manquant ». Ces anthropopithèques viennent juste de descendre des arbres (où l'un d'entre eux, l'oncle Vania, s'obstine à demeurer), et d'inventer les premiers rudiments du confort. Chose étrange, ils s'expriment comme des hommes contemporains - même s'ils n'agissent pas exactement de même...

« – Tu vas fort, Vania, protesta père.

– Je suis rentré hier, dit oncle Vania. Et je t'aurais de toute façon rendu visite un de ces jours. Mais j'ai compris tout de suite, quand la nuit est tombée, qu'il se passait, qu'il se tramait quelque manigance. Je connais onze volcans dans ce département, Édouard. Mais douze! J'ai flairé, j'ai pressenti que tu n'y étais pas pour rien. Angoissé, je m'élance, je cours, espérant encore contre toute espérance, j'arrive et que vois-je... ? Ma parole, il te faut à présent ton volcan particulier! Ah! cette fois, Édouard, t'y voici!

Père souriait facétieusement.

– Tu crois que m'y voici vraiment, Vania? demanda-t-il. Je veux dire : que j'ai vraiment atteint le seuil? Oui, je me disais bien que ce pourrait l'être, mais comment en être tout à fait sûr... *Un* seuil, oui, sans doute, dans l'ascension de l'homme ; mais *le* seuil, est-ce que c'est bien ça ?

Père plissait comiquement les yeux, comme s'il était en proie à la plus vive angoisse. Nous le voyions souvent prendre cette expression.

— Un seuil ou le seuil, je n'en sais rien, dit oncle Vania, et j'ignore ce que tu crois être en train d'accomplir, Édouard. De te pousser du col, ça, sûrement. Mais je te dis, moi, que tu viens de faire ici la chose la plus perverse, la plus dénaturée... (...)

"Je t'ai déjà dit mille fois que, si on reste dans des limites raisonnables, les outils, les coups-de-poing ne transgressent pas vraiment la nature. Les araignées se servent d'un filet pour capturer leur proie ; les oiseaux font des nids mieux construits que les nôtres ; et j'ai vu, il n'y a pas longtemps, une troupe de gorilles battre comme plâtre une paire d'éléphants — oui, tu m'entends, des éléphants ! avec des triques. Je suis prêt à admettre, tu vois, qu'il est licite de tailler des cailloux, car c'est rester dans les voies de la nature. Pourvu, toutefois, qu'on ne se mette pas à en dépendre trop : la pierre taillée pour l'homme, non l'homme pour la pierre taillée ! Et qu'on ne veuille pas non plus les affiner plus qu'il n'est nécessaire. Je suis un libéral, Édouard, et j'ai le cœur à gauche. Jusque-là, je peux accepter. Mais ça, Édouard, ça ! Cette chose-là ! dit-il en montrant le feu, ça, c'est tout différent, et personne ne sait où ça pourra finir. Et ça ne concerne pas que toi, Édouard, mais tout le monde ! Ça me concerne, moi ! Car tu pourrais brûler toute la forêt avec une chose pareille et qu'est-ce que je deviendrais ?

— Oh ! dit mon père, je ne crois pas que nous en viendrons là !

— Tu ne crois pas, vraiment ! s'exclama l'oncle. Ma parole, peut-on te demander, Édouard, si tu possèdes seulement la maîtrise de cette... chose ?

— Euh... eh bien, plus ou moins, sûrement. Oui, c'est ça, plus ou moins. »

Roy Lewis,
Pourquoi j'ai mangé mon père,
© Actes Sud

Tristes tropiques

Après les fictions, la réalité. Claude Lévi-Strauss est un anthropologue, qui pendant les années quarante se rendit en Amérique du Sud et étudia les tribus primitives – celles-là même dont parle Conan Doyle dans son livre. Il évoque, non sans amertume, les dégâts que nous avons causés, nous les civilisés, à ces Indiens du Brésil.

« A l'époque de la découverte, toute la zone sud du Brésil servait d'habitat à des groupements parents par la langue et par la culture et que l'on classe sous le nom de Gé. Ils avaient été vraisemblablement refoulés par des envahisseurs récents de langue tupi qui occupaient déjà toute la bande côtière et contre lesquels ils luttaient. Protégés par leur repli dans des régions d'accès difficile, les Gé du sud du Brésil ont survécu pendant quelques siècles aux Tupi, vite liquidés par les colonisateurs. Dans les forêts des États méridionaux : Parana et Santa-Catarina, des petites bandes sauvages se sont maintenues jusqu'au 20ᵉ siècle ; il en subsistait peut-être quelques-unes en 1935, si férocement persécutées au cours des cent dernières années qu'elles se rendaient invisibles ; mais la plupart avaient été réduites et fixées par le gouvernement brésilien aux environs de 1914, dans plusieurs centres. Au début, on s'efforça de les intégrer à la vie moderne. Il y eut au village de Sào-Jeronymo qui me servait de base, une serrurerie, une scierie, une école, une pharmacie. La poste recevait régulièrement des outils : haches, couteaux, clous ; on distribuait des vêtements et des couvertures. Vingt ans plus tard ces tentatives étaient abandonnées. En laissant les Indiens à leurs seules ressources, le Service de Protection témoignait de l'indifférence dont il était devenu l'objet de la part des pouvoirs publics (il a depuis repris une certaine autorité) ; ainsi se trouvait-il contraint, sans l'avoir désiré, d'essayer une autre méthode, qui incitât les indigènes à retrouver quelque initiative et les contraignît à reprendre leur propre direction.

De leur expérience éphémère de civilisation, les indigènes n'ont retenu que les vêtements brésiliens, la hache, le couteau et l'aiguille à coudre. Pour tout le reste, ce fut l'échec. On leur avait construit des maisons, et ils vivaient dehors. On s'était efforcé de les fixer dans des villages et ils demeuraient nomades. Les lits, ils les avaient brisés pour en faire du feu et couchaient à même le sol. Les troupeaux de vaches envoyés par le gouvernement vaguaient à l'aventure, les indigènes repoussant avec dégoût leur viande et leur lait. Les pilons de bois mus mécaniquement par le remplissage et le vidage alternatif d'un récipient fixé à un bras de levier (dispositif fréquent au Brésil où il est connu sous le nom de *monjolo,* et que les Portugais ont peut-être importé d'Orient) pourrissaient inutilisés, le pilage à la main restant la pratique générale.

A ma grande déception, les Indiens du Tibagy n'étaient donc, ni complètement des "vrais Indiens" ni, surtout, des "sauvages". Mais en dépouillant de sa poésie l'image naïve que l'ethnographe débutant forme de ses expériences futures, ils me donnaient une leçon de prudence et d'objectivité. En les trouvant moins intacts que je n'espérais, j'allais les découvrir plus secrets que leur apparence extérieure n'aurait pu le faire croire. Ils illustraient pleinement cette situation sociologique qui tend à devenir exclusive pour l'observateur de la seconde moitié du 20e siècle, de "primitifs" à qui la civilisation fut brutalement imposée et dont, une fois surmonté le péril qu'ils étaient censés représenter, on s'est ensuite désintéressé. Formée pour une part d'antiques traditions qui ont résisté à l'influence des Blancs (telles la pratique du limage et de l'incrustation dentaires, si fréquente encore parmi eux) pour une autre, d'emprunts faits à la civilisation moderne, leur culture constituait un ensemble original dont l'étude, aussi dépourvue de pittoresque qu'elle pût être, ne me plaçait pourtant pas à une école moins valable que celle des purs Indiens que je devais approcher ultérieurement.

Mais surtout, depuis que ces Indiens se trouvaient livrés à leurs propres ressources, on assistait à un étrange renversement de l'équilibre superficiel entre culture moderne et culture primitive. D'anciens genres de vie, des techniques traditionnelles réapparaissaient, issus d'un passé dont on aurait eu tort d'oublier la vivante proximité. D'où viennent ces pilons de pierre admirablement polis que j'ai trouvés, dans les maisons indiennes, mélangés avec les assiettes de fer émaillé, les cuillers de bazar, et même – parfois – les restes squelettiques d'une machine à coudre ? Échanges commerciaux, dans le silence de la forêt, avec ces populations de même race, mais restées sauvages, et dont l'activité belliqueuse défendait toujours aux défricheurs certaines régions du Parana ? »

Claude Lévi-Strauss,
Tristes tropiques,
© Plon

La machine à explorer le temps

Convaincu que la durée est une quatrième dimension de même nature que la longueur, la largeur et la hauteur, l'Explorateur du Temps construit une extraordinaire machine qui va lui permettre de se déplacer à travers les siècles. Il parvient ainsi à atteindre l'an 802 701. La campagne anglaise a bien changé, et les premiers habitants qu'il rencontre ont une attitude pour le moins étrange...

« Comme ils ne faisaient aucun effort pour communiquer avec moi, mais simplement m'entouraient, souriant et conversant entre eux avec des intonations douces et caressantes, j'essayai d'entamer la conversation. Je leur indiquai du doigt la machine, puis moi-même ; ensuite, me demandant un instant comment j'exprimerais l'idée de Temps, je montrai du doigt le soleil. Aussitôt un gracieux et joli petit être, vêtu d'une étoffe bigarrée de pourpre et de blanc, suivit mon geste, et à mon grand étonnement imita le bruit du tonnerre. Un instant je fus stupéfait, encore que la signification de son geste m'apparût suffisamment claire. (...)
Vous savez que j'ai toujours cru que les gens qui vivront en l'année 802000 et quelques nous auraient surpassés d'une façon incroyable, en science, en art et en toute chose. Et voilà que l'un d'eux me posait tout à coup une question qui le plaçait au niveau intellectuel d'un enfant de cinq ans – l'un d'eux qui me demandait, en fait, si j'étais venu du soleil avec l'orage ! »

H. G. Wells,
La Machine à explorer le temps,
© Gallimard

4
SOLUTIONS DES JEUX

Êtes-vous Diplodocus ou Tyrannosaurus Rex?
(p. 289)

En fonction des réponses que vous avez faites à chaque question, comptez dans le tableau ci-dessous le nombre de vos dinosaures. (✶)

Questions	A	B	C
1	✶✶✶	✶✶	
2		✶✶✶	✶
3	✶		✶✶
4		✶✶✶	✶✶
5	✶✶✶	✶	
6	✶✶✶		✶
7		✶✶✶	✶
8	✶	✶✶✶	
9	✶✶✶	✶	
10	✶	✶✶✶	
11	✶✶✶		✶
12	✶✶✶		✶
13		✶✶✶	✶
14	✶		✶✶✶
15		✶	✶✶✶

Si vous avez plus de 30 dinosaures: vous êtes un carnivore, de la race des Tyrannosaurus et autres Dimétrodons. Le soir, vous avez du mal à vous endormir (et le matin, encore plus de mal à partir en cours). Vous aimez le combat, l'affrontement. Rien ne vous fait peur. Peut-être pourriez-vous modérer votre agressivité?

Si vous avez entre 15 et 30 dinosaures: vous avez un tempérament équilibré. Vous ne vous laissez pas marcher sur les pieds, mais vous n'êtes pas de ceux qui recherchent la bagarre. A table, vous avez la sagesse de goûter avant de dire si vous aimez, ou non: après tout, vous aimez des choses si diverses... Votre point faible?

Vos sautes d'humeur. Votre totem préhistorique serait plutôt l'ours gris.
Si vous avez moins de 15 dinosaures : un seul mot pour vous définir : pacifique ! Vous appréciez la chaleur du foyer, vous avez horreur des longs déplacements, et s'il ne tenait qu'à vous, vous ne prendriez jamais l'avion. Diplodocus ou brontosaure, vous aimez les hors-d'œuvre, les desserts et les longues nuits de sommeil.

Quinze questions pour commencer
(p. 291)

1 : B (p. 10) - 2 : B (p. 12) - 3 : C (p. 17) - 4 : A (p. 28) - 5 : B (p. 34) - 6 : A (p. 37) - 7 : C (p. 40) - 8 : A (p. 43) - 9 : B (p. 45) - 10 : A (p. 45) - 11 : B (p. 49) - 12 : A (p. 52) - 13 : C (p. 54) - 14 : B (p. 66) - 15 : A (p. 78)

Si vous obtenez plus de 12 bonnes réponses : vous avez lu avec attention ces premiers chapitres. Vous voilà prêts à partir à la conquête du *Monde perdu*.
Si vous obtenez entre 6 et 12 bonnes réponses : vous avez retenu l'essentiel ; cela vous suffit pour continuer, mais il est dommage de passer à côté de certains détails importants. Peut-être serait-il utile que vous relisiez une fois de plus ces premiers chapitres !
Si vous obtenez moins de 6 bonnes réponses : peut-être lisez-vous trop vite, ou trop « en diagonale ». Ralentissez et mâchez mieux le texte... de peur de ne pas l'assimiler.

L'Angleterre des explorateurs
(p. 293)

1. 1. **Burton** (1821-1890) a découvert le lac Tanganyika, et a exploré les sources du Nil, près des Montagnes de la Lune.
Stanley (1841-1904) était journaliste et traversa l'Afrique équatoriale d'est en ouest.
2. Burton est associé à **Speke**, découvreur du lac Victoria, et Stanley à **Livingstone**, à la recherche duquel il se lança et qu'il rejoignit en 1871 sur les rives du Tanganyika.
3. A cette occasion, Stanley passe pour avoir salué

Livingstone d'un « Doctor Livingstone, I presume ? ».
2. Le *New York Herald.*
3. Clive de Plassey (1725-1774) était un employé de la Compagnie des Indes orientales qui, devenu général, chassa les Français et conquit toute l'Inde.
3. Münchhausen est un personnage de légende, dont les aventures inspirèrent en France celles du baron de Crac qui se vantait de toutes sortes d'exploits (avoir chevauché un boulet, être monté sur la Lune...).

Les évolutionnistes
(p. 294)

1. Weismann (August, 1834-1914) travailla sur l'évolution et affirma le premier l'importance du « plasma germinatif », porteur des caractères héréditaires.
Darwin (Charles, 1809-1882) voyagea lui-même en Amérique du Sud, en Australie et aux îles Galapagos. Dans son livre *De l'origine des espèces*, en 1859, il pose le principe de la sélection naturelle, de l'influence du milieu et de la lutte pour la vie, qui expliquaient, selon lui, certaines mutations brusques des lignées animales. Il est le modèle le plus vraisemblable, avec sa grande barbe, du professeur Challenger.
2. Galilée (1564-1642) mathématicien, physicien et astronome italien, fut condamné par le tribunal de l'Inquisition pour avoir soutenu les idées de Copernic sur la rotation terrestre. Contraint d'abjurer, il se serait ensuite écrié : « Et pourtant, elle tourne ! »

Quel animal !
(p. 295)

A un taureau (p. 32 et suivantes) : beuglement de taureau, taureau d'Assyrie. P. 86 (barbe assyrienne).

Cartographie
(p. 296)

2. *Plantes* : Eucalyptus géant, palmier aquatique, orchidée à vanille... et plus de 1à 000 espèces de plantes à fleurs ! *Animaux* : anacondas, boas, ibis rouges, paresseux, pécaris...

Encres sympathiques
(p. 298)

Il faut employer, en guise d'encre, de l'urine ou du jus de citron. Pour lire le message, il suffit de chauffer légèrement le papier et le texte apparaît.

Quinze questions pour continuer
(p. 298)

1 : B (p. 112 et 271) - 2 : C (p. 113) - 3 : B (p. 116) - 4 : C (p. 121) - 5 : A (p. 136) - 6 : A (p. 147) - 7 : A (p. 155) - 8 : A (p. 157) - 9 : C (p. 163) - 10 : B (p. 172) -, 11 : B (p. 180) - 12 : B (p. 185) - 13 : B (p. 246) - 14 : A (p. 252) - 15 : A (p. 257)

Si vous obtenez plus de 12 bonnes réponses: vous avez patiemment exploré le livre, et vous y avez découvert tout ce que l'auteur y avait caché. Bravo !
Si vous obtenez entre 6 et 12 bonnes réponses: lecture rapide, certes – mais peut-être un peu trop rapide. Prenez le temps de la réflexion.
Si vous obtenez moins de 6 bonnes réponses: de ces chapitres essentiels et dramatiques, vous n'avez pas retenu grand-chose. Mais tout le monde a droit à une seconde chance...

Une forêt-cathédrale
(p. 300)

Mystère, colonnes, cintres gothiques, grand toit, tapis doux, cathédrale, murmure... (p. 103)

Totem et tabou
(p. 300)

Les Romains refusaient absolument de dire : « Il est mort », pour ne pas attirer sur eux l'attention de la Mort. Ils disaient : « Il a vécu. »
De nos jours, nous refusons de passer sous une échelle, d'être treize à table, nous craignons les chats noirs et n'offrons jamais de couteaux à nos amis...

SOLUTIONS DES JEUX

Flash-back
(p. 300)

1. Installation du campement - tour du plateau - apparition du premier ptérodactyle - escalade du piton - destruction du pont et mort de Gomez - départ des Indiens. **2.** La rédaction du chapitre se situe juste avant le départ des Indiens. **3.** L'effet créé est un effet de suspense.

Version originale
(p. 301)

1. Celui qui affronte, qui défie. **2.** a) **3.** *Le chaînon manquant.*

Cinq questions pour conclure
(p. 303)

1 : B (p. 267) - 2 : C (p. 269) - 3 : B (p. 273) - 4 : C (p. 275) - 5 : A (p. 283)

Conan Doyle dans ses œuvres
(p. 304)

1 : H, e - 2 : B, g - 3 : F, h - 4 : G, q - 5 : D, z - 6 : C, b - 7 : E, a - 8 : A, d

L'horloge du progrès
(p. 305)

Le premier outil apparaît à 1 heure. Les bifaces à 16 heures, le feu à 20 h 24. Les rites funéraires s'organisent vers 23 h 32. Homo sapiens arrive vers 23 h 38. Les œuvres d'art sont créées à partir de 23 h 42, l'homme se sédentarise à 23 h 52, l'agriculture apparaît à 57. La civilisation industrielle naît à 23 h 59 mn 57 s. Les deux tribus du *Monde perdu* sont séparées de plus de 4 heures.

Une kyrielle de monstres
(p. 306)

1 : H - 2 : E - 3 : B - 4 : I - 5 : A - 6 : C - 7 : D - 8 : F - 9 : G

SOLUTIONS DES JEUX

Le mot en plus : le dinosaure englouti
(p. 306)

1. Lord John Roxton - 2. Challenger - 3. Summerlee - 4. Gladys - 5. Maple White - 6. Malone

Le mot en plus est Nessie (le monstre du Loch Ness!).

Herbivores et carnivores
(p. 308)

A : 2 - B : 4 - C : 1 - D : 6 - E : 3 - F : 5

Tyrannosaure, dimétrodon et ptéranodon étaient carnivores.

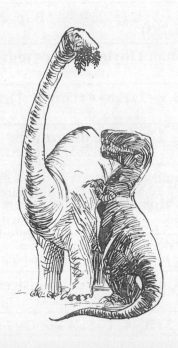

Si vous avez le goût de l'**aventure**
Ouvrez la caverne aux merveilles
et découvrez
des classiques de tous les temps
et de tous les pays

dans la collection FOLIO **JUNIOR**

Les « classiques »... de vieux bouquins poussiéreux, dont le nom seul évoque des dictées hérissées de pièges grammaticaux perfides et des rédactions rébarbatives ? Pas du tout ! Avec les classiques, tout est possible : les animaux parlent, une grotte mystérieuse s'ouvre sur un mot magique, un homme vend son ombre au diable, un chat ne laisse dans l'obscurité des feuillages que la lumière ironique de son sourire ; on s'y préoccupe de trouver un remède contre la prolifération des baobabs et la mélancolie des roses ; les sous-préfets y font l'école buissonnière, les chevaliers ne sont pas toujours sans peur et sans reproche ; on s'y promène autour du monde et vingt mille lieues sous les mers...

La petite sirène
et autres contes
―――
Hans Christian **Andersen**
n° 686

Le roman de Renart I
―――
Anonyme
n° 461

Le roman de Renart II
―――
Anonyme
n° 629

Ali Baba
et les quarante voleurs
―――
Anonyme
n° 595

Histoire de
Sindbad le marin
―――
Anonyme
n° 516

La merveilleuse histoire
de Peter Schlemil
―――
Adalbert **von Chamisso**
n° 630

Alice au pays des merveilles
Lewis **Carroll**
n° 437

Lancelot,
le chevalier à la charrette
Chrétien de Troyes
n° 546

Yvain,
le chevalier au lion
Chrétien de Troyes
n° 665

Perceval ou
le roman du Graal
Chrétien de Troyes
n° 668

Lettres de mon moulin
Alphonse **Daudet**
n° 450

Aventures prodigieuses de
Tartarin de Tarascon
Alphonse **Daudet**
n° 454

ROBINSON CRUSOÉ
———
Daniel **Defoe**
n° 626

TROIS CONTES
———
Gustave **Flaubert**
n° 750

SALAMMBÔ
———
Gustave **Flaubert**
n° 757

LE ROMAN
DE LA MOMIE
———
Théophile **Gautier**
n° 465

LE HARDI PETIT TAILLEUR
———
Grimm
n° 715

LE VIEIL HOMME
ET LA MER
———
Ernest **Hemingway**
n° 435

COPPÉLIUS
ET AUTRES CONTES

Ernst Theodor Amadeus **Hoffmann**
n° 734

LA GUERRE DE TROIE
(EXTRAITS DE L'ILIADE)

Homère
n° 729

VOYAGES ET AVENTURES
D'ULYSSE
(EXTRAITS DE L'ODYSSÉE)

Homère
n° 728

HISTOIRES
COMME ÇA

Rudyard **Kipling**
n° 432

LE LOUP
ET L'AGNEAU

Jean de **La Fontaine**
n° 654

TRISTAN ET ISEUT

André **Mary**
n° 724

DEUX AMIS
ET AUTRES CONTES
———
Guy de **Maupassant**
n° 514

COLOMBA
———
Prosper **Mérimée**
n° 655

CARMEN
———
Prosper **Mérimée**
n° 684

CONTES
DE MA MÈRE L'OYE
———
Charles **Perrault**
n° 443

DOUBLE ASSASSINAT DANS LA RUE MORGUE
suivi de LA LETTRE VOLÉE

Edgar Allan **Poe**
n° 541

Cyrano de Bergerac
Edmond **Rostand**
n° 515

Le petit prince
Antoine de **Saint-Exupéry**
n° 100

Paul et Virginie
Bernardin de **Saint-Pierre**
n° 760

Les malheurs de Sophie
Comtesse de **Ségur**
n° 496

Un bon petit diable
Comtesse de **Ségur**
n° 656

Frankenstein
Mary **Shelley**
n° 675

L'île au trésor
Robert Louis **Stevenson**
n° 441

Premier voyage de Gulliver

Jonathan **Swift**
n° 568

Deuxième voyage
de Gulliver

Jonathan **Swift**
n° 667

Le tour du monde
en quatre-vingts jours

Jules **Verne**
n° 521

Voyage
au centre de la Terre

Jules **Verne**
n° 605

De la Terre à la Lune

Jules **Verne**
n° 651

Autour de la Lune

Jules **Verne**
n° 666

Vingt mille lieues
sous les mers I
———
Jules **Verne**
n° 738

Vingt mille lieues
sous les mers II
———
Jules **Verne**
n° 739